KB036196

청춘 돼지는 바니걸 선배의 꿈을 꾸지 않는다

카모시다 하지메 지음
미조구치 케이지 일러스트
이승원 옮김

그 날, 아즈사가와 사쿠타는

야생 바니걸과 만났다. 🐰

"끝나고 나면 데이트를 계속 해줄 테니까 좀 떨어져서 기다려."

사쿠라지마 마이

미네가하라 고등학교 3학년. 아역으ㄹ
활약 후, 여배우로 데뷔한 초인기 탤런ㅌ
하지만 2년 전 갑자기 활동을 중지한 후
지금은 평범한 고등학생으로 살고 있다

아즈사가와 사쿠타

요즘 같은 시대에도 핸드폰을 가지고
있지 않은 조금 유별난 고등학교 2학년.
현립 미네가하라 고등학교에 다니고
있다. 도서관에서 바니걸 복장을 한
마이와 만나서 가까워졌다.

"예이?"

코가 토모에

미아가 된 여자애의 어머니를 찾으려 하는 사쿠타를 변태로 착각한 덜렁이 여고생. 나중에 사쿠타의 후배, 즉 고등학교 1학년이라는 사실을 알게 된다.

"귀, 귀엽다는 소리 하지 마!"

"카에데의 절반은 오빠를 향한 마음으로 되어 있어요."

아즈사가와 카에데

올해 만 열다섯 살이 된 사쿠타의 여동생. 사정이 있어 사쿠타와 단둘이 살고 있다. 애완 고양이인 나스노를 매우 좋아한다. 잘 때는 판다 모양의 잠옷을 입는다.

"아즈사가와의 머릿속에는 섬세함이나 수치심 같은 개념은 없는 것 같네."

후타바 리오

미네가하라 고등학교 2학년이며, 사쿠타의 친구. 부원이 한 명밖에 없는 과학부 소속. 항상 흰색 가운을 입고 있으며, 괴짜로 알려져 있다.

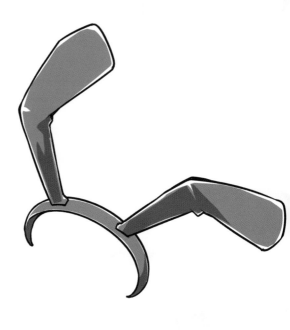

디자인 🐰 키무라 디자인 랩

꿈을 꾸지 않는다
바니걸 선배의
청춘 돼지는

카모시다 하지메 지음
미조구치 케이지 일러스트
이승원 옮김

—저기, 키스할래?

　그렇게 말하면서 나를 놀린 그녀는 잠시 후, 내 눈앞에서 사라졌다.

　즉, 이것은 나와 그녀와 그녀들의 연애에 얽힌 흔한 이야기……가 될 것이다. 아마도.

제1장

선배는 바니걸

1

그날, 아즈사가와 사쿠타는 야생 바니걸과 만났다.

골든위크 마지막 날.

맨션을 나선 사쿠타가 자전거를 타고 20분 정도 가자, 오다큐 에노시마 선, 소테츠 이즈미노선, 요코하마 시영 지하철, 이 세 노선이 교차하는 쇼난다이 역 인근 마을이 보였다. 외곽지역답게 높은 건물이 거의 없는 차분한 분위기의 주택가였다.

왼편에 있는 역을 지나 쭉 나아가던 사쿠타는 신호 앞에서 오른쪽으로 커브를 틀었다. 그리고 1분 후, 목적지인 도서관에 도착했다.

반 정도 찬 자전거 보관소에 자전거를 세운 사쿠타는 도서관 안으로 들어갔다.

몇 번을 와도 도서관 특유의 차분한 분위기에는 익숙해지지 않았다. 그래서 그런지 몸이 약간 긴장되었다.

이 근처에서 가장 큰 도서관답게 이용자가 많았다. 입구 근처에 있는 잡지 신문 코너에서는 자주 보는 아저씨가 오늘도 굳은 표정으로 스포츠 신문을 읽고 있었다. 어제 응원하는 구단이 지기라도 한 것일까.

도서 대출 카운터 앞으로 가보니, 안쪽에 줄지어 놓은 대부분의 공부용 책상 앞에 사람들이 앉아 있었다. 고등학생과 대학생, 그리고 노트북 컴퓨터를 펼친 사회인도 있었다.

사쿠타는 그들을 힐끔힐끔 쳐다보면서 하드커버로 된 현대 소설이 꽂혀 있는 책장으로 이동했다. 그리고 고개를 숙이더니 일본어 글자 순서대로 정돈되어 있는 책등을 살폈다. 그가 찾고 있는 것은 『유』 열이었다. 그렇게 크지 않은 책장은 키가 172센티미터인 사쿠타의 허리 언저리 높이밖에 되지 않았다.

여동생에게 부탁받은 책은 금방 찾았다. 작가의 이름은 『유이가하마 칸나』. 제목은 『독사과를 준 왕자님』. 4, 5년 전에 발매된 책이다. 여동생은 이 작가의 전작이 마음에 들었는지 모든 작품을 다 읽어보기로 결심한 것 같았다.

사쿠타는 적당히 낡은 그 책을 낮은 책장에서 뽑았다.

그리고 도서 대출 카운터로 향하기 위해 고개를 든 바로 그 순간, 『그것』이 사쿠타의 눈에 들어왔다.

책장 너머에 바니걸이 서 있었던 것이다.

"……."

눈을 몇 번 깜빡였다. 환상을 보고 있는 건가 싶었지만, 아무래도 그렇지는 않은 것 같았다. 윤곽도, 존재감도 명확했다.

발에는 광택을 띤 검은색 하이힐. 쭉 뻗은 다리를 감싼, 피부 색깔이 훤히 비쳐 보이는 검은색 스타킹. 또한 같은 검은색 레오타드는 가냘프지만 들어갈 곳은 들어가고, 나올 곳은 나온 상대의 몸매를 돋보이게 했으며, 가슴 언저리에는 작게

나마 계곡이 형성되어 있었다.

손목에는 악센트 삼아 흰색 커프스를 찼다. 그리고 목에는 검은색 나비넥타이를 매달고 있었다.

하이힐의 높이를 뺀다면 키는 165센티미터 정도로 보였다. 단아한 얼굴에 맺힌 지루해 보이는 표정이, 성숙한 느낌을 주는 나른함과 색기를 자아내고 있었다.

그 모습을 본 사쿠타는 방송 촬영 같은 것을 하는 거라고 생각했다. 하지만 아무리 주위를 둘러봐도 방송 스태프로 보이는 어른들은 눈에 띄지 않았다. 그녀는 완전히 혼자였다. 홀로 고고하게 살아간다. 놀랍게도 그녀는 야생 바니걸이었다.

당연하다면 당연한 거겠지만, 한낮의 도서관 안에서 그녀라는 존재는 매우 튀었다. 장소를 잘못 찾은 것 같다고 할까…… 애초에 바니걸이 서식할 만한 장소라면 사쿠타는 라스베이거스의 카지노나 좀 그렇고 그런 가게밖에 생각나지 않았지만, 아무튼 그녀는 도서관과 전혀 어울리지 않았다.

하지만 사쿠타가 이렇게까지 놀란 이유는 따로 있었다.

이렇게 화려하고 눈에 띄는 복장을 하고 있는데도, 아무도 그녀를 보고 있지 않았던 것이다.

"뭐가 어떻게 된 거야?"

사쿠타가 무심코 입을 열었다. 그러자 근처에 있던 사서가 조용히 해달라는 뜻이 담긴 시선을 사쿠타에게 보냈다. 사쿠타는 그 사람을 향해 가볍게 고개를 숙이면서도 잠깐만, 나보다 더 신경 쓰이는 사람이 있잖아, 하고 생각했다.

하지만, 그 덕분에 사쿠타는 확신을 가질 수 있었다.

아무도 바니걸을 신경 쓰고 있지 않았다. 신경 쓰고 있지 않은 정도가 아니라, 존재 자체를 아예 인식하지 못한 것 같았다.

보통 이렇게 자극적인 토끼 아가씨가 곁에 있다면, 골치 아픈 표정으로 육법전서와 싸우고 있는 학생도 고개를 들 것이다. 신문을 보고 있는 아저씨도 바니걸을 힐끔힐끔 훔쳐보리라. 사서 또한 「그 옷차림으로 도서관을 이용하는 건 좀……」 같은 소리를 하면서 주의를 줘야 마땅한 상황이었다.

이상했다. 명백하게 이상했다.

이래서야 마치 사쿠타에게만 보이는 유령 같았다.

등줄기에 차가운 땀이 흘러내렸다.

사쿠타가 그렇게 동요하고 있는 가운데, 바니걸은 책 한 권을 향해 손을 뻗더니 그 책을 들고 안쪽에 있는 공부 코너로 이동했다.

그 와중에도 그녀는 공부를 하고 있는 여자 대학생의 얼굴을 들여다보거나, 놀리듯 혀를 빼꼼 내밀었다. 그리고 태블릿 PC를 조작하고 있는 사회인에게는 자신이 보이는지 아닌지 확인하려는 것처럼, 얼굴과 화면 사이에 손을 뻗어 위아래로 흔들었다. 그 두 사람이 아무런 반응도 보이지 않자, 그녀는 만족스러운 미소를 지었다.

그 후, 그녀는 가장 안쪽의 빈자리에 앉았다.

맞은편 자리에서 뭔가를 조사하고 있던 남자 대학생은 그녀를 인식하지 못했다. 그녀가 약간 흘러내린 레오타드 가슴 부분을 위로 끌어 올려도 전혀 반응을 보이지 않았다. 분명 저 모습이 눈에 들어왔을 텐데······.

잠시 후, 그 대학생은 조사를 끝냈는지 집에 돌아갈 채비를 하기 시작했다. 그리고 아무 일도 없었다는 듯 그 자리를 벗어났다. 벗어나면서 그녀의 가슴을 힐끔 쳐다보지도 않았다.

"······."

사쿠타는 잠시 고민한 후, 그 대학생과 교대하듯 바니걸의 맞은편 자리에 앉았다.

사쿠타는 눈앞에 있는 바니걸을 지그시 바라보았다. 훤히 드러난 두 어깨에 이어져 있는 팔뚝의 부드러운 곡선. 목과 가슴 언저리의 새하얀 피부. 숨을 쉴 때마다 천천히 움직이고 있는 그 부분은 묘하게 선정적이어서, 올바름의 상징인 도서관 안에서 이상한 기분이 들 것만 같았다. 아니 이미 충분히 이상한 기분이 들고 있었다.

잠시 후, 들고 있던 책에서 시선을 뗀 그녀와 사쿠타의 시선이 마주쳤다.

"······."

"······."

둘은 시선을 마주한 채 눈을 두 번 정도 깜빡였다.

그리고 그녀가 먼저 입을 열었다.

"깜짝 놀랐네."

장난기가 어린 통통 튀는 것 같은 목소리였다.

"너한테는 아직 내가 보이는구나."

마치 다른 사람에게는 자신이 보이지 않는 듯한 말투였다.

하지만 그 정도면 그녀의 말을 제대로 이해한 것이리라. 주위에 있는 사람들 중 그 누구도. 위화감 덩어리나 다름없는 그녀의 존재를 눈치채지 못했으니까 말이다……

"그럼 안녕."

책을 덮은 그녀는 자리에서 일어나려 했다.

원래라면 이걸로 작별일 것이다. 오늘 이상한 사람과 만난 일을 다음에 우스갯소리로나 삼으면 되리라. 하지만 사쿠타에게는 그렇게 간단히 넘길 수 없는 이유가 있었다.

난감하게도, 사쿠타는 그녀를 알고 있었다.

같은 학교에 다니는 한 학년 위의 선배. 현립 미네가하라 고등학교 3학년. 이름도 안다. 풀 네임도 알고 있었다.

사쿠라지마 마이.

그것이 저 바니걸의 이름이었다.

"저기."

사쿠타는 자리를 벗어나려 하는 그녀의 새하얀 등을 바라보며 낮은 목소리로 말했다.

그러자 그녀는 걸음을 멈췄다.

마이는 왜? 라는 뜻이 담긴 시선을 사쿠타에게 보냈다.

"사쿠라지마 선배죠?"

사쿠타는 목소리의 볼륨이 너무 크지 않도록 조심하면서 그 이름을 입에 담았다.

"……."

마이의 눈동자가 한순간 흔들리며 놀라움으로 가득 찼다.

"나를 그렇게 부르는 걸 보니, 너는 미네가하라 고등학교의 학생인가 보네?"

마이가 다시 자리에 앉더니 사쿠타를 지그시 쳐다보았다.

"2학년 1반인 아즈사가와 사쿠타예요. 아즈사가와 서비스 에어리어의 『아즈사가와』에 하나사쿠타로의 『사쿠타』로, 아즈사가와 사쿠타죠."

"나는 사쿠라지마 마이. 사쿠라지마 마이의 『사쿠라지마』에, 사쿠라지마 마이의 『마이』로 사쿠라지마 마이야."

"알아요. 선배는 유명인이잖아요."

"그렇구나."

한 손으로 턱을 괸 마이는 흥미 없다는 듯 창밖을 바라보았다. 몸을 약간 앞으로 굽혔기에 가슴 계곡이 강조되고 있었다. 사쿠타의 시선은 자연적으로 그쪽에 쏠렸다. 눈 호강 한 번 제대로 했다.

"아즈사가와 사쿠타 군."

"예."

"충고 하나 할게."

"충고?"

"오늘 본 건 잊어."

그 말을 들은 사쿠타가 뭐라고 말하기도 전에 마이가 말을 이었다.

"이 일을 누군가에게 이야기했다간, 정신 나간 사람 취급을 당하며 정신 나간 인생을 살게 될 거야."

그 말은 확실히 충고였다.

"그리고 앞으로 절대 나와 얽히지 마."

"……."

"알았으면 『예』라고 말해."

"……."

사쿠타가 대답을 하지 않자, 마이는 살짝 화가 난 표정을 지었다. 하지만 곧 아까처럼 나른한 표정을 짓더니 이번에야말로 자리에서 일어났다. 그리고 책을 원래 자리에 꽂고는 도서관 출구를 향해 걸음을 옮겼다.

그러는 사이에도 마이를 주목하는 사람은 한 명도 없었다. 도서 대출 카운터 앞을 지나가는데도 사서들은 묵묵히 자기할 일을 하고 있었다. 검은색 스타킹에 감싸인 가늘고 늘씬한 다리를 넋 놓고 바라보는 사람은 사쿠타뿐이었다.

마이의 모습이 시야에서 사라진 후, 남겨진 사쿠타는 책상에 엎드렸다.

"잊으라고 해도 말이야."

그리고 혼잣말을 내뱉었다.

"그렇게 자극적인 토끼 아가씨를 잊는 건 무리라고."

훤히 드러나 있던 가슴과 어깨 사이의 요염한 속살. 마이가 턱을 괸 덕분에 강조된 가슴 계곡. 코끝에 남아 있는 좋은 향기. 사쿠타에게만 들리도록 작게 속삭이던 그녀의 목소리. 사쿠타를 지그시 바라보던 맑은 눈동자. 그것들 모두가 사쿠타의 수컷다운 부분을 자극해 몸의 일부분을 매우 건강하게 만들었다.

덕분에 자리에서 일어서고 싶어도 주위의 시선이 신경 쓰여 일어설 수가 없었다.

한동안은 얌전히 앉아 있을 수밖에 없을 것 같다.

그것이 여러모로 묻고 싶은 게 있는데도 사쿠타가 마이를 바로 쫓아가지 못했던 이유였다.

2

다음 날 아침, 사쿠타는 「토끼 떼에게 깔린다」라는 이상한 꿈에 시달리다 잠에서 깼다.

"이럴 때는 토끼가 아니라 바니걸이 나와야 한다고 생각하는데 말이야……."

사쿠타는 그런 식으로 자신의 꿈에 의사를 표하며 몸을 일으키려 했다.

"응?"

하지만 몸을 일으킬 수가 없었다. 그리고 왼쪽 어깨가 꽤나 무거웠다.

이불을 걷자 그 이유가 확실히 밝혀졌다.

왼팔을 끌어안듯 몸을 동그랗게 만 채 잠들어 있는 잠옷 차림의 소녀가 있었다. 앳된 얼굴을 지닌 그녀는 이불이 없어져 추운지 사쿠타와 더욱 몸을 밀착시켰다.

그녀는 올해로 열다섯 살인 사쿠타의 여동생, 카에데였다.

"카에데, 아침이야. 일어나."

"오빠, 추워요……."

여동생이 잠꼬대만 할 뿐 전혀 일어날 기색이 없자, 사쿠타는 여동생을 번쩍 들어 올렸다.

"무거워!"

162센티미터인 사쿠타의 친여동생은 여자애치고 키가 꽤 큰 편이었다. 요즘 들어 발육도 좋아져서 여자애에서 여자로 성장하고 있다는 것을 양손으로 실감할 수 있었다.

"카에데의 절반은 오빠를 향한 마음으로 되어 있어요."

"그 어이없는 설정은 뭐야? 네 절반은 몸에 상냥한 두통약으로 되어 있기라도 한 거야?[1] 아무튼 깼으면 빨리 일어나."

#1 네 절반은 몸에 상냥한 두통약으로 되어 있기라도 한 거야? 일본의 진통제 버퍼린(BUFFERIN)의 캐치프레이즈 「버퍼린의 절반은 상냥함으로 채워져 있습니다」의 패러디.

"부우~."

카에데는 불만으로 가득 찬 표정을 지으며 사쿠타의 팔에서 벗어났다. 최근 1년 동안 외모가 부쩍 어른스러워져서 그런지, 언동과 외모가 따로 노는 느낌이 들었다. 그 덕분에 남매간의 평범한 스킨십을 나눌 때도 왠지 해서는 안 되는 짓을 하고 있는 듯한 느낌이 들었다.

"그리고 내 침대에 몰래 숨어드는 것도 슬슬 졸업해."

참고로 판다 모양 후드가 달린 잠옷도 졸업하는 편이 좋을 것이다.

"카에데가 깨워주러 왔는데도 오빠가 바로 일어나지 않으니 그렇게 되는 거예요."

카에데가 삐친 듯한 표정을 짓자 원래 나이보다도 더 어려 보였다.

"그렇지만 너도 나이를 먹을 만큼 먹었으니까……."

"아, 오빠가 아침부터 흥분해버리고 마는 거군요."

"친동생 상대로 발정할 리가 없잖아."

사쿠타는 여동생의 이마를 가볍게 찌른 후, 방 밖으로 나갔다.

"아~, 기다려주세요."

그 후, 2인분의 식사를 준비한 사쿠타는 카에데와 둘이서 아침을 먹었다. 먼저 식사를 끝낸 사쿠타는 학교에 갈 준비를 마친 후……

"오빠, 다녀오세요."

미소를 지은 카에데에게 배웅을 받으며 혼자 집을 나섰다.

맨션 부지를 벗어나자마자 하품이 나왔다. 어제 여러모로 자극적인 것을 보고 흥분한 탓에 좀처럼 잠에 들 수 없었다. 게다가 이상한 꿈까지 꿔서 그런지 아침에 깼을 때 몸이 영 개운하지 않았다.

하품을 또 하면서 주택가를 가로지른 사쿠타는 도중에 다리를 하나 건넜다. 역이 가까워지자 주위의 건물이 점점 커졌다. 인파도 늘어나더니 다들 사쿠타와 같은 방향으로 걷고 있었다.

대로에 있는 횡단보도를 하나 건너고, 비즈니스호텔과 가전제품 판매점 옆을 지나자, 드디어 역이 보이기 시작했다.

집을 나서고 약 10분 즈음이 흐른 후였다.

카나가와 현 후지사와 시의 중심지인 후지사와 역. 출근하는 사회인과 등교하는 학생들이 역 주위를 바쁘게 왕래하고 있었다.

역 1층에는 상행선은 신주쿠, 하행선은 스위치백#2 방식으로 카타세 에노시마 방면으로 향하는 오다큐 선의 플랫폼이 있었다. 그리고 2층은 JR 도카이도 선과 쇼난 신주쿠 라인의 개찰구였다.

#2 스위치백(switchback) 경사가 가파른 구간에서 높이차를 극복하기 위하여 지그재그로 움직여 기울기를 해결하는 철도 선로 방식.

사쿠타는 인파에 휘말린 채 계단을 올라갔다. 하지만 JR의 개찰구로 향하지는 않았다.

연락 통로를 따라 30미터 정도 나아간 사쿠타는 오다큐 백화점 빌딩 앞에 도착했다. 딱히 지금부터 백화점에서 쇼핑을 하려는 것은 아니었다. 게다가 지금은 백화점이 열지도 않았다. 하지만 닫혀 있는 백화점 문의 오른편에 또 하나의 후지사와 역이 있었다.

에노시마 전철. 통칭 에노전의 플랫폼이다. 약 30분 동안 열세 개의 역에 정차하며 가마쿠라까지 이동하는 단일 노선이다.

사쿠타가 정기권으로 개찰구를 통과하자 마침 열차가 도착했다. 창가 주변은 크림 색깔이며 위아래가 녹색인 고전적인 분위기의 열차다. 그리고 4량 편성이라 짧았다.

사쿠타는 플랫폼 앞으로 걸어가서 가장 앞 차량에 탔다.

초중고를 불문하고 교복 차림의 승객이 많았다. 그 외에는 양복을 입은 사회인이었다. 이 마을에 살기 전에는 관광 노선이라고 생각했지만, 이 지역 주민은 이 노선을 통근 통학을 위한 이동 수단으로서 일상적으로 이용하고 있었다.

사쿠타가 안쪽의 문 부근으로 이동하자…….

"안녕."

한 인물이 그에게 말을 걸었다.

하품을 곱씹으면서 사쿠타의 곁으로 온 이는, 모 유명 남성

아이돌의 예능 사무소에 소속되어 있을 법한 미남이었다. 샤프한 느낌의 얼굴을 지녔으며 언뜻 보기에는 위압감이 있지만, 웃으면 눈가가 살짝 내려가서 앳되면서도 인상 좋은 느낌으로 변한다. 그 점이 여자애들에게는 엄청 매력적인 것 같았다.

그의 이름은 쿠니미 유마. 농구부 소속이며 레귤러 멤버로 활약 중인 2학년. 애인 있음.

"하아……."

"어이 어이. 사람 얼굴 보면서 한숨 쉬는 건 좀 너무하잖아."

"아침부터 쿠니미의 산뜻한 분위기에 눈이 부시잖아. 우울해 지는데."

"정말?"

"정말이야."

별것 아닌 일상적인 대화를 나누는 사이, 출발을 알리는 벨이 울리며 열차 문이 닫혔다.

묵직한 몸을 질질 끌듯 달리기 시작한 열차는 아직 가속 도중인 것 같은 느릿느릿한 속도로 나아갔다. 그리고 얼마 가지 않아 또 속도가 떨어지더니 다음 역인 이시가미 역에 정차했다.

"어이, 쿠니미."

"응?"

"사쿠라지마 선배는……."

"정말 유감이야."

아직 아무 말도 안 했는데 유마는 사쿠타의 어깨를 가볍게 두드렸다.

"왜 나를 위로하는 거야?"

"사쿠타가 마키노하라 이외의 여성에게 흥미를 보인 건 기쁜 일이지만, 그래도 그 사람은 무리잖아."

"나는 고백을 할 거라고도, 좋아한다고도 말한 적 없거든?"

"그럼 뭐야?"

"그 사람은 어떤 사람인가 싶어서 말이야."

"으음, 그야 유명인이잖아?"

"뭐, 그건 그래."

그렇다. 사쿠라지마 마이는 유명인이다. 아마 현립 미네가하라 고등학교에 다니는 전교생이 그녀를 알 것이다. 아니, 일본인 중 70~80퍼센트는 알고 있지 않을까? 그런 말도 과장으로 들리지 않는 진짜배기 유명인인 것이다.

"아역 탤런트로 여섯 살에 연예계에 데뷔. 데뷔작인 아침 드라마는 과거의 초 히트작과 어깨를 나란히 할 정도의 시청률과 인기를 얻어 일약 스타가 되었지."

그것을 기폭제 삼아 그 후에는 다수의 영화, 드라마, CF 등에도 출연했다. 그야말로 텔레비전에 그녀가 나오지 않는 날이 없을 정도의 인기를 얻은 것이다.

데뷔 후 2, 3년 정도 지나자 『아무 데서나 사쿠라지마 마이』같은 폭발적인 인기는 없어졌지만, 그 대신 그녀가 지닌 배우로서의 실력을 높이 산 제의가 들어오게 되었다.

1년 만에 묻히고 마는 연예인도 많은 가운데, 중학생이 되어서도 순조롭게 연기자 일을 계속했던 것이다. 그 시점에서도 충분할 정도로 엄청난 일이지만, 그녀는 또 한 번 대히트를 치고 만다.

열네 살이 된 사쿠라지마 마이는 어른스러운 미소녀로 성장했고, 그 당시 공개된 영화를 계기로 또 급속도로 주목을 모으게 된다. 일주일 동안 발매된 만화 잡지의 표지 모델이 전부 미소 짓고 있는 그녀였을 때도 있었다.

"나, 중학교 때의 사쿠라지마 마이를 좋아했어. 뭐랄까, 귀여움과 에로스와 미스터리어스의 절묘한 융합이 정말 끝내줬거든."

유마뿐만 아니라 많은 남성들이 그녀에게 마음을 빼앗겼다.

인기는 여전히 절정 가도를 달리고 있었다. 하지만 그러던 마이가 중학교를 졸업하기 직전, 명확한 이유를 밝히지 않은 채 갑자기 활동 중지를 발표했다. 그 후로 2년 하고 몇 달 정도밖에 지나지 않았다.

그런 사쿠라지마 마이가 자신이 다니게 된 고등학교의 학생이라는 사실을 알고 솔직히 놀랐다.

연예인은 실존하는구나, 하고 생각했었다.

"이런저런 소문이 있기는 했어. 그렇게 잘나간 건 잠자리 영업을 했기 때문이라든가, 프로듀서의 불륜 상대라든가 같은 소문 말이야."

"당시에는 아직 초등학생이었잖아?"

"중학생이 된 후에 나온 소문이야. 처음에는 매니저인 어머니가 그런다는 소문이 와이드 쇼 같은 데서 나왔지. 그 사람, 지금은 예능 사무소 사장일걸? 어머니는 지난주에 텔레비전에 나왔었어."

"흐음, 그건 몰랐어. 하지만 그건 아무 근거 없는 소문이잖아."

"아니 땐 굴뚝에서 연기가 날 리 없다는 말도 있잖아."

"불을 피운 사람이 본인일 거라고는 단정할 수 없어. 지금은 그런 시대잖아."

인터넷을 통해 정보는 순식간에 전달된다. 공유된다. 설령 그것이 진실이 아닐지라도……. 받아들이는 이에게 있어 진실 여부 따위는 중요하지 않은 것이다. 화제가 될 것인가, 이야깃거리가 될 것인가, 재미있는가, 남들의 관심을 끌 수 있는가, 꼴좋다고 생각할 수 있는가. 그런 것만 중요했다.

"사쿠타가 그렇게 말하니 설득력이 있는걸."

그 말은 가볍게 흘려 넘겼다.

여전히 느릿느릿하게 달리고 있는 전철은 야나기코지, 쿠게누마, 쇼난 해안 공원, 에노시마, 이 네 역을 지났다.

창밖을 보니 지금은 유일한 노면 구간을 통과하고 있었다. 승용차가 옆에서 나란히 달리고 있는 불가사의한 광경이 눈에 들어왔다. 하지만 어? 하고 생각한 순간, 일반 노선으로 변했다.

이 주변까지 오니 주위 건물과 열차 사이의 거리는 손만 뻗으면 닿을 듯 가까웠다. 창문을 통해 손을 내밀면 노선 옆에 있는 주택의 담에 손이 닿을 것 같고, 정원에서 기르는 나무의 가지와 잎이 때때로 열차에 닿는 듯한 느낌이 들었다.

그런 걱정을 하는 사이, 열차는 주택들 사이에 난 길을 통과한 후, 다음 역인 코시고에 역에 도착했다.

"하지만 학교에서 누군가와 같이 있는 모습은 본 적이 없어."

"응?"

"사쿠라지마 선배 말이야. 사쿠타가 먼저 말을 꺼냈잖아."

"아, 그래."

"그 사람, 항상 혼자더라고."

반 안에서 고립되어 있는 정도가 아니라, 학교 전체에서 고립되어 있다. 사쿠타는 사쿠라지마 마이에게서는 그런 인상을 받고 있었다.

"농구부 선배에게 들은 이야기인데, 1학년 초에는 학교에 거의 오지 않았대."

"왜?"

"일 때문이었어. 활동을 쉬기로 한 후에도 전부터 출연이 결정된 작품에는 나왔었잖아?"

"아, 그랬지."

그렇다면 일을 전부 정리한 후에 연예계 활동을 쉰다는 선언을 하면 되지 않았을까? 먼저 그걸 밝혀야만 하는 이유가 있었다면 몰라도…….

"학교에 제대로 나오기 시작한 건 여름 방학 이후였던 것 같아."

"……여러모로 힘들었겠네."

가을이 되어 마이가 등교했을 때, 그녀의 반에서 어떤 일이 일어났을지 쉽게 상상이 되었다. 반 친구들은 1학기 동안 각자의 관계와 그룹 세력도를 완벽하게 형성했을 것이다.

"그 후에 어떻게 되었을지는 말 안 해도 알겠지?"

유마도 같은 생각을 한 것 같았다.

한번 굳어버린 반의 형태는 쉬이 변하지 않는다. 자신이 있을 곳이 존재한다는 사실에 안도한 이들은 누구나 다 그것에 매달린다. 반 안에서의 지위를 지키려 한다.

2학기부터 등교하게 된 마이는 여러모로 대하기 힘든 존재였으리라. 연예인이기도 한 마이. 그러니 관심은 가겠지만 함부로 접근할 수도 없다. 적극적으로 마이에게 말을 걸다간 부각되고 말 것이다. 그리고 그렇게 부각되면 누군가에게 「짜증 나」라든가 「오버하고 있네」 같은 험담을 들을지도 모른다. 그런 이유로 자신이 반 안에서 고립되고 마는 것이다. 그렇게 되면 원래대로 되돌아갈 수 없다는 사실을 다들 알고 있었다. 학교라는 공간은 그런 곳이었다.

그 탓에 마이는 학교에 익숙해질 기회를 얻지 못했을 거라고 생각한다.

결국, 다들 매일 입버릇처럼 「심심해」라든가 「재미있는 일 좀 없을까~」 같은 소리를 하면서도, 실은 누구도 변화를 원하지 않는 것이다.

사쿠타도 그렇다. 변화가 없는 편이 편하다. 느긋해서 좋다고 생각한다. 몸도 마음도 피곤하지 않아서 좋다. 평온 만세. 심심함 최고다.

열차가 출발한다는 사실을 알리는 벨이 울리자, 문이 푸쉬익~ 하는 소리를 내면서 닫혔다.

또 달리기 시작한 열차는 꽤나 느긋하게 주택 사이를 통과했다.

눈앞에는 건물의 벽이 있었다. 그 벽 다음에는 또 벽이 있고, 집 다음에는 집이 있었다. 때때로 조그마한 건널목이 나왔다. 그리고 벽과 집이 한동안 이어질 거라고 생각한 순간, 아무런 전조도 없이 시야가 확 트였다.

바다.

세상 끝까지 이어져 있을 것 같은 푸른 바다가 보였다. 아침 햇살을 반사하며 찬란히 빛나고 있었다.

하늘.

세상 끝까지 펼쳐져 있을 것 같은 푸른 하늘이 보였다. 아침의 맑은 공기는 푸른색에서 흰색으로의 그라데이션을 자아내고 있었다.

그 둘의 중심에는 올곧게 그어진 수평선이 존재했다. 창밖에 펼쳐진 광경은 차량 안에 있는 이들의 시선을 빼앗을 만큼 마력을 지니고 있었다.

이 열차는 지금부터 한동안 사가미 만에 접한 시치리가하마의 해안선을 달린다. 오른편에는 에노시마가 있고, 왼편에는 해수욕장으로 잘 알려져 있는 유이가하마를 볼 수 있는 매력적인 포인트다.

"그런데 왜 갑자기 사쿠라지마 선배의 이름이 튀어나온 거야?"

"쿠니미는 바니걸을 좋아해?"

사쿠타는 창밖을 바라보며 물었다.

"아니. 그렇지도 않아."

"그럼 엄청 좋아해?"

"그래. 엄청 좋아하지."

"그럼 안 가르쳐줄래."

"뭐? 그러지 말고 가르쳐달라고."

유마가 사쿠타의 옆구리를 가볍게 찔렀다.

"예를 들어서 말이야. 도서관에서 매력적인 바니걸과 마주쳤다면, 쿠니미는 어떻게 할 거야?"

"또 쳐다보겠지."

"그렇지?"

"그 후, 뚫어져라 쳐다볼 거야."

이게 정상적인 인간의 반응이다. 적어도 정상적인 수컷의 반응이라 할 수 있을 것이다.

"그런데, 그것과 사쿠라지마 선배가 무슨 상관인데?"

"상관이 있다면 있다고도 할 수 있지만, 과연 어느 쪽이려나."

"그건 또 무슨 소리야?"

사쿠타가 말끝을 흐리자, 유마도 더는 추궁할 마음이 없는지 그저 웃음을 터뜨렸다.

그 후에도 해안선을 달리던 열차는 중간에 한 번 정차한 후, 사쿠타의 목적지, 미네가하라 고등학교가 있는 시치리가하마 역에 도착했다.

열차의 문이 열리자 바다 냄새가 났다.

사쿠타와 같은 교복을 입은 학생들이 그 냄새를 맡으며 플랫폼으로 향했다. 그곳에는 IC카드로 된 정기권을 인식하는, 허수아비 같은 기계 하나만 있는 간소한 개찰구가 있었다. 낮에는 역무원이 배치되어 있지만 사쿠타가 등교하는 이 시간에는 아무도 없었다.

역을 빠져나와 건널목 하나를 지나자, 학교가 눈에 들어왔다.

"그런데 카에데는 잘 있어?"

"내 여동생은 안 줄 거야."

"그런 소리 하지 말라고, 형님."

"쿠니미한테는 귀여운 애인이 있잖아."

"아, 그랬지."

"네 애인이 들으면 화낼 거야."

"괜찮아. 나는 카미사토의 화난 얼굴도 좋아하거든. 응? 아, 양반은 못 되겠네."

뭔가를 눈치챈 듯 유마의 시선이 향하는 곳을 쳐다보니, 사쿠라지마 마이가 10미터 정도 앞에서 홀로 걷고 있었다. 긴 팔다리와 조그마한 얼굴. 늘씬한 모델 체형. 같은 교복을 입고 있는데도 다른 학생들과는 확연하게 달라 보였다. 두 다리를 감싸고 있는 검은색 타이츠도, 엉덩이를 숨긴 스커트도, 몸에 딱 맞는 블레이저 교복도…… 그 모든 것이 어울리지 않았다. 마치 남의 옷을 빌려 입은 것 같은 느낌이었다.

3학년인데도 불구하고 마이는 전혀 교복에 익숙해지지 않았다.

그녀의 곁에서 잡담을 나누고 있는 여자 3인조가 훨씬 교복을 잘 소화하고 있었다. 같은 부에 소속된 선배를 향해 힘차게 「좋은 아침입니다!」 하고 인사를 하고 있는 1학년이 마이보다도 교복이 어울렸다. 친구의 등을 살짝 걸어차고 있는 교복 차림의 남학생조차도 화려함과 활기로 가득 차 있었다.

역과 학교 사이의 짧은 통학로는 미네가하라 고등학교에 다니는 학생들의 즐거운 이야기 소리와 웃음소리로 가득 차 있었다.

그 안에서 홀로 아무 말 없이 걷고 있는 마이는 왠지 고독해 보였다. 평범한 현립 고등학교에 흘러들어온 이단 분자. 이질적인 존재. 미운 오리 새끼. 그것이 지금 이 자리에 있는 사쿠라지마 마이의 인상이었다.

아니, 그뿐만 아니라 아무도 마이를 신경 쓰고 있지 않았다. 그 유명한 『사쿠라지마 마이』가 가까운 곳에 있는데도 아무도 쳐다보지 않았다. 요란하게 떠들어대는 학생 또한 한 명도 없었다. 이게 미네가하라 고등학교에서는 『보통』인 것이다.

즉, 마이는 지금 이 장소에 『공기』처럼 존재하고 있었다. 그것을 이 자리에 있는 모두가 받아들이고 있었다. 그 광경은 사쿠타가 어제 쇼난다이의 도서관에서 본 사람들의 반응을 떠올리게 했다. 묘한 불안감이 뱃속에서 꿈틀거렸다.

"어이, 쿠니미."

"응?"

"넌 사쿠라지마 선배가 보이지?"

"그래, 잘 보여. 눈은 좋은 편이거든. 양쪽 다 2.0이야."

이런 질문을 받는다면 보통은 유마처럼 대답하리라. 어제 그 일이 비정상인 것이다.

"그럼 잘 가."

"그래."

올해는 다른 반이 된 유마와 2층 복도에서 헤어진 사쿠타는 2학년 1반 교실에 들어섰다. 반 친구의 절반 정도가 이미 등교한 것 같았다.

사쿠타는 창가 자리에 앉았다. 『아즈사가와』라는 이름 덕분에 자리 배치를 새로 할 때마다 항상 같은 자리가 되었다. 『아이카와』나 『아이자와』처럼 일본어 표기 순서에서 『아즈사가와』보다 빠른 이름이 반에 없는 한, 출석 번호가 1번이 되는 것이다. 솔직히 말해 『1번』이라 손해 보는 경우가 많다는 느낌이 들기는 했다. 하지만 이 미네가하라 고등학교에서 창가 자리를 항상 차지할 수 있다는 의미이기도 하니, 나쁜 것만은 아닌 번호라는 생각이 들었다.

왜냐면 이 학교의 창가 자리에서는 바다가 보이기 때문이었다.

아침부터 바람을 찾아 몰려온 윈드서핑의 돛 몇 개가 보였다.

"저기."

"……."

"저기 말이야."

누군가의 목소리가 들려서 고개를 들었다.

언짢은 표정의 여학생이 책상 맞은편에서 사쿠타를 내려다보고 있었다. 반에서 가장 눈에 띄는 여자 그룹의 중심적 존재인 그녀의 이름은 카미사토 사키다.

커다란 눈을 치켜뜨고 있는 카미사토 사키의 어깨까지 기른 머리카락은 안쪽으로 살짝 말려 있었다. 옅은 화장을 한 그녀의 입술은 아름다운 핑크색을 띠고 있었다. 남자들 사이에서는 꽤 귀엽다는 평판이었다.

"무시하는 건 좀 너무하지 않아?"

"미안. 우리 반에 아직도 나한테 말을 거는 녀석이 남아 있을 줄은 몰랐거든."

"저기 말이야……."

바로 그때, 벨이 울렸다.

그 뒤를 이어 담임 선생님이 교실에 들어왔다.

"아아, 정말. 중요한 이야기가 있으니까 방과 후에 옥상으로 와. 꼭이야."

사쿠타의 책상을 세게 내려친 카미사토 사키는 대각선 뒤편에 있는 자신의 자리로 돌아갔다.

"내 의견은 아예 무시하는 거냐."

사쿠타는 혼잣말을 작게 중얼거린 후, 턱을 괸 채 바다를 바라보았다.

오늘도 저곳에는 바다가 있었다. 그저 있을 뿐이었다.

"골치 아프게 됐네……."

여학생에게 방과 후에 보자는 말을 들었는데도, 사쿠타는 들뜨지 않았다. 개미 눈물만큼도 가슴이 두근대지 않았다.

그것도 그럴 것이, 카미사토 사키는 쿠니미 유마의 애인인 것이다.

3

방과 후, 사쿠타는 약속을 깜빡한 척하면서 신발장으로 갔지만, 그 후 결국 옥상에 얼굴을 내밀었다. 이대로 바람맞혀 버리면 나중에 골치 아플 거라고 생각했기 때문이다. 이 상황에 딱 맞아떨어지는 속담은 아닐지도 모르지만, 바쁠수록 돌아가라 했다.

"왜 이렇게 늦은 거야!"

도착하자마자 사키에게 한 소리 들었다. 바람맞히려다 와줬는데 이런 소리를 들으니 어처구니가 없었다.

"청소 당번이었거든."

"그런 건 내 알 바 아냐."

"그건 그렇고, 할 이야기가 뭐야?"

"단도직입적으로 말하겠어."

사키는 그렇게 말한 후, 사쿠타를 노려보았다.

"반에서 고립되어 있는 아즈사가와 따위와 같이 있으면, 유마의 주가가 떨어져."

"......"

뭐랄까, 엄청난 소리를 들었다. 방금 사키 자신이 말한 대로 단도직입적이었다.

"오늘 처음으로 카미사토 양과 이야기하는 건데, 나에 대해 잘 알고 계시군요."

사쿠타는 교과서를 읽는 듯한 말투로 그렇게 말했다.

"『병원행 사건』은 다들 알고 있어."

"아하…… 『병원행 사건』 말이구나."

사쿠타는 흥미가 없다는 듯 애매하게 대답했다.

"유마가 불쌍하니까, 앞으로는 유마와 이야기하시 마."

"그 논리로 본다면 현재 진행형적으로 카미사토 양이 불쌍해지고 있는 데다, 주가가 대폭락을 하고 있는 거잖아. 그건 괜찮은 거야?"

이 옥상에는 다른 학생도 있었다. 그들의 시선은 불온한 공기를 자아내고 있는 사쿠타와 사키를 향해 있었다.

스마트폰을 만지작거리는 이도 있었다. 실황 중계라도 하고 있는 걸까. 참 할 짓 없는 사람이었다.

"유마를 위한 거니까 나는 괜찮아."

"그렇구나. 카미사토 양은 대단하네."

"뭐어? 왜 나를 칭찬하는 거야?"

굳이 따지자면 비꼬는 의미에서 한 말인데, 사키는 알아듣지 못한 것 같았다.

"뭐, 그런 걱정 할 필요는 없을걸? 쿠니미는 괜찮을 거야. 나와 같이 있다고 쿠니미의 주가가 떨어지지는 않을 거야. 그

녀석은 자신의 어머니가 만들어준 도시락을 매일같이 맛있다고 말하면서 감사히 먹을 만큼, 배려라는 걸 아는 녀석이라고."

예전에 모자 가정에서 자라면 누구나 어머니를 소중하게 여기게 된다고 유마는 웃으면서 말했지만, 그게 그렇게 단순한 일이 아니라는 건 바보라도 알 것이다. 반대로 어머니에게 반발하게 되는 녀석도 분명 있으리라.

"유마는 카미사토 양에게는 아까울 정도로 좋은 녀석이니까 안심해."

"나한테 시비 거는 거야?"

"시비를 받아주는 거야. 카미사토가 먼저 나한테 시비를 걸었잖아."

짜증이 난 사쿠타는 『양』이라는 호칭을 빼면서 사키에게 말했다.

"그거! 그 카미사토도 짜증 나! 유마는 왜 너를 이름으로 부르면서, 애인인 나를 『카미사토』라는 성으로 부르는 거냔 말이야."

사키가 전혀 상관없는 걸로 물고 늘어지자, 화제가 다른 방향으로 바뀌었다. 사쿠타는 내가 그걸 어떻게 아냐, 하고 생각하면서도 입에 담지는 않았다. 그녀의 사랑에 더 이상 휘둘리는 것은 사양하고 싶었기 때문이었다.

하지만 그 대신에 한 말이야말로, 입에 담지 말았어야 할 발언이었을지도 몰랐다.

"왜 그렇게 짜증이 난 거야? 카미사토, 너 생리하냐?"

"뭐어?!"

그 순간, 사키의 얼굴이 새빨갛게 달아올랐다.

"주, 죽어! 바보! 죽어버려! 확 죽어버리란 말이야!"

완전히 당황한 사키는 그런 소리를 내뱉으면서 옥상에서 내려갔다. 쾅 소리와 함께 옥상 문이 힘차게 닫혔다.

홀로 남겨진 사쿠타는……

"……우와, 정곡을 찔렀나 보네."

그런 소리를 하며 머리를 긁적였다.

사쿠타는 카미사토 사키와 학교 안에서 다시 마주치는 것을 피하기 위해, 옥상에서 한동안 바닷바람을 맞은 후 돌아가기로 했다.

그가 신발장으로 향한 것은 하늘이 붉은색으로 물들었을 즈음이었다.

귀가부 학생은 이미 학교에 없었다. 부활동에 참가하는 학생들만 학교에 남아 있는 어중간한 시간대이기에 인적이 없는 신발장 부근에서는 정적이 흐르고 있었다. 때때로 들려오는 부활동 학생들의 기합 소리는 꽤나 멀게 느껴졌다. 사쿠타는 지금 이곳에 자신만 있다는 것을 강하게 실감하고 있었다.

학교와 역 사이의 길 또한 거의 전세 상태였다. 그곳을 지나 도착한 시치리가하마 역도 한산했다. 수업이 끝난 직후에는 미네가하라 고등학교 학생으로 붐볐을 플랫폼도 지금은 몇 사람밖에 없었다.

사쿠타는 그 안에서 누군가를 발견했다. 한 여학생이 플랫폼 한편에 서 있었다. 주위와의 접촉을 거부하는 듯한 분위기를 지녔으며, 귀에 꽂은 이어폰 케이블은 교복 상의 호주머니로 이어져 있었다.

그 여학생은 바로 사쿠라지마 마이였다.

석양빛을 받은 그녀의 얼굴은 가라앉은 것 같으면서도 아름다웠으며, 가만히 서 있을 뿐인데도 한 폭의 그림 같았다. 이대로 계속 바라보고 싶다는 생각이 들 정도였다……. 하지만 지금은 다른 흥미가 사쿠타를 자극하고 있었다.

"안녕하세요."

사쿠타는 마이에게 다가가 말을 걸었다.

"……."

마이는 대답하지 않았다.

"안녕하세요~."

사쿠타는 아까보다 큰 목소리로 말을 걸었다.

"……."

역시, 반응이 없었다.

하지만 마이가 사쿠타의 존재를 눈치챈 듯한 느낌이 들었다.

조용한 전철 플랫폼에서 열차를 기다리고 있는 이는 사쿠타,

마이, 그리고 미네가하라 고등학교의 학생, 이렇게 세 명뿐이었다. 그리고 방금, 관광객으로 보이는 대학생 커플이 왔다. 역무원에게 일일 승차권인 『오리오리 군』을 보여주고 있었다.

플랫폼 한가운데로 온 커플은 곧 마이의 존재를 눈치챈 것 같았다.

"저기 좀 봐."

"맞는 것 같지?"

마이를 손가락질하면서 이야기를 나누는 목소리가 들렸다. 마이는 눈치채지 못했는지 여전히 선로 쪽을 쳐다보고 있었다.

"아, 하지 마~."

그렇게 말한 여성의 목소리에서는 말리려는 의도가 전혀 느껴지지 않았다. 시시덕거리고 있는 그 커플의 목소리는 조용한 역 안에서 소음 이외의 그 무엇도 아니었다.

참다못한 사쿠타가 고개를 돌려보니, 남자가 마이를 향해 스마트폰의 카메라를 들고 있었다.

셔터를 누르기 직전, 사쿠타가 스마트폰 앞에 섰다. 찰칵 하는 소리가 들렸다. 분명 저 스마트폰에는 사쿠타의 사진이 찍혔을 것이다.

"야, 뭐하는 거야!"

한순간 깜짝 놀란 표정을 지은 남자가 세게 나왔다. 애인 앞이기에 고등학생 따위에게 겁먹은 모습을 보여줄 수는 없는 것이리라.

"인간인데요?"

사쿠타는 진지한 얼굴로 대답했다. 틀린 말은 아니었다.

"뭐?"

"그러는 당신은 도촬범인가요?"

"뭐, 뭐어?! 아, 아냐!"

"꼬맹이도 아니니까 꼴사나운 짓 좀 하지 말아요, 형. 같은 인간으로서 보고 있는 내가 다 부끄럽다고요."

"그, 그런 게 아니라고 했잖아!"

"어차피 잘난 척하듯 사진이 첨부된 트윗이라도 올리려던 거겠지만……."

"윽?!"

정곡을 찔린 그 남자의 얼굴은 순식간에 분노와 수치심으로 물들었다.

"그렇게 주목을 받고 싶으면, 당신 얼굴을 찍은 사진을『도촬범입니다』라는 글을 붙여서 올려줄까요?"

"……."

"초등학생 때 배우지 않은 거예요?『자기가 당하기 싫은 짓은 남에게 하지 마세요』라고 말이에요."

"시, 시끄러워, 이 멍청아!"

쥐어짜낸 듯한 목소리로 겨우 그렇게 말한 그 남자는 애인의 손을 잡더니 플랫폼에 들어온 가마쿠라행 열차에 탔다. 선로가 하나밖에 없는 이 역은 상행이든 하행이든 같은 플랫폼에 정차했다.

　달리기 시작한 열차를 쳐다보고 있던 사쿠타는 누군가가 자신의 등을 쳐다보고 있는 느낌을 받았다.

　머뭇거리면서 고개를 돌려보니, 마이가 귀찮다는 듯 이어폰을 귀에서 빼고 있었다.

　그리고 사쿠타와 시선이 마주치자⋯⋯.

　"고마워."

　⋯⋯하고 말했다.

　"예?"

　마이가 뜻밖의 반응을 보이자, 사쿠타는 놀란 목소리로 말했다.

　"괜한 짓 하지 말라면서 화낼 줄 알았어?"

　"예."

　"그런 생각이 들기는 했지만 참았어."

　"그럼 방금 그 말도 하지 말라고요."

　그 말을 해버리면 참았다고 할 수 없지 않을까, 하는 생각이 들었다.

　"아까 같은 일에는 익숙하거든."

　"아까 같은 일에 익숙하더라도, 계속 당한다면 마음속의 뭔가가 닳아버릴 거예요."

　"⋯⋯."

　방금 그 말이 뜻밖이었는지, 마이의 눈동자 깊은 곳에 놀라움의 빛이 어렸다.

"닮는다…… 그 말이 맞아."

그렇게 말한 마이는 즐겁다는 듯 입가에 작은 미소를 머금었다.

지금이라면 이야기를 나눌 수 있을 것 같다는 느낌이 든 사쿠타는 마이의 옆에 섰다.

하지만 먼저 질문을 던진 사람은 마이였다.

"왜 이렇게 어중간한 시간에 여기 있는 거야?"

"같은 반 여자애가 옥상으로 불러냈거든요."

"고백? 의외로 인기 많나 보네."

"사랑 고백이 아니라 증오 고백이었지만요."

"그게 뭐야?"

"당신을 매우 싫어합니다, 하고 딱 쳐다보면서 말하더라고요."

"요즘 그런 게 유행하는구나."

"적어도 저는 태어나서 처음으로 경험해봤어요. 사쿠라지마 선배야말로 왜 이런 어중간한 시간에 여기 있는 거예요?"

"너와 마주치지 않으려고 일부러 학교에서 시간을 보내다 하교했어."

마이의 얼굴을 봐서는 그 말이 진실인지 거짓인지 알 수 없었다. 확인해보고 진짜라면 기분이 나쁠 것 같았기에 사쿠타는 그 점에 대해 더는 추궁하지 않았다.

사쿠타는 열차 시간표를 쳐다보면서 화제를 바꾸려 했다.

"지금 정확하게 몇 시죠?"

"시계는?"

사쿠타는 두 손목을 내밀어 자신은 손목시계를 차고 있지 않다는 사실을 밝혔다.

"그럼 핸드폰을 봐."

"없어요."

"스마트폰이라는 소리를 하고 싶은 거야?"

"핸드폰도, 스마트폰도 없어요. 참고로 말하자면 오늘 안 가지고 왔다는 의미도 아니죠."

가지고 오지 않은 것이 아니라, 아예 없는 것이다.

"……정말?"

마이는 믿기지 않는다는 듯한 표정을 지었다.

"정말이에요. 전에는 있었지만, 홧김에 바다에 던져버렸거든요."

지금도 기억하고 있다. 미네가하라 고등학교의 합격 발표를 보러 온 당일의 일을……

무게 약 120그램. 전 세계 어디와도 이어질 수 있는 편리한 통신 기기는 사쿠타가 휘두른 손에서 벗어나, 포물선을 그리면서 바다에 빠졌다.

"쓰레기는 쓰레기통에 버려."

지당하기 그지없는 소리를 들었다.

"다음부터는 그럴게요."

"너, 친구 없지?"

핸드폰으로 연락을 취하지 않으면 친구도 만들 수 없다……. 지금은 그런 시대다. 마이의 지적은 옳았다. 핸드폰 번호, 메일 주소, ID교환이 친구 만들기의 첫걸음이기에, 그것이 없는 것만으로도 사회의 룰에서 벗어나고 만다. 학교라는 좁은 세계 안에서 룰을 공유하지 못하는 인간은 가장 먼저 고립되고 만다. 덕분에 입학 초기에는 친구를 만드느라 고생했다.

"친구라면 두 명이나 있어요."

"두 명에『이나』라는 표현이 어울릴까?"

"친구는 두 명 정도면 충분하다고 생각해요. 그 녀석들과 평생 친구로 지내면 되니까요."

스마트폰에 등록된 번호, 메일 주소, 친구 ID 개수에 의미 같은 것은 없다. 많으면 많을수록 좋은 것도 아니라고 생각한다. 그것이 사쿠타의 지론이었다.

게다가 친구와 친구가 아닌 사람의 경계선은 무엇인가……라는 문제도 있었다. 사쿠타는『상의할 게 있어서 한밤중에 전화를 해도 투덜대면서 받아주는』이가 친구라고 생각했다.

"흐음."

대충 맞장구를 친 마이는 상의 호주머니에서 스마트폰을 꺼냈다. 토끼 귀가 달린 빨간색 커버가 씌워져 있었다.

마이는 스마트폰의 화면을 사쿠타에게 보여줬다. 화면에 표시된 현재 시간은 4시 37분. 1분 후면 열차가 도착할 것이다. 그렇게 생각한 순간, 마이가 쥔 스마트폰이 진동하며 전화가 왔다는 사실을 알렸다.

스마트폰의 화면에는 『매니저』라는 글자가 표시되어 있었다.

마이의 손가락이 『거부』 쪽에 닿자, 진동이 멈췄다.

"괜찮아요?"

"열차도 곧 들어올 거고…… 안 받아도 그 사람의 용건이 뭔지 알아."

기분 탓인지 말끝에서 짜증이 느껴지는 것 같았다.

플랫폼을 향해 후지사와행 열차가 천천히 들어오고 있었다…….

사쿠타는 마이와 함께 열차에 탄 후, 비어 있는 자리에 나란히 앉았다.

문이 닫히자, 열차가 천천히 달리기 시작했다. 승객 숫자는 꽤 있었다. 좌석 중 8할 정도가 채워져 있었고, 몇 명이 서 있는 상태였다.

두 사람이 아무 말도 하지 않는 가운데, 열차는 역 두 개를 지났다. 바다가 보이는 구간을 지난 열차는 주택가 한가운데를 덜컹거리며 달리고 있었다.

"어제 일 말인데요."

"잊으라고 어제 충고했을 텐데?"

"사쿠라지마 선배의 바니걸 차림이 너무 에로틱해서 잊을 수가 없더라고요."

참았던 하품이 새어 나왔다.

"덕분에 어젯밤에는 좀처럼 잠들지 못했다니까요."

사쿠타는 원망하듯 마이를 쳐다보았다.

"뭐, 뭐어?! 나를 상상하면서 이상한 짓을 한 건 아니겠지?"

모멸 섞인 눈빛과 신랄한 독설이 터져 나올 줄 알았는데, 마이는 얼굴을 붉히며 당황했다. 부끄러움을 참는 듯한 마이가 사쿠타를 올려다보며 살며시 노려보았다. 그러니 꽤나 귀여워 보였다.

하지만 마이는 곧 동요를 감추더니, 얼버무리듯 변명을 했다.

"여, 연하 남자애가 나 가지고 야한 상상을 해봤자, 나는 아무렇지도 않아."

참고로 볼은 여전히 붉었다. 아무렇지 않은 척하고 있다는 것을 한눈에 알 수 있었다. 어른스러운 겉모습과는 달리 의외로 순진한 구석이 있는 걸지도 모른다.

"좀 떨어져줄래?"

마이는 더러운 걸 쳐내듯 사쿠타의 어깨를 밀었다.

"우와~, 마음에 상처 나겠네~."

"너와 붙어 있다간 임신할 것 같단 말이야."

"이름은 뭐가 좋을까요?"

"너 말이지……."

마이의 시선이 차가워졌다. 아무래도 좀 지나쳤던 것 같다.

"내가 잊으라고 한 건 내 옷차림이 아니라……."

"그럼 어제 그건 대체 뭐였던 거예요?"

마이가 다른 쪽으로 돌린 화제를 사쿠타가 언급했다. 원래 그 일에 관해 물을 생각으로 마이에게 말을 걸었던 것이다.

"저기, 아즈사가와 사쿠타 군."

"내 이름을 기억하고 있군요."

"남의 이름은 한 번에 외우려고 하는 편이야."

본받고 싶은 마음가짐이었다. 예전에 연예계 활동을 하면서 익힌 걸까? 왠지 그럴 것 같다는 생각이 들었다.

"네 소문은 들었어."

"소문…… 말인가요."

그게 뭔지 상상이 되었다. 오늘도 그 소문 때문에 옥상으로 불려 갔었다.

"정확하게는 들은 게 아니라 봤어."

마이는 그렇게 말하더니 교복 상의 호주머니에 집어넣었던 스마트폰을 다시 꺼냈다. 그리고 한 인터넷 게시판에 들어갔다.

"중학교 때까지는 요코하마에 살았지?"

"맞아요."

"폭력 사건을 일으켜서 동급생 세 명을 병원으로 보냈다면서?"

"저는 이래 봬도 주먹다짐에는 자신이 있거든요."

"그 탓에 원래 요코하마에 있는 고등학교에 합격했으면서, 2차 모집 때 일부러 미네가하라 고등학교에 지원해서 이쪽으로 이사 왔다면서?"

"……."

"그 외에도 있는데, 계속 말해볼까?"

"……."

"『자기가 당하기 싫은 짓은 남에게 하지 마세요』라는 소리를 방금 누가 입에 담았던 것 같은데 말이야."

"남이 나를 캐봤자 아무렇지도 않아요. 오히려 사쿠라지마 선배가 저에게 흥미를 가져줘서 영광이네요."

"인터넷은 정말 엄청나다니깐. 이런 개인의 정보까지 올라와 있잖아."

"동감이에요."

사쿠타는 퉁명스러운 목소리로 대답했다.

"뭐, 인터넷에 올라와 있는 게 사실이라는 보증은 없지만 말이야."

"선배는 어떻게 생각하죠?"

"조금만 생각해보면 알 수 있잖아? 그런 엄청난 사건을 일으킨 인간이 태연한 얼굴로 고등학교에 다닐 리가 없어."

"방금 그 말을 우리 반 애들에게 들려주고 싶네요."

"사실이 아니라면 아니라고 자기 입으로 말하면 되잖아."

"소문이라는 건 공기 같은 거잖아요.『그 자리에 감도는 분위기』라는 의미의 공기……. 요즘 사람들이 꼭 파악해야만 한다는 그『공기』말이에요."

"맞아."

"파악하지 못하는 것만으로도 얼간이 취급을 당하는 공기…… 그런 공기를 만드는 본인들에게는 당사자 의식이 없어요. 그러니 열심히 진실을 설명해봤자, 어차피『왜 저렇게 오버하는 거야?』하고 생각할 게 뻔해요."

상대는 눈앞에 있는 사람이 아니기에 무슨 말을 해봤자 통하지 않는다. 게다가 어떤 식으로도 반응을 보이면, 보지 않는 곳에서 집중포화를 해대는 것이다.

"그러니 공기와 싸우는 건 바보 같은 짓이라고요."

"그래서 너는 싸워보지도 않고 포기한 거구나."

"어차피 누가 퍼트린 건지도 알 수 없는 소문이나, 인터넷의 글을 무턱대고 덥석 믿는 순진무구한 녀석들과 친구가 될 자신이 없으니 괜찮아요."

"말에서 악의가 넘치네."

입가에 미소를 지은 마이는 그 말에 공감하는 것 같았다.

"다음은 선배 차례예요."

"……"

한순간, 마이는 사쿠타를 언짢은 눈길로 쳐다보았다. 하지만 사쿠타의 사정을 들었으니 말할 수밖에 없다고 생각했는지 결국 입을 열었다.

"그걸 눈치챈 건 골든위크 첫날이야."

즉, 나흘 전. 5월 3일. 헌법기념일.

"별생각 없이 에노시마의 수족관에 갔어."

"혼자서요?"

"그러면 안 돼?"

"애인이 없나 해서요."

"그런 건, 있었던 적이 없어."

마이는 입술을 삐죽 내밀었다.

"흐음~."

"난 처녀면 안 되는 거야?"

마이는 사쿠타를 놀리듯 아래쪽에서 올려다보며 말했다.

"……."

"……."

두 사람의 시선이 부딪혔다.

그러자 마이의 얼굴이 점점 빨개졌다. 목까지 새빨갛게 달아올랐다. 자신이 입에 담은 『처녀』라는 단어 때문에 수치심을 느끼고 있는 것 같았다.

"아~, 저는 그런 건 신경 쓰지 않거든요."

"그, 그렇구나……. 아무튼! 나들이 나온 가족들로 붐비는 수족관 안에서 아무도 나를 쳐다보고 있지 않다는 걸 눈치챘어."

마이가 퉁명한 표정을 짓자 앳되고 귀여워 보였다. 마이의 어른스러운 모습만 알고 있었던 사쿠타는 그런 표정이 꽤나 신선하게 느껴졌다. 하지만 그 점을 지적하면 이야기가 또 탈선할 것 같았기에, 사쿠타는 그냥 마음속에 담아두기로 했다.

　"처음에는 기분 탓인 줄 알았어. 연예계 활동을 중지하고 2년 정도 지난 데다, 다들 물고기를 바라보고 있었거든."

　마이의 목소리 톤이 점점 심각해지고 있었다.

　"하지만 돌아가는 길에 근처 카페에 들렀을 때 눈치챘어. 『어서 오세요』라는 말도 들리지 않았고, 자리로 안내받지도 못했지."

　"셀프 가게였던 거 아니에요?"

　"평범한 카페야. 카운터석이 있고, 그 외에는 테이블이 네 개 정도 있는 카페였어."

　"그럼 선배가 전에 그 카페에서 출입 금지를 당할 만한 짓을 한 거 아니에요?"

　"그럴 리가 없잖아."

　분노 탓에 한쪽 볼이 살짝 올라간 마이가 사쿠타의 발을 밟았다.

　"선배, 발."

　"발이 뭐 어쨌다는 거야?"

　마이는 정색하는 표정을 지어보였다. 진짜로 아무것도 모르는 듯한 분위기를 자아내고 있었다. 연기의 프로는 정말 대단하다는 생각이 들었다.

"선배가 밟아주니 정말 행복해요."

사쿠타가 농담 삼아 한 말에 마이는 완전히 질리고 말았다. 옆에 앉아 있던 남성이 내리자 사쿠타에게서 떨어져 앉을 정도였다.

"농담한 거라고요."

"적어도 몇 퍼센트 정도의 진심이 느껴졌어."

"뭐, 나도 남자거든요. 미인 선배와 신체 접촉을 했는데 기쁘지 않을 리가 없잖아요."

"하아, 이러다간 이야기를 진행할 수 없을 것 같으니까 그 이야기는 그만하자. 내가 어디까지 이야기했지?"

"카페에서 출입 금지를 당한 데까지 이야기했어요."

"나, 화낼 거야."

그렇게 말하는 마이의 시선은 날카로웠다. 아무리 봐도 이미 화가 난 것 같았다.

사쿠타는 반성하고 있다는 뜻을 전하기 위해 입에 지퍼를 채우는 시늉을 했다.

"카페 점원에게 말을 걸어도 반응이 없고, 다른 손님들도 내 존재를 눈치채지 못했어."

마이는 언짢은 표정을 지은 채 말을 이었다.

"솔직히 말해 깜짝 놀랐어. 그래서 도망치듯 돌아왔지."

"어디로요?"

"후지사와 역이야. 하지만 돌아와 보니 아무 문제도 없었어. 다들 평소처럼 나를 쳐다보고 있더라구. 그 유명한 『사쿠라지마 마이』를 보고 놀랐다는 듯한 표정을 지으면서 말이야. 그래서 에노시마에서의 일은 기분 탓일 거라고 여겼지만…… 결국, 다른 장소에서도 같은 일이 벌어지고 있는지 조사해보고 다녔어."

"그래서 바니걸 차림을 한 거예요?"

"그 차림이 눈에 들어오면 다들 쳐다보지 않겠어? 그럼 기분 탓으로 치부할 여지조차 없겠지?"

확실히 맞는 말이었다. 그날 사쿠타가 보였던 반응은 그 복장의 효력이 얼마나 엄청난지 증명하고 있었다.

"그럼 다른 장소…… 쇼난다이에서도 같은 일이 일어나고 있었다는 거네요……."

"응. 이 세상 모든 사람들의 눈에 내가 보이지 않는 것은 아닐까 하고 기대했지만……."

왠지 마이는 탓하는 듯한 눈길로 사쿠타를 쳐다보았다.

"오늘 학교에서도 평소와 마찬가지였고…… 지금도 그래."

마이는 열차 안쪽 문 주변을 힐끔 쳐다보았다. 다른 고등학교의 교복을 입은 남학생이 스마트폰을 확인하다 때때로 이쪽을 쳐다보고 있었다. 당연하다면 당연한 거지만, 저 남학생이 보고 있는 사람은 사쿠타가 아니라 마이였다.

"기묘한 체험을 하고 있는데도, 선배는 즐거워 보이네요."

사쿠타는 솔직한 감상을 밝혔다. 현재 마이에게서는 위기감 같은 것이 느껴지지 않았다.

"당연히 즐겁지."

"제정신이에요?"

그 말이 이해가 되지 않은 사쿠타는 의문 가득한 시선을 던졌다.

"나는 항상 남에게 주목받으면서 살아왔어. 다른 사람들의 눈을 신경 쓰며 살아왔다구. 그래서 어릴 적부터 아무도 나를 모르는 세계에 가고 싶다고 생각했었지."

마이가 거짓말을 하고 있는 것처럼 보이지는 않았다. 하지만 저것이 연기라고 해도 믿을 수밖에 없는 이유가 있었다. 마이는 어릴 적부터 연기를 해온 실력파 배우인 것이다.

그런 이야기를 나누는 와중, 사쿠타는 마이가 연차 천장에 걸린 광고를 바라보고 있다는 사실을 눈치챘다. 소설 원작인 영화를 선전하는 광고였다. 주연 여배우는 요즘 인기를 얻고 있는 연예인이었다. 마이와 동갑인 걸로 알고 있었다.

연예계의 동향이 신경 쓰이는 걸까? 그리운 걸까? 아니, 그런 것과는 달라 보였다. 머나먼 세계를 바라보고 있는 듯한 마이의 눈동자 깊숙이, 감정의 응어리가 흔들리고 있는 것 같았다.

미련 혹은 집착이라 부를 수 있을만한 감정.

"선배?"

"……."

"사쿠라지마 선배?"

"듣고 있어."

눈을 한 번 깜빡인 후, 마이는 사쿠타를 힐끔 쳐다보았다.

"나는 지금 상황에 만족하고 있어. 그러니까 방해하지 마."

"……."

열차는 어느새 종점인 후지사와 역의 플랫폼에 도착했다. 문이 열렸다. 마이가 먼저 일어나자, 사쿠타는 허둥지둥 그녀를 쫓아갔다.

"이제 내가 얼마나 정신 나간 여자인지 알겠지?"

"……."

"그러니까 더는 상관하지 마."

마이는 딱 잘라 말한 후, 빠른 걸음으로 개찰구를 통과했다. 그리고 이제 작별이라는 듯 사쿠타와 거리를 벌렸다.

마이와 같은 방향으로 가야 하는 사쿠타는 조금씩 멀어져 가는 그녀를 잠시 동안 뒤따라갔다. 연락 통로를 건너 JR의 역사에 들어갔다.

마이는 그곳에 있는 코인 라커 앞에 섰다. 그리고 안에서 종이봉투 한 개를 꺼내나 싶더니, 이번에는 빵을 팔고 있는 매점 쪽을 향해 서두르듯 걸음을 옮겼다.

"크림빵 하나만 주세요."

마이는 매점 아주머니에게 그렇게 말했다.

하지만 아주머니는 그 목소리가 들리지 않았는지 아무런 반응도 보이지 않았다.

"크림빵 하나만 주세요."

마이는 재차 주문했다.

하지만 아주머니는 그 말에 반응을 보이지 않았다. 마이의 모습이 보이지 않는 것처럼 마이 다음으로 온 회사원 같은 남성에게 천 엔 지폐를 받았다. 마이의 목소리가 들리지 않는 것처럼 다른 여중생에게 멜론빵을 건넸다.

"저기, 크림빵 주세요."

마이의 옆으로 다가간 사쿠타는 큰 목소리로 그 아주머니에게 말을 걸었다.

"아, 크림빵 말이구나."

아주머니가 카운터 너머에서 내민 종이봉투를 받은 사쿠타는 130엔을 건넸다.

매점에서 몇 걸음 떨어진 곳으로 이동한 사쿠타는 마이에게 크림빵이 든 종이봉투를 건넸다.

마이는 굳은 표정을 지은 채 고개를 숙이고 있었다.

"실은 좀 곤란하지 않아요?"

"응. 여기 크림빵을 못 사는 건 좀 곤란해."

"그렇죠?"

"하지만…… 넌 나의 말도 안 되는 이야기를 믿는 거야?"

"저는 그런 이야기를 뭐라고 부르는지 알거든요."

"……."

"사춘기 증후군이죠?"

마이의 눈썹이 희미하게 반응을 보였다.

타인에게 보이지 않게 된다는 사례는 들은 적이 없지만, 『타인의 마음속 목소리가 들렸다』든가, 『누군가의 미래가 보였다』든가, 『누구와 누구의 인격이 바뀌었다』든가, 그런 종류의 오컬트틱한 일에 관한 소문은 들은 적 있다. 인터넷 상담 게시판 같은 걸 뒤져보면 그 외의 사례도 꽤나 떠돌아다니고 있었다.

제정신 박힌 정신과 의사는 감정이 풍부한 탓에 불안정한 마음이 보여주는 착각이라고 딱 잘라 말했다. 자칭 전문가는 현대 사회가 낳은 신종 패닉 증상이라고 말했으며, 이런 일을 재미있어 하는 일반인 중에서는 「일종의 집단 최면이겠지」라는 의견을 내놓는 이도 있었다.

마음속에 존재하는 이상향과, 생각대로 되지 않는 현실. 그 사이에서 발생한 스트레스가 가져온 마음의 병이라고 말하는 사람도 있었다.

딱 한 가지 공통점은 아무도 그걸 진짜라고 믿지는 않는다는 것이다. 대부분의 어른들은 「그런 건 기분 탓」으로 치부하고 있었다.

그런 무책임한 의견 교환 중에서 누가 가장 먼저 말을 꺼낸 건지는 모르겠지만, 언제부터인가 마이에게 일어난 것 같은 불가사의한 현상을 『사춘기 증후군』이라고 부르게 되었다.

"사춘기 증후군은 흔하디흔한 괴담이잖아."

그렇다. 마이의 말이 옳다. 괴담이다. 그래서 보통은 아무도 믿지 않았다. 누구나 마이와 같은 반응을 보였다. 설령 불가사의한 현상을 직접 보더라도 기분 탓이라고 생각할 것이다. 체험하더라도 솔직하게 받아들이지 않는다. 사쿠타를 비롯한 대부분 사람들은 그런 일이 일어날 리가 없다는 상식 속에서 살고 있는 것이다.

하지만, 사쿠타에게는 사춘기 증후군을 부정할 수 없는 근거가 있었다.

"내가 선배를 믿는다는 걸 선배가 믿게 하기 위해, 선배에게 보여주고 싶은 것이 있어요."

"보여주고 싶은 것?"

마이는 미심쩍어하는 표정을 지으며 미간을 찌푸렸다.

"시간 좀 내주지 않겠어요?"

마이는 사쿠타의 제안을 듣고 잠시 동안 생각한 후……

"……알았어."

……하고 작은 목소리로 말하며 고개를 끄덕였다.

4

사쿠타가 마이를 데리고 간 곳은 역에서 도보로 10분 거리에 있는 주택가 안이었다.

"여긴 어디야?"

마이가 올려다본 것은 7층 맨션이었다.

"우리 집이에요."

"……."

의혹과 경멸이 섞인 시선이 옆에서 날아왔다.

"이상한 짓을 하려는 건 아니라고요."

작은 목소리로 「아마도요」 하고 덧붙였다.

"방금 뭐라고 했어?"

"선배에게 유혹당한다면 자제할 자신이 없다고 말했어요."

"……."

마이는 입을 꾹 다물었다.

"어라? 선배, 혹시 긴장했어요?"

"기, 긴장? 누, 누가~?"

"목소리 톤이 이상한데요?"

"여, 연하 남자애 방에 들어가는 것쯤은 아무것도 아니라구."

　흥 하고 코웃음을 친 마이는 입구를 향해 저벅저벅 걸음을 옮겼다. 사쿠타는 웃음을 참으면서 마이와 나란히 서서 걸었다.

　엘리베이터가 5층에 도착했다. 오른쪽 세 번째 집이 사쿠타가 사는 방이었다.

"다녀왔어~."

사쿠타가 현관문을 열며 집에 돌아왔음을 알렸지만 대답이 없었다. 평소 같으면 여동생인 카에데가 매복하고 있었겠지만, 오늘은 평소보다 늦게 귀가했기 때문에 삐친 걸지도 모른다. 어쩌면 잠을 자고 있거나, 독서에 집중한 나머지 오빠가 돌아왔다는 걸 눈치채지 못한 걸지도 모르지만……

"들어오세요."

사쿠타는 신발을 신은 채 현관에서 딱딱하게 굳어 있는 마이를 향해 손짓했다.

사쿠타는 마이를 현관 바로 앞에 있는 자신의 방으로 안내했다.

마이는 들고 있던 가방과 종이봉투를 방구석에 놓은 후, 침대에 걸터앉았다. 은근슬쩍 종이봉투 안을 들여다보니 바니걸의 귀가 보였다. 오늘도 이걸 입고 어딘가에서 야생 바니걸을 할 생각이었던 걸까.

"흐음, 깨끗하네."

방을 둘러보던 마이가 평범하기 그지없는 감상을 입에 담았다.

"어지를 게 없는 것뿐이에요."

"그런 것 같네."

가구라고 부를 만한 것은 책상과 의자, 침대뿐인 이 방은 꽤 썰렁했다.

"선배는……."

"저기."

마이는 사쿠타의 말을 끊듯 입을 열었다.

"뭐죠?"

"그 『선배』라는 호칭 좀 쓰지 마. 나는 네 선배가 된 적 없어."

"그럼 사쿠라지마 씨?"

"성은 너무 길어."

"그럼 마이. ……어, 으윽."

마이는 사쿠타의 넥타이를 잡더니 아래쪽으로 잡아당겼다.

"『씨』 정도는 붙여."

"과감하게 우리 사이의 거리를 줄여보려고 했는데 말이죠……."

"나는 예의 없는 사람을 싫어해."

순식간에 긴장된 분위기가 생겨났다. 그런 분위기를 만든 이는 바로 마이였다. 농담을 할 여유도 없었다. 언뜻 보기에 딱딱해 보이는 이 가치관은 역시 연예계에서 길러진 것일까.

"그럼 마이 씨."

"너는 아즈사가와라는 이미지가 아니니까, 사쿠타 군이라고 부를게."

마이의 마음속에 존재하는 『아즈사가와』는 대체 어떤 이미지인 걸까.

"그런데? 사쿠타 군은 나에게 뭘 보여줄 거야?"

"봐줘야 보여주든 말든 하죠."

마이가 사쿠타의 넥타이를 놓았다. 몸을 일으킨 사쿠타는 넥타이를 풀더니, 와이셔츠의 단추를 풀었다. 그리고 안에 입고 있던 티셔츠와 와이셔츠를 같이 벗더니, 상반신 알몸이 되었다.

"왜, 왜 벗는 거야?!"

마이는 새된 목소리로 그렇게 말하며 고개를 돌렸다.

"이, 이상한 짓은 안 할 거라고 했잖아. 불결해! 변태! 노출광!"

독설을 뱉고 있던 마이는 머뭇거리면서 사쿠타를 향해 고개를 돌렸다.

그 순간, 마이는⋯⋯.

"아."

⋯⋯순수한 놀라움을 표시했다.

사쿠타의 가슴에 새겨진 생생한 세 줄기 흉터. 거대한 짐승의 손톱에 찢겨진 듯한 그 흉터는 오른쪽 어깨에서 왼쪽 옆구리까지 나 있었다.

그 커다란 흉터를 본 순간, 마이는 그게 이상하다는 사실을 눈치챘다. 곰에게 맞아도 이런 상처는 생기지 않을 것이다. 굴삭기에게 맞았다면 딱 저런 상처가 날 것이다. 하지만 유감스럽게도 사쿠타는 굴삭기와 싸운 적은 없었다.

"돌연변이와 싸우기라도 했어?"

"선배가 미국 만화에 관심이 있는 줄은 몰랐어요."

"영화만 봤어."

"……"

"……"

마이는 그 상처를 지그시 바라보았다.

"진짜 맞지?"

"이런 특수 메이크를 한 바보가 이 세상에 있을 것 같아요?"

"만져봐도 돼?"

"얼마든지 만져봐요."

몸을 일으킨 마이는 손을 뻗었다. 손가락 끝이 어깨에 난 흉터에 닿았다.

"오우."

"이상한 소리 내지 마."

"거기는 민감하니까 상냥하게 만져주세요."

"이렇게?"

마이의 손가락이 흉터 부위를 매만졌다.

"엄청 기분 좋아요."

마이는 표정 하나 바꾸지 않은 채 사쿠타의 옆구리를 꼬집었다.

"아얏, 아야얏! 놔요!"

"기뻐하는 것처럼 보이는데?"

"진짜로 아프다고요!"

마이는 쓸데없는 짓이라고 생각했는지 손가락을 뗐다.

"그런데 이 흉터는 어쩌다 생긴 거야?"

"그게 말이죠. 잘 모르겠어요."

"뭐? 그게 무슨 소리야. 이 흉터를 보여주려던 거 아니었어?"

"아, 그런 건 아니에요. 이건 아무래도 상관없는 거니까 신경 쓰지 마세요."

"어떻게 신경을 안 써. 그리고 상관없는 거면 왜 옷을 벗은 건데?"

"집에 돌아오면 바로 옷을 갈아입는 게 습관이라서 무심코요."

그렇게 설명한 사쿠타는 자물쇠가 달린 책상 서랍을 향해 손을 뻗었다. 그리고 그 안에서 사진 한 장을 꺼내 마이에게 건넸다.

"마이 씨에게 보여주고 싶은 건 이거예요."

"……윽?!"

그 사진을 본 순간, 마이는 놀란 나머지 눈을 치켜떴다. 그리고 표정을 굳히더니 사쿠타에게 설명을 요구했다.

"이게, 뭐야?"

사진에 찍힌 것은 중학교 1학년 여자애였다. 그녀가 입은 여름 교복에 가려지지 않은 양손, 양발에는 보라색으로 변색된 멍과 칼에 베인 듯한 상처가 셀 수도 없을 만큼 나 있었다.

"내 여동생인 카에데예요."

교복 때문에 보이지 않는 복부와 등에도 양손, 양발과 마찬가지로 상처가 나 있다는 사실을 사쿠타는 알고 있었다.

"……폭행이라도 당한 거야?"

"아뇨. 그저 인터넷 상에서 괴롭힘을 당했을 뿐이에요."

"……무슨 소리를 하는 건지 모르겠어."

그럴 것이다. 여동생을 괴롭혔던 인간들도 그런 반응을 보였다.

"메시지를 읽고도 무시했다는 이유로 반의 리더 격인 여자애에게 미움을 받았어요. 그래서 반 친구들이 사용하는 SNS의 커뮤니티 안에서 『쓰레기』, 『죽어』, 『역겨워』, 『짜증나』, 『학교 오지 마』 같은 소리를 마구 들었죠."

사쿠타는 이야기를 하면서 허리띠를 풀었다.

"그랬더니 어느 날, 카에데의 몸이 이렇게 됐어요."

"정말?"

"처음에는 저도 누군가에게 폭행을 당했다고 생각했어요. 하지만 카에데는 그 즈음에 이미 학교에 가지 않았던 데다, 외출도 하지 않았으니 폭행을 당할 리가 없어요. 그래서 저는 카에데가 자해를 한 건 아닐까 하고 의심했죠."

사쿠타는 바지를 벗어서 의자 등받이에 주름이 생기지 않도록 펼쳐서 걸었다.

"『내가 나쁜 애라서 괴롭힘을 당하는 거야』 하고 생각하며 자기 자신을 탓하는 애도 있다고 들었어."

마이는 어째선지 고개를 돌린 채 그렇게 말했다.

"그래서 학교를 빼먹고 카에데의 곁에 있기로 했어요. 진실을 알고 싶었거든요."

"저기, 그 전에 뭐 하나만 물어봐도 돼?"

"뭐죠?"

"대체 왜 벗는 거야?"

사쿠타는 창문에 비친 자기 자신을 쳐다보았다. 팬티 한 장만 입고 있었다. 아, 양말은 신고 있었다.

"그러니까 집에 돌아오자마자 옷 갈아입는 습관이 있어서요."

"그럼 빨리 옷 입어."

사쿠타는 벽장을 열고 갈아입을 옷을 찾으면서 이야기를 계속했다.

"으음, 어디까지 이야기했죠?"

"학교를 빼먹고 여동생의 곁에 있었다는 데까지. 그 후에 어떻게 됐어?"

"카에데가 스마트폰으로 SNS를 확인한 순간, 몸에 새로운 상처가 생겼어요. 갑자기 허벅지가 찢어졌죠. 피도 흘러나왔고…… 그 글을 볼 때마다 몸에 멍도 생기더니, 점점 상처가 늘어났어요."

그것은 마음의 상처가 몸에 새겨지는 것만 같았다.

"……."

마이는 그것을 어떻게 받아들여야 할지 고민하고 있는 것 같았다.

"방금 그 이야기가, 내가 사춘기 증후군이 실제로 존재한다고 믿는 이유예요."

"……도저히 믿기지 않는 이야기지만, 사진까지 준비해서 나한테 그런 거짓말을 할 이유가 너한테 있을 것 같지는 않네."

마이에게서 사진을 돌려받은 사쿠타는 책상 서랍에 그것을 넣은 후, 자물쇠를 잠갔다.

"가슴에 난 상처도 그때 생긴 거야?"

사쿠타는 고개를 끄덕였다.

"하긴, 인간이 낼 수 있는 상처가 아니긴 해."

"하지만 이 상처가 어쩌다 생겼는지는 모르겠어요. 아침에 일어나보니 몸이 피투성이여서 병원으로 실려 갔는데…… 진짜로 죽는 줄 알았다니까요."

"혹시 그게 병원행 사건의 진상이야?"

"예. 내가 병원으로 실려 갔죠."

"완전 정반대잖아. 정말 소문이라는 건 믿을 게 못 된다니깐."

휴우, 한숨을 내쉰 마이는 다시 앉았다.

바로 그때, 갑자기 문이 열리더니 얼룩 고양이가 「냐옹～」 하고 울면서 방 안으로 들어왔다. 그 뒤를 이어…….

"오빠. 방에 있나……요?"

문틈으로 판다 잠옷을 입은 카에데가 얼굴을 내밀었다.

"어?"

카에데는 당혹스러운 목소리를 냈다.

사쿠타의 방에는 팬티 한 장만 걸친 오빠와 침대에 걸터앉은 연상의 여성 한 명이 있었다.

"……."

"……."

"……."

세 개의 침묵이 생겨났다. 그리고 세 사람의 시선이 한순간 뒤엉켰다. 나스노라는 이름의 고양이만이 순진무구하게 사쿠타의 발에 몸을 비벼대고 있었다.

가장 먼저 침묵을 깬 이는 카에데였다.

"죄, 죄송해요!"

카에데는 사과를 하면서 일단 방에서 나갔다. 하지만 곧 다시 문틈 사이로 방 안을 훔쳐보았다. 카에데는 사쿠타와 마이를 몇 번 번갈아 쳐다본 후, 자신의 오빠를 향해 「이쪽으로, 이쪽으로」 하며 손짓을 했다.

"왜 그래?"

나스노를 안아 든 사쿠타가 카에데를 향해 걸어갔다. 문 앞에 서자, 발돋움을 한 카에데가 양손으로 입가를 가리며 귓속말을 전했다.

"출장 영업을 하는 전문가 언니를 부를 거면 미리 말해줘요!"

"카에데. 너는 엄청난 착각을 하고 있어."

"콜걸과 교복 플레이 중인 상황으로밖에 안 보인다고요!"

"대체 그런 말은 어디서 배운 거야?"

"한 달 전에 읽은 소설에 그런 일을 하는 언니가 나왔어요. 불쌍한 남성을 천국으로 인도하는 멋진 언니래요."

"뭐, 그런 건 해석하기 나름이지. 그리고 보통 이런 상황을 보면 오빠가 애인을 집에 데려왔다고 생각하는 게 정상 아냐?"

그편이 훨씬 자연스럽다고 생각하는데…….

"그런 최악의 사태는 상상조차 하고 싶지 않아요."

"동생아. 그게 최악이라니……."

"최악 중의 최악이에요. 지구가 멸망할 정도의 최악이라고요."

"좋아. 그럼 나는 지구를 멸망시킬 각오로 애인을 만들겠어!"

"저기, 슬슬 하던 이야기를 계속해도 될까?"

사쿠타는 마이의 말을 듣고 방 안을 향해 고개를 돌렸다.

카에데가 그의 등에 찰싹 달라붙은 채 따라왔다. 사쿠타의 오른쪽 어깨에 양손을 댄 카에데는 오빠의 등 뒤에 숨은 채 마이를 힐끔힐끔 쳐다보았다. 하지만 여자애치고는 키가 큰 편이라서 자신의 몸을 완전히 숨기지는 못했다. 마이가 보기에는 숨지 않은 거나 별반 차이가 없으리라.

"오빠, 저 언니한테서 항아리를 샀나요?"

"안 샀어."

"그림을 같이 보러 가기로 약속했나요?"

"안 했어."

"영어 회화 교재를……"

"사라는 권유도 받지 않았고, 데이트 상술에 걸린 것도 아니니까 안심해. 그리고 이 사람은 우리 학교 선배야."

"사쿠라지마 마이라고 해요. 잘 부탁해요."

마이가 말을 걸자, 카에데는 육식 동물에게서 도망치는 초식 동물처럼 잽싸게 사쿠타의 등 뒤로 숨었다. 그리고 등에 입을 대더니 진동을 통해 사쿠타에게 뭔가를 전했다.

"으음, 『안녕하세요. 아즈사가와 카에데예요』라고 하네요."

"그렇구나."

"『이 애는 나스노예요』라고 하네요."

사쿠타는 안아 들고 있던 고양이의 두 앞발을 잡고 마이를 향해 내밀었다. 나스노의 몸통이 「냐옹~」 하고 울면서 축 늘어났다.

"가르쳐줘서 고마워."

마이의 목소리에 반응하듯 카에데가 한순간 얼굴을 내밀었다. 하지만 곧 사쿠타에게서 나스노를 빼앗더니, 그대로 잽싸게 방 밖으로 도망쳤다. 그 후, 덜컹 하는 소리를 내면서 문이 닫혔다.

카에데는 사쿠타한테는 말을 잘 하는 편이지만, 다른 사람들을 상대할 때는 항상 이랬다. 일전에 유마가 놀러 왔을 때도, 사쿠타가 중간에서 말을 전해주지 않으면 대화가 성립되지 않았다.

"미안해요. 낯가림이 엄청 심한 애니까 이해해주세요."

"괜찮아. 나중에 동생한테도 신경 쓰지 않는다고 전해줘. 그것보다, 상처가 깨끗하게 나아서 다행이야."

불가사의하게도 그때 카에데의 몸에 났던 상처는 깨끗하게 나았다. 사쿠타도 그래서 정말 다행이라고 생각했다. 여자애니까 말이다. 그런데 왜 사쿠타가 입은 상처는 낫지 않는 것일까. 그 점은 여전히 의문으로 남아 있었지만⋯⋯ 그건 지금 신경 쓸 일이 아니기에 사쿠타는 마이에게 집중하기로 했다.

양손으로 침대를 짚으면서 뒤쪽으로 몸을 기울인 마이는 다리를 바꿔 꼬았다.

"하지만 나를 못 알아보다니, 정말 신기한 애네."

"그건⋯⋯ 텔레비전을 잘 안 보거든요."

"흐음."

마이는 납득한 건지 하지 않은 건지 알 수 없는 표정을 지었다.

"그럼 하던 이야기를 계속하자면…… 마이 씨. 아까 말했던 『아무도 나를 모르는 세계에 가고 싶다』는 이야기는 어느 정도 진심이에요?"

"100퍼센트."

"정말로요?"

"……일 때도 있지만 크림빵을 사지 못한다면 그건 또 문제네, 하고 지금처럼 생각할 때도 있어."

마이는 가방에서 크림빵을 꺼내더니 양손으로 쥐고 베어 먹었다.

"진지하게 묻는 건데요."

"……."

마이는 빵을 우물우물 씹고 있었다.

10초 정도 후, 빵을 삼키고 나서…….

"진지하게 대답한 거야."

……하고 마이는 말했다.

"기분이라는 건 그때그때마다 달라지는 거잖아?"

"뭐, 그건 그렇죠."

"그럼 나도 질문 하나 할게. 왜 그런 걸 묻는 거야?"

사쿠타의 눈은 자연스럽게 문을 향했다. 사쿠타가 쳐다본 것은 이미 이 자리에 없는 카에데였다.

"카에데의 경우, 인터넷 환경과 거리를 두자 사태가 일단 진정됐어요."

SNS 커뮤니티도 보지 않는다. 인터넷 게시판도 열람하지 않는다. 그룹 메시지도 확인하지 않는다. 카에데의 스마트폰은 해지했으며, 사쿠타는 자신의 폰을 바다에 던져버렸다. 이 집에는 컴퓨터도 없었다.

"『일단은』이구나."

"카에데를 진찰한 의사는 『배가 아프다고 생각했더니 진짜로 아프기 시작했다』와 같은 게 아닐까 하고 말했죠. 어디까지나 상처 자체는 카에데가 낸 거라고 단정 짓고 있었지만요……."

그 의사의 말을 전부 믿는 것은 아니지만, 그의 설명 중에는 납득이 되는 부분도 있었다. 친구들의 험담 때문에 마음이 갈가리 찢겼으며, 그것이 육체에 상처로서 나타났다. 곁에서 카에데를 관찰해도 그렇게 생각할 수밖에 없었으며, 정신 상태가 몸에 영향을 끼친다는 말은 충분히 이해가 되었다. 싫다고 생각하게 되는 일이 생기면 몸은 건강을 유지할 수 없다. 싫어하는 음식을 보기만 해도 구역질이 난다거나, 수영 수업이 싫어서 열이 난다든가…… 그런 경험은 누구나 해봤을 것이다.

그렇기 때문에 사태의 심각성 면에서는 심하게 차이가 나지만 『배가 아프다고 생각했더니 운운』은 사쿠타에게 맞는 말처럼 들렸던 것이다.

"그래서?"

"즉, 상처가 생긴 이유는 카에데의 마음이 상처를 입었기 때문이라고 해석할 수 있어요."

"그건 이해했어. 그리고 그게 나한테도 적용된다고 말하고 싶은 거야?"

"그야 마이 씨는 학교에서 완벽하게 『공기』를 연기하고 있잖아요."

"……"

마이의 표정은 변하지 않았다. 방금 지적에 약간의 흥미를 보이면서도, 눈동자만으로 「그래서?」 하고 말하며 통명스럽게 사쿠타를 재촉하고 있었다. 평범한 사람에게는 불가능한 행동이었다.

"뭐, 그러니까 상황을 더 악화시키지 않기 위해서라도, 마이 씨는 연예계로 돌아가는 편이 좋다는 이야기예요."

사쿠타는 고개를 돌리더니, 일부러 가벼운 어조로 말했다. 줄다리기에 응할 필요는 없었다. 같은 무대에 서서 싸워봤자 승산이 없기 때문이었다.

"그게 무슨 소리야?"

"텔레비전에 마구 나온다면, 마이 씨가 제아무리 멋지게 공기를 연기하더라도 주위에서 가만히 놔두지 않을 거예요. 활동 중지 전처럼 말이에요."

"흐음."

"게다가 마이 씨도 하고 싶은 일을 할 수 있으니까 만만세죠?"

사쿠타는 힐끔힐끔 마이의 반응을 살펴보면서 마지막 말을 입에 담았다.

"……."

그 말을 들은 순간, 마이의 눈썹이 꿈틀거렸다. 유심히 쳐다보지 않으면 눈치채지 못할 만큼 미세하게 말이다.

"네가 생각하는 내가 하고 싶은 일이 대체 뭔데?"

말투는 여전히 시원시원했다.

"연예계에 돌아가는 것."

"내가 언제 연예계에 돌아가고 싶다고 했는데?"

하아, 한숨을 내쉰 마이는 어이없다는 태도를 취했다. 하지만 사쿠타는 그게 연기라고 생각했다.

"흥미가 없다면 왜 열차 안에서 영화 광고를 그렇게 원망스러운 눈길로 쳐다본 건데요?"

사쿠타는 주저 없이 날카로운 질문을 던졌다.

"좋아하는 소설이 영화화되어서 조금 신경 쓰였던 것뿐이야."

"마이 씨가 히로인을 연기하고 싶었던 게 아니라요?"

"사쿠타 군은 끈질기네."

방금 그 말을 듣고도 가면이 벗겨지지 않은 마이는 여유로운 미소를 지었다.

그런데도 사쿠타는 포기하지 않았다.

"하고 싶은 일이 있다면 해야 한다고 나는 생각해요. 마이 씨는 실력도 있고, 실적도 충분히 쌓았잖아요. 게다가 복귀를 원하는 매니저도 있다면 문제 될 게 전혀 없지 않나요?"

"……그 사람은 상관없어."

마이의 목소리는 차분했다. 하지만 가슴 밑바닥에서 치밀어 올라온 감정이 말을 지배하고 있었다. 마이가 눈썹을 치켜 올린 채 사쿠타를 노려보고 있다는 게 그 증거였다.

"쓸데없는 소리 하지 마."

아무래도 사쿠타는 지뢰를 밟은 것 같았다.

"……."

마이가 아무 말 없이 자리에서 일어났다.

"아, 화장실은 문밖 오른편에 있어요."

"돌아가는 거야!"

가방을 든 마이는 힘차게 문을 열어젖혔다.

"꺄아."

비명을 지른 이는 차가 놓인 쟁반을 든 카에데였다. 그녀는 마침 문 앞에 서 있었다. 아까까지만 해도 잠옷 차림이었는데, 지금은 흰색 블라우스와 멜빵치마를 입고 있었다.

"저, 저, 저기…… 차 드세요."

카에데는 험악한 분위기를 풍기고 있는 마이를 보고 완전히 위축된 것 같았다.

"고마워."

마이는 한순간 미소를 짓더니, 감사의 뜻을 표하며 잔을 들었다. 그리고 단숨에 차를 들이켰다.

"잘 마셨어."

마이는 카에데가 들고 있는 쟁반에 잔을 살며시 놓은 후, 현관을 향해 걸음을 옮겼다.

사쿠타는 허둥지둥 방에서 튀어나가더니, 마이를 뒤쫓았다.

"아, 잠깐만요! 마이 씨!"

"왜?!"

마이는 신발을 신고 있었다.

"이거 챙겨 가야죠."

사쿠타는 바니걸 의상이 든 종이봉투를 들어 보였다.

"너 가져!"

"그럼 하다못해 배웅이라도……."

할게요, 하고 사쿠타가 말을 잇기도 전에 짜증 섞인 목소리가 들려왔다.

"가까우니까 됐어!"

그리고 마이는 현관 밖으로 뛰쳐나갔다.

사쿠타는 마이를 쫓으려 했지만…….

"오빠, 그대로 나갔다간 체포당할 거예요!"

카에데가 팬티 한 장만 입고 있다는 사실을 지적하자, 결국 포기할 수밖에 없었다.

복도에는 사쿠타와 카에데만이 남아 있었다.

"……."

"……."

몇 초 동안 멍하니 서 있은 후, 두 사람의 시선은 종이봉투로 향했다.

그 안에는 바니걸 의상 풀세트가 들어 있었다.

"그거, 어떻게 할 거예요?"

"으음……."

사쿠타는 종이봉투 안에서 귀 파츠를 꺼내더니, 쟁반을 양손으로 들고 있는 탓에 저항을 할 수 없는 카에데에게 씌웠다.

"카, 카에데는 안 입을 거예요!"

카에데는 차를 쏟지 않기 위해 조심스런 걸음걸이로 거실을 향해 도주했다.

억지로 강요할 수는 없었기에 카에데에게 입히는 것은 포기한 사쿠타는 언젠가 토끼 아가씨 플레이를 하는 날이 올 거라고 믿으며 그것을 벽장에 넣어뒀다.

"이걸로 됐어."

참고로 마이 쪽은 완전히 실패했다. 뚜껑을 제대로 열리게 만든 것이다.

"내일, 제대로 사과해야겠네."

제2장

화해의 대가

1

결론부터 말하자면, 사쿠타는 다음 날에 마이에게 사과하지 못했다.

아침에 같은 열차에 탄다는 우연이 벌어지기를 기대했지만 멋지게 허탕으로 끝났다. 그래서 1교시 직후의 짧은 쉬는 시간에 마이가 있는 3학년 1반 교실을 찾아가 봤지만 그녀의 모습은 보이지 않았다.

입구 근처에 있는 3학년 여학생에게 말을 거니 약간 거북한 표정을 지었다.

"사쿠라지마 양? 글쎄. 오늘 왔었나?"

그리고 「근데 어제 말이야」 하고 친구와의 대화를 다시 시작했다.

"……."

마이가 없는 교실은 장난치고 있는 남자 선배들의 바보 같은 웃음소리와, 왁자지껄하게 담소를 나누고 있는 여자 선배들의 즐거운 목소리로 가득 차 있었다. 쉬는 시간의 분위기는 2학년 교실이든 3학년 교실이든 크게 다르지 않았다. 이 안에서 홀로 멍하니 있을 마이의 모습을 상상하니, 왠지 가슴에 응어리가 생긴 것만 같았다.

"자리는 어디인가요?"

"응? 아, 저기야."

여자 선배가 손가락으로 가리킨 곳은 창가에서 두 번째 열의 가장 뒤편이었다. 휑뎅그렁하게 놓여 있는 책상과 가방을 본 사쿠타는 자신의 교실로 돌아가기로 했다.

그 후에도 쉬는 시간마다 3학년 교실을 찾아갔지만 마이는 없었다. 여전히 가방이 걸려 있고, 다음 수업에 쓸 교과서가 책상에 놓여 있는 것을 보면 학교에 온 것은 틀림없어 보였다. 하지만 결국 헛걸음으로 끝났다.

이렇게 되면 최후의 보루는 하교 시간이다. 사쿠타는 종례가 끝나자마자 재빨리 1층 건물 입구로 향했다. 그리고 약 20분간 주위를 둘러보며 마이를 찾았다.

마이를 발견하지 못한 사쿠타는 교문을 나서 역으로 향했다. 역시 그 길에도 마이는 없었다. 시치리가하마 역의 플랫폼에서도 마이를 발견하지는 못했다.

결국 이 날은 화해를 하는 것은 고사하고 만나지도 못했다.

그리고 그런 나날이 사흘 동안 이어졌으니, 마이가 의식적으로 자신을 피하고 있다는 걸 바보라도 눈치챌 수 있을 것이다.

골치 아프게도 마이의 그런 철저한 태도는 그 후에도 여지없이 계속되었다.

그 후로 2주가 흘렀지만, 지금도 마이는 사쿠타를 피하고 있었다.

어제는 방과 후에 역에서 매복하고 있었지만 소득은 없었다. 한 시간 넘게 기다렸는데도 모습을 보이지 않았다. 아무래도 마이는 다음 역까지 걸어가서 열차를 탄 것 같았다.

정말 만만치 않은 상대였다.

이것이 연예계 활동을 하면서 익힌 취재 카메라 회피 테크닉인 것일까. 때때로는 그야말로 안개처럼 사라지기도 했다.

"아무래도 나는 상상을 초월하는 사이즈의 지뢰를 밟은 것 같군."

마이의 굳건한 태도 때문에 사쿠타의 그 생각은 날이 갈수록 강해져갔다.

화난 원인은 연예계 복귀 권유이리라. 그리고 직접적인 방아쇠가 된 것은 아마 『매니저』라는 단어다.

거기에 연예계 활동을 중지한 이유와, 복귀하고 싶다는 마음이 있으면서도 마이가 복귀를 주저하는 이유가 있는 것이 아닐까?

학교 컴퓨터를 이용해 조사해봤지만 『사쿠라지마 마이』가 활동을 중지한 이유에 관해서는 「과로 아냐?」라든가, 「프로듀서와 무슨 일이 있었겠지」든가, 「남자 문제일 게 뻔해」 같은 말도 안 되는 억측과 소문밖에 없었다.

이렇게 되면 본인에게 직접 물어볼 수밖에 없지만, 그 본인이 사쿠타를 완벽하게 피하고 있었다. 이래서는 손쓸 방법이 없었다.

그날 방과 후, 함부로 추적해봤자 마이를 만날 수 없다는 사실을 깨달은 사쿠타는 기분 전환을 하기로 했다. 그래서 청소 당번을 끝낸 후 물리 실험실로 향했다.

또 한 명의 친구를 만나기 위해서다.

사쿠타는 문에 가볍게 노크를 한 후, 대답을 기다리지 않고 문을 열었다.

"들어간다~."

안에 들어가서 문을 닫자 매정하기 그지없는 대답이 들려왔다.

"방해되니까 나가."

넓은 물리 실험실 안에는 학생 한 명이 있었다. 그 학생은 교사가 수업을 할 때 사용하는 교탁에 알코올램프와 비커를 놓고 있었다. 안에 들어온 사쿠타를 쳐다보려고도 하지 않았다.

키가 약 155센티미터 정도로 보이는 그 사람은 안경을 쓴 조그마한 체구의 여학생이었다. 교복 위에 걸친 흰색 가운이 꽤나 눈길을 끌었다. 허리를 꼿꼿이 세우고 있으니 왠지 멋있어 보였다.

그녀의 이름은 후타바 리오. 현립 미네가하라 고등학교 2학년. 작년에는 사쿠타, 유마와 같은 반이었던 여학생. 부원이 단 한 명뿐인 과학부 소속. 부활동 때 벌인 실험 중에 학교 일부를 정전시키는 등의 소동을 일으킨 탓에 괴짜로 알려진 존재. 항상 흰색 가운을 걸치고 있다는 점 또한 남들의 이목을 끌었다.

사쿠타는 근처에 있는 의자를 가지고 오더니 책상을 사이

에 두고 리오와 마주 보며 앉았다.

"요즘 어때?"

"아즈사가와에게 보고할 만한 일은 없어."

"재미있는 이야기 좀 들려줘."

"할 일 없는 고등학생 같은 대화에 나를 끌어들이지 마."

리오는 사쿠타를 노려보았다. 진짜로 방해된다고 생각하고 있는 걸지도 모른다.

"실제로 할 일 없는 고등학생 맞으니까, 어울리는 짓 같은데?"

그 후에도 잡담을 계속하려 하는 사쿠타를 무시한 리오는 성냥으로 알코올램프에 불을 붙이더니 물이 든 비커 아래에 놓았다. 무슨 실험이라도 하려는 걸까?

"그러는 아즈사가와야말로 요즘 어때?"

"딱히 보고할 만한 일은 없어."

"거짓말하지 마. 인기 아역 배우에게 푹 빠졌다면서?"

누구를 말하는 것인지는 깊이 생각해볼 필요도 없었다. 리오가 말한 인기 아역 배우는 마이가 분명했다.

"그 사람은 옛날 옛적에 아역을 졸업했거든? 지금은 배우, 아니 여배우라고."

활동 중지중인 지금은 일반인이라고 불러야 할지도 모르지만 말이다.

"그것보다 그 이야기는 누구한테 들은 거야?"

"뻔하잖아?"

"뭐, 쿠니미밖에 없지."

사쿠타의 사정을 알고 있는 사람은 유마뿐이다. 교내에서 항상 흰색 가운을 걸치고 다니는 바람에 별종 취급을 당하는 리오에게 말을 거는 사람 또한 유마와 사쿠타뿐이다. 이걸로 증명 종료.

"아즈사가와가 또 묘한 일에 고개를 들이민 것은 아닌지 걱정하더라구."

"또라니?"

"변변찮은 아즈사가와를 걱정하다니…… 쿠니미는 정말 시원시원하고 좋은 녀석이라니깐."

"그 메커니즘의 해석에 성공하면 나한테도 꼭 가르쳐줘."

성격이 좋다는 말은 유마를 위해 존재하는 말이라고 생각한다. 진심으로 말이다.

작년, 『병원행』소문이 학교에 돌았을 때도 유마만은 사쿠타에 대한 태도를 바꾸지 않았다. 소문을 그대로 믿는 것이 아니라, 체육 시간에 사쿠타와 한 조를 짰을 때「그 소문, 진짜야?」하고 대놓고 물어봤었다.

"진짜일 리가 없잖아."

"그렇지?"

유마는 그렇게 말한 후, 웃었다.

"……쿠니미는 내 말을 믿는 거야?"

솔직히 말해 의외였다. 대부분의 반 친구들이 소문을 믿더니, 제대로 확인도 해보지 않고 사쿠타와 거리를 뒀던 것이다.

"진짜가 아니라며?"

"그렇긴 하지만 말이야."

"그럼 누가 퍼뜨린 건지 알 수 없는 소문보다 눈앞에 있는 아즈사가와를 믿겠어."

"쿠니미는 최악이네."

"뭐? 이 상황에서 왜 그런 소리를 하는 거야?"

"성격까지 미남이니까, 이 세상 모든 남자들의 적이라고."

"그게 무슨 소리야?"

그게 지금으로부터 약 1년 전에 있었던 일이다. 그 후, 유마와는 자주 이야기를 나누게 되었다.

멍하니 알코올램프의 불길을 쳐다보고 있을 때…….

"정말 이 세상은 불공평하다니깐."

……무례하기 그지없는 시선이 사쿠타에게 꽂혔다.

"같은 인간인데도 이렇게나 차이가 나잖아."

리오는 동정심으로 가득 찬 눈빛으로 사쿠타를 쳐다보고 있었다.

"나를 쿠니미의 비교 대상으로 삼지 말라고."

"타의(他意)밖에 없으니까 신경 쓰지 마."

"그러니까 더 신경 쓰이잖아. 뭐, 그런 녀석은 하나같이 남에게 말할 수 없는 변태적인 취미를 숨기고 있는 법이지. 그렇게 세상은 『시원시원도』의 밸런스를 유지하고 있을 거야."

"아즈사가와는 오늘도 밑바닥 인생이구나."

휴우, 리오는 한숨을 내쉬었다.

"왜?"

"자기를 걱정해주는 친구를 안 듣는 데서 변태라고 부르니까 말이야."

반론의 여지가 없는 멋진 지적이었다.

"……나는 지금, 쿠니미와 내 차이를 실감한 느낌이 들어."

"그건 그렇고……."

리오는 그렇게 말하면서 화제를 바꾸려는 기색을 보였다.

"왜 그래?"

비커 안의 물이 보글보글 끓기 시작했다.

"마키노하라는 완전히 마음속에서 정리가 됐나 보네."

"……너도 그렇고, 쿠니미도 그렇고, 왜 다들 그렇게 생각하는 거야?"

"아즈사가와가 가장 잘 알지 않아?"

리오는 알코올램프의 불을 끄더니, 비커 안의 끓는 물을 머그잔에 부었다. 그리고 인스턴트커피 가루 한 숟가락을 넣었다. 아무래도 실험을 하려는 게 아닌 것 같았다.

"나도 한 잔 줘."

"공교롭게도 머그잔이 하나밖에 없어. 뭐, 이 메스실린더라도 괜찮다면 끓여줄게."

리오는 길이가 약 30센티미터 정도 되는 가늘고 긴 원통형 유리 용기를 태연히 내밀었다.

"이런 걸로 커피를 마시려고 했다간, 안에 든 내용물이 한꺼번에 쏟아져서 대참사가 벌어질 거야."

"아즈사가와의 가설이 맞는지 틀린지 실험을 통해 검증해볼 필요가 있어. 그리고 다른 적당한 대용품도 없지."

"물을 끓인 비커에 타서 마신다는 발상은 존재하지 않는 거야?"

"너무 당연한 거라 재미가 없어."

리오는 불평을 하면서도 비커 안에 남아 있는 물에 인스턴트커피 가루를 넣었다.

"후타바, 설탕은?"

"나는 안 넣어."

리오가 서랍에서 플라스틱 병을 꺼내더니 사쿠타 앞에 놓았다. 그 병에 붙은 라벨에는 이산화망간이라고 적혀 있었다.

"······이거, 먹어도 괜찮은 거야?"

"안에 든 건 아마 설탕일 거야. 흰색이잖아."

"설탕 외에도 흰색 가루로 된 물질이 수도 없이 존재한다는 건 나도 알아."

그리고 이산화망간이 검은색인 것도 알고 있다.

"조금씩 넣으면서 시험해보면 될 거야."

리오의 리얼한 충고를 무시한 사쿠타는 블랙으로 마시기로 했다.

그 모습을 보고 유감스러워 보이는 표정을 지은 리오는 또 알코올램프에 불을 붙였다. 이번에야말로 실험을 하려는 거라고 생각했지만, 리오는 알코올램프 위에 철망을 놓더니 말린 오징어를 굽기 시작했다. 그러자 오징어의 다리가 점점 말려 들어갔다.

"나도 줘."

커피에 어울릴 것 같지는 않지만 냄새를 맡았더니 먹고 싶어졌다.

리오가 다리 하나를 뜯어서 사쿠타에게 건네줬다.

사쿠타는 그것을 물어뜯으면서 본론에 들어갔다.

"저기, 사람이 보이지 않게 되는 일이 일어난다고 생각해?"

"시력이 걱정된다면 안과에 가보지 그래?"

"아니, 그런 문제가 아니라…… 눈앞에 있는데 보이지 않는다고나 할까, 투명 인간이 된 것 같은 식으로 말이야."

마이의 경우 자신이 보이지 않는 상대에게는 목소리도 전달되지 않으니 투명 인간과는 조금 다르지만…… 우선 기초적인 것부터 물어보기로 했다.

"혹시 여자 화장실에라도 숨어들어 가려는 거야?"

"이성의 배설물이나 배설 장면에 흥미가 있는 건 아니니까 탈의실로 해둘게."

"역시 아즈사가와. 돼지 꿀꿀이답네."

리오는 가방을 향해 손을 뻗었다. 그리고 가방의 주머니에 넣어둔 스마트폰을 꺼냈다.

"어디에 전화하려는 거야?"

"경찰."

"경찰한테 연락해봤자 사건이 발생할 때까지는 아무것도 안 해줄 거야."

"그건 그러네."

리오는 스마트폰을 다시 가방에 넣었다.

"아까 질문 말인데, 사물이 보이는 원리에 대한 것은 물리 교과서에 적혀 있어. 빛과 렌즈에 대해 공부해봐."

리오는 사쿠타 앞에 물리 교과서를 내려놓았다.

"그게 귀찮아서 후타바에게 묻는 거라고."

사쿠타는 리오가 준 책을 정중하게 반납했다.

리오는 그걸 개의치 않으면서 오징어를 씹었다.

"중요한 건 빛이야. 대상물에 닿아서 반사된 빛이 눈에 들어오면서, 인간은 그 사물의 색깔과 형태를 인식할 수 있어. 그래서 빛이 닿지 않는 어둠에서는 사물이 보이지 않는 거야."

"반사라."

"잘 이해가 되지 않는다면 소리로 바꿔서 생각해보는 건 어때? 돌고래의 초음파에 관한 이야기는 아즈사가와도 들어본 적이 있지?"

"뭔가에 반사되어 되돌아온 초음파를 듣고 장애물과의 거리를 재는 거 말이지?"

"그래. 실은 거리만이 아니라 형태도 알 수 있는 것 같아. 배에 달린 음파 탐지기도 마찬가지야. 빛으로는 이해하기 힘든 건, 눈부시다고 느낄 만큼 강렬한 빛이 아니면 빛이 눈에 들어오는 걸 실감할 수 없기 때문일지도 몰라."

"흐음."

"그래서 빛을 반사하지 않는 투명한 유리 같은 건 잘 보이지 않는 거지."

"아~, 그렇구나."

그렇다면 마이의 몸에는 빛이 닿지 않는 것일까. 활동 중지 중인 연예인에게 그 표현은 비아냥거림 같다는 생각이 들었다.

어쩌면 무색투명한 유리처럼 마이가 빛을 반사하지 않는…… 것일지도 모르지만, 그렇다고 해도 설명이 되지 않는 부분은 잔뜩 존재했다.

목소리가 들리지 않는 것도 그렇고, 사람들 중에도 보이는 이와 보이지 않는 이가 있다. 상황은 여전히 복잡했다.

"방금 그 말은 얼추 이해가 됐어."

"정말?"

리오는 미심쩍은 눈길로 쳐다보았다.

"후타바는 나를 바보라고 생각하지?"

"아니."

"슈퍼 바보라고 생각하는 거야?"

"내가 하고 싶은 말이 뭔지 짐작하면서, 일부러 그런 걸 묻는 짜증 나는 녀석이라고 생각하고 있지."

"짜증 나는 녀석이라는 건 좀 심하잖아."

"공기를 읽을 수 있으면서도, 일부러 읽지 못하는 척하는 밉살스러운 녀석이라고도 생각해."

"내가 잘못했어. 그러니 더는 내 마음을 후벼 파지 마."

"그렇게 절묘하게 도망가는 게 그 증거지."

리오는 감정이 느껴지지 않는 얼굴로 커피를 마셨다.

한시라도 빨리 원래 화제로 돌리는 편이 나을 것 같았다.

"으음, 그럼 이번에는 조건을 좀 한정해볼게. 이렇게 후타바 앞에 앉아 있는 내가 네 눈에 보이지 않게 되는 건 가능해?"

"내가 눈을 감으면 돼."

"눈을 뜬 채 나를 똑바로 쳐다보면서 말이야."

"가능해."

리오의 대답은 사쿠타의 예상과 정반대일 뿐만 아니라 시원시원했다.

"내가 뭔가에 몰두하든가, 멍하니 있으면 돼. 그러면 아즈사가와가 전혀 신경 쓰이지 않을 거야."

"아니, 그런 것과는 좀 다른데……."

"뭐, 일단 내 말을 끝까지 들어봐. 빛과는 다른 관점에서의 이야기인데…… 『보인다』는 것에는 물리 현상보다 인간의 뇌에서 일어나는 작용이 크게 영향을 끼치기도 해."

리오는 커피가 다 떨어졌는지 다른 비커에 물을 넣고 알코올램프 위에 올려놓았다.

"예를 들어, 아즈사가와가 볼 때 나는 작아 보이겠지만, 초등학생이 보기에는 커 보일 거야."

"아니, 내 눈에도 후타바는 커 보여. 항상 흰색 가운으로 철저하게 가드하고 있지만, 가운 너머로도 알 수 있을 정도라고."

사쿠타의 시선은 리오의 풍만한 가슴을 향했다.

"가, 가슴 이야기는 하지 마."

리오는 여자애답게 양손으로 가슴을 가렸다.

"아, 미안해. 신경 쓰고 있었구나."

"아즈사가와의 머릿속에는 섬세함이나 수치심 같은 개념은 없는 것 같네."

"이 언저리에 떨어져 있을지도 몰라."

사쿠타는 주위를 두리번거렸다.

"내 이야기에 진지하게 귀를 기울일 생각이 없다면 강의를 중단하겠어. 돌아가."

리오가 그렇게 말하면서 자리에서 일어났다.

"미안. 진지하게 들을게. 가슴도 안 쳐다보겠어."

"그러니까 가슴 이야기 좀 하지 말라구."

사실 보지 않겠다고 말하기는 했지만 진짜로 쳐다보지 않을 자신은 없었다. 사쿠타의 시선은 거의 무의식적으로 리오의 가슴에 빨려 들어가고 있었기에, 유전자 자체를 수정하지 않는 한 가슴을 쳐다보지 않는 것은 어려우리라.

사쿠타는 커피에 입을 대면서 얼버무렸다.

"즉, 본다는 행위에는 주관이 관여하고 있다는 거지?"

"그래. 보고 싶지 않은 것은 보려고 하지 않아. 인간의 뇌는 그런 일도 할 수 있어."

보고도 못 본 체를 한다는 말도 있다. 안중에 없다. 전혀 개의치 않는다. 의식하지 않는다. 그것을 가리키는 표현은 다수 존재하며, 사쿠타가 납득할 수 있는 부분 또한 꽤 존재했다.

하지만 아까부터 리오가 하고 있는 말은 사쿠타가 상상한 마이의 상황을 정면에서 부정하고 있었다.

사쿠타는 마이가 『공기』를 연기하고 있기 때문에, 주위 사람들에게 보이지 않는 것은 아닐까 하고 생각했다. 마이에게 원인이 있다고 생각하고 있었던 것이다.

하지만 리오의 말은 전부 관찰하고 있는 이의 관점에 대한 것이었다. 즉, 관찰당하고 있는 사람의 생각이나 입장 같은 것은 아무런 관계도 없다는 이론이었다.

"관측 이론이라는 것도 있어."

사쿠타의 생각이 정리되기 전에, 리오가 다음 공을 던졌다.

"관측 이론?"

처음 듣는 말을 그대로 입에 담았다.

"극단적으로 말하자면, 이 세상에 존재하는 것은 『누군가가 관측함으로써 비로소 존재가 확정된다』······는, 언뜻 들으면 얼토당토 하지 않는 이론이야."

리오는 별다른 감정이 묻어나지 않는 목소리로 담담하게 말했다.

"상자 속 고양이 이야기는 들어본 적 있지? 슈뢰딩거의 고양이 말이야."

"아~, 이름 정도는 들어봤어."

리오는 책상 밑에서 빈 종이 상자를 꺼내더니 그것을 사쿠타 앞에 두었다.

"이 안에 고양이와······."

리오는 그렇게 말하면서 우선 복을 부르는 고양이 모양의 저금통을 종이 상자 안에 넣었다. 물리 교사가 500엔짜리 동전을 저금하는 녀석인데, 꽤 가벼워 보였다.

"그리고 한 시간에 한 번이라는 확률로 방사선을 뿜는 방사성 원자와······."

리오는 그 뒤를 이어 물을 끓이던 비커를 투입했다.

"방사선을 감지하면 뚜껑이 열리는 독가스가 든 용기를 함께 넣어둬. 뚜껑이 열리면 고양이가 독가스를 마시고 확실히 죽는다고 생각해."

마지막으로 이산화망간이 든 플라스틱 통을 상자 안에 넣었다.

"이제 뚜껑을 닫고 30분 기다려."

그렇게 말한 리오는 종이 상자의 뚜껑을 닫았다.

"그리고, 여기에 30분 지난 상자를 준비해뒀어."

"요리 방송을 하는 거야?"

리오는 사쿠타의 태클을 무시하면서 말을 이었다.

"상자 안의 고양이는 어떻게 되었을 거라고 생각해?"

"으음, 한 시간에 한 번이라는 확률로 방사성 원자는 방사선을 뿜는다고 했지? 그리고 독가스가 든 용기의 뚜껑은 방사선을 감지하면 열리는 거잖아?"

리오는 아무 말 없이 고개를 끄덕였다.

"그리고 30분이라면 한 시간의 절반이니까…… 살아있을 가능성은 2분의 1이겠네."

"놀랐어. 내가 방금 한 이야기를 이해했구나."

"그 정도 이야기도 이해하지 못한다면, 나는 엄청난 바보거나 네 이야기에 귀를 기울이지 않은 걸 거야."

"그럼 고양이는 살아있을 것 같아? 죽었을 것 같아?"

"그러니까 반반이라고. 알고 싶다면 상자를 흔들어보면 되겠네."

"상자는 강철제이며 흔들지 못하도록 고정되어 있어."

참고로 사쿠타의 눈앞에 있는 것은 종이 상자였다.

"그럼 살아있을 거라고 믿겠어."

"이런 경우에는 아즈사가와가 어느 쪽이라고 생각하든 상관없어."

"그럼 묻지를 말라고."

"고양이의 현재 상태를 『확정』시키기 위해서는 열어볼 수밖에 없어."

"꽤 평범한 방식이네."

리오가 종이 상자의 뚜껑을 열었다. 당연히 그 안에는 고양이 저금통과 비커, 그리고 플라스틱 통이 있었다.

"상자를 연 순간, 고양이의 생사는 확정돼. 즉, 상자를 열어서 확인하기 전에는 반은 살았고, 반은 죽은 게 되는 거야. 양자 역학의 세계에서는 말이야."

"그게 무슨 소리야. 예를 들어 뚜껑을 덮고 10분 만에 고양이가 죽었다고 친다면 말이야. 그럼 남은 20분 동안 기다렸다 뚜껑을 열어볼 필요도 없이 고양이는 죽은 게 되는 거 아냐?"

적어도 고양이에게 있어서 그때 인생은 종료됐다. 아니, 이때는 인생(人生)이 아니라 묘생(猫生)이라고 해야겠지만…… 아무튼 결과는 마찬가지다.

"그러니까 처음에 얼토당토 않는 이론이라고 말했잖아. 양자 역학적 해석은 제쳐두더라도, 사고방식 자체는 진리에 가깝다고 나는 생각해."

"진리라~."

꽤나 수상쩍었다.

"인간은 이 세상을 보고 싶은 대로만 보고 있어. 아즈사가와에 대한 소문이 그 예지. 진실보다도 소문이 우선시되고 있잖아. 아즈사가와를 상자 속의 고양이로 보고, 너 이외의 전교생을 관측자로 삼는다면 딱 들어맞잖아?"

상자 속의 사정보다 나중에 안을 본 인간의 주관이 우선된다……고 리오는 말하고 싶은 것 같았다. 당사자인 사쿠타의 시점과는 상관없이 보는 이들의 관점에서 사쿠타의 인상이 정해지는 것이다.

"웃을 일이 아니네……."

하지만 마이의 사례를 그 이론에 맞춰서 생각하는 것은 어려웠다. 사쿠타에게는 보이고 다른 사람에게는 보이지 않는 상황이 있으며, 어떤 조건으로 『보이지 않는다』는 현상이 발생하는 것인지도 알지 못했다.

재미있는 이야기를 들었지만, 아직 퍼즐이 맞아 들어가지 않는 느낌이었다.

게다가 사춘기 증후군이라는 수상한 현상을 물리적인 해석으로 설명할 수 있는지조차 확실하지 않았다. 뭔가 단서가 될 만한 부분은 있지만, 리오의 이야기를 들은 덕분에 상황이 괜히 더 복잡해진 것 같다는 생각마저 들었다.

마이에게 일어나고 있는 일은 그녀가 연예계에 복귀하더라도 해결되지 않을지도 모른다. 그런 불길한 느낌이 사쿠타의 마음속에 존재했다. 리오의 이야기는 시종일관 관측자의 입장에서 서술되고 있었기에……. 마이의 의식이 변한 것만으로는 해결되지 않을 가능성이 있다.

"보충 설명을 하자면, 물리의 세계에서는 관측을 통해 결과가 변하는 사례가 실제로 존재해."

"정말?"

"이중 슬릿 실험이라는 건데…… 매우 단순하게 결론만 말하자면, 실험 도중 경과를 관측한 경우와 최종 결과만 관찰한 경우에 발생하는 결과가 달라진다는 거야."

"그건, 그러니까…… 일본 축구 대표 팀의 시합이 있는 날, 스포츠 뉴스로 결과만 봤을 때는 이겼지만 내가 시합을 관전했을 때는 꼭 진다, 같은 이야기야?"

"내가 말한 건 어디까지나 입자의 세계…… 미크로(Micro)의 세계에서의 이야기야. 관측할 때까지 입자의 위치는 확률적으로 존재하고 있으며, 물질이 아니라 파도 형태를 취하고 있다는 거지. 관측을 함으로서 물질이라는 형태로 수축된대."

"하지만 그 미크로가 모여서 인간이나 사물이 되는 거지?"

분자나 원자, 전자 같은 것들이 인간이나 사물을 구성하고 있다는 것은 사쿠타도 알고 있다.

"방금 말한 일이 매크로(Macro)[3]의 세계에서 일어난다면

#3 매크로(Macro) 미크로의 상반된 개념. 미크로가 작은 세계를 관측하는 미시적 개념이라면 매크로는 넓은 세계를 관측하는 거시적인 개념을 말한다.

아즈사가와의 해석도 들어맞아. 그리고 앞으로 아즈사가와는 축구 대표 팀을 위해 축구를 관전하지 마. 두 번 다시 하지 말라구."

리오에게 감사하기 그지없는 충고를 듣고 있던 그 때였다.

—2학년 2반 쿠니미 군. 농구부 고문이신 사노 선생님께서 찾으십니다. 교무실로 와주십시오.

갑자기 유마를 찾는 교내 방송이 흘러나왔다.

"……그 녀석, 사고라도 친 걸까?"

"아즈사가와도 아니고 그럴 리가 없잖아. 아마 농구부의 연습 메뉴를 확인하려고 부른 거겠지."

리오는 흥미 없다는 투로 유마를 옹호했다.

스피커를 쳐다본 김에 현재 시간을 확인했다. 방금 세 시가 지난 것 같았다.

"아, 아르바이트 날이니까 이만 가볼게."

"멋대로 해."

"여러모로 고마워. 커피도 잘 마셨어."

"고맙다는 말은 과학부 고문인 물리 교사에게 해. 이건 내게 아니거든."

리오는 인스턴트커피 병을 들더니 뚜껑에 적힌 이름을 보여줬다.

"뭐, 그 정도로는 안 들킬 거야."

그렇게 말하면서 자리에서 일어난 사쿠타는 가방을 어깨에 걸치며 걸음을 옮겼다.

문을 열려다 뭔가가 생각난 사쿠타는 뒤를 돌아보았다. 리오는 드디어 본격적으로 실험을 시작할 생각인지 가스버너의 불을 조절하고 있었다.

"후타바."

"응?"

리오는 시선을 푸른 불꽃에 고정시킨 채 대답했다.

"쿠니미와는, 괜찮은 거야?"

"……."

리오는 흔들리는 눈동자로 사쿠타를 응시했다.

그리고…….

"괜……."

……뭐라고 대답하려다 말문이 막히고 말았다. 아마 괜찮다고 말하려다 실패한 것 같았다. 목소리는 상기되었으며, 억지로 태연을 가장하고 있는 탓인지 리오의 표정은 굳어 있었다.

"이미 익숙해졌어."

괜찮다는 말을 포기한 리오는 기운 없는 얼굴로 미소 지었다.

사쿠타는 할 수 있는 일이 없었다. 그저 리오의 이뤄질 수 없는 짝사랑을 옆에서 보고 있을 수밖에 없었다.

"아르바이트, 늦지 마."

리오는 빨리 가라는 듯이 턱짓을 했다. 사쿠타는 그렇게 배웅을 받으면서 물리 실험실을 나섰다.

사쿠타는 뒤로 돌린 손으로 문을 닫으면서 무의식적으로 중얼거렸다.

"익숙해졌다, 라……. 그건 포기하지 못했다는 소리잖아."

2

"아즈사가와 군, 저녁 시간이 되어서 본격적으로 바빠지기 전에 휴식을 취해둬."

"예."

패밀리 레스토랑의 점장에게 그런 말을 들은 사쿠타가 남자 탈의실을 겸하고 있는 휴게실에 가보니, 옷을 다 갈아입은 유마가 로커 뒤편에서 나왔다. 부활동 직후인데도 불구하고 지친 기색이 전혀 없었다.

그런 유마가 사쿠타를 발견했다.

"안녕."

"응."

시원시원한 미소를 지으며 앞치마의 끈을 묶는 유마가 인사를 건네자, 사쿠타는 무뚝뚝한 목소리로 답했다.

"사쿠타는 휴식 시간이야?"

"안 그러면 홀에 있었겠지."

"하긴…… 좋아."

앞치마 끈을 다 묶은 듯한 유마는 거울 앞에서 옷매무새를 체크하고 있었다.

"아, 맞다. 사쿠타."

유마는 뭔가가 생각난 것처럼 사쿠타에게 다시 말을 걸었다.

"응?"

접이식 의자에 앉은 사쿠타는 테이블 위에 놓인 포트에 든 차를 따랐다. 그리고 그 차를 홀짝였다.

"너, 나한테 숨기는 거 있지?"

"그건 또 무슨 소리야? 네가 내 애인이냐?"

한순간 사쿠타의 가슴이 덜컥 내려앉은 것은 리오의 짝사랑을 눈치챈 것은 아닐까 하고 생각했기 때문이다. 하지만 유마의 입에서 나온 것은 다른 사람의 이름이었다.

"농담이 아니라, 카미사토와 있었던 일 말이야."

"아~."

사쿠타는 안도하면서 고개를 돌렸다. 가능하면 그 일도 언급하고 싶지 않았다. 하지만 유마는 2주 전에 카미사토 사키가 사쿠타를 옥상으로 불러냈다는 사실을 알고 있는 것 같았다.

아마 본인에게 들은 것이리라. 그렇다면 도망칠 길이 없었다.

"쿠니미의 애인은 대단하네."

"그렇지? 내 자랑거리야."

"너와 이야기하지 말라는 소리를 들었어."

"독점욕이 강하거든. 나, 엄청 사랑받고 있다니깐."

"내가 쿠니미와 같이 있으면 쿠니미의 주가가 떨어진다더라고. 네 주가는 현재 얼마야?"

"정말 미안해!"

유마는 양손을 마주 대면서 고개를 숙였다.

"너도 대단하네."

"뭐가 말이야?"

"이렇게 유도했는데도 애인 험담을 한 마디도 하지 않았잖아."

"그야 좋아해서 사귀고 있는 거잖아. 좀 지나친 구석이 있기는 하지만 솔직하고 좋은 애야."

너무 솔직한 것 같은 느낌도 드는데…….

"남편에게 가정 폭력을 당하는 아내 같은 발언이네."

"『그이는 때때로 상냥해』 같은 거? 바보 같은 소리 하지 말라고."

"뭐, 나는 신경 쓰지 마. 카미사토한테 무슨 소리를 듣든 아프지도 가렵지도 않거든."

"그건 그것대로 기분이 좀 복잡한걸."

유마는 난처함 섞인 웃음을 흘렸다.

"그것보다, 나야말로 미안해."

"갑자기 무슨 소리를 하는 거야?"

"애인의 험담을 듣고 기분 좋을 리가 없잖아."

"신경 안 써~."

"그러면 카미사토에게 미안하지 않아?"

"아, 그것도 그러네."

유마는 구김 없는 미소를 지었다.

"뭐, 그건 괜찮아. 그것보다 사쿠타. 앞으로도 이상한 짓 하지 마. 나를 피해 다니기라도 하면 화낼 거야."

"나 때문에 애인과 싸워도 책임 안 질 거다."

"그건 그때 가서 생각하지, 뭐. ……그리고, 분노의 창끝은 사쿠타를 향할 것 같은 느낌이 드니까 아마 괜찮을 거야."

유마는 태연하게 골치 아픈 소리를 했다.

"어이, 잠깐만."

"아프지도 가렵지도 않으니까 괜찮지 않아?"

유마는 의기양양한 미소를 지었다.

"역시 여자에게 『생리하냐?』고 말할 수 있는 남자는 다르네. 사쿠타의 심장은 뭐로 되어 있어? 강철로 되어 있기라도 한 거야?"

유마는 깔깔 웃었다.

"아, 큰일 났다. 벌써 시간이 이렇게 됐네."

시계를 본 유마가 허둥지둥 타임카드를 찍었다.

"쿠니미, 들어갑니다~."

그리고 그대로 홀로 향했다.

하지만 1분도 채 지나기 전에 휴게실로 돌아왔다. 뭔가를 두고 간 걸까? 딱히 챙길 게 있는건 아닐 텐데…….

유마의 시선은 망설임 없이 사쿠타를 향했다. 뭔가 할 말이 있는 것 같았다.

"무슨 일이야?"

"일전의 그 여자 아나운서가 또 왔어."

유마의 표정은 진지했다. 그 진지한 표정에는 사쿠타를 걱정하는 마음이 은은하게 어려 있었다. 그 점이 상대가 사쿠타로서는 달갑지 않은 손님이라는 사실을 여실히 드러내고 있었다.

휴식 시간인데도 불구하고 홀에 나온 사쿠타는 홀 가장 안쪽에 있는 테이블로 바로 향했다. 4인용 칸막이 좌석에는 20대 후반의 여성이 홀로 앉아 있었다. 봄 느낌이 물씬 나는 색상을 지닌, 청결한 느낌의 반소매 블라우스와 무릎 아래까지 오는 치마. 화려함을 절제한 내추럴한 화장. 어딘가 지적이며, 전체적인 분위기는 아나운서 같았다. 실은 아나운서 같은 게 아니라 진짜 아나운서지만 말이다…….

"주문 부탁드립니다."

사쿠타는 어디까지나 사무적인 목소리로 말을 걸었다.

"오래간만이야."

"누구시죠?"

"아하, 그렇게 나올 심산이구나. 그럼, 처음 뵙겠어요. 저는 이런 사람이랍니다."

그 여성은 정중하게 명함을 내밀었다.

텔레비전 방송국의 로고가 새겨져 있는 그 명함에는 아나운서부 소속이라 적혀 있으며, 중앙에는 『난죠 후미카』라는 이름이 인쇄되어 있었다.

말은 저렇게 했지만 사실 사쿠타는 이 여성과 면식이 있었다. 여동생이 괴롭힘을 당했던 사건 때, 『중학생들 사이의 괴롭힘 문제』를 취재하러 온 후미카와 만났던 것이다. 그 후, 2년 가까이 알고 지냈다.

"오늘은 무슨 일이죠?"

"치어(稚魚) 취재를 하러 근처에 왔다가 저녁때까지 시간이 비어서 만나러 온 거야."

사쿠타는 약간 들떠 보이는 후미카를 보면서도 표정을 풀지 않았다. 후미카의 목적은 알고 있었다. 그녀는 괴롭힘 취재를 하다 사춘기 증후군의 존재를 알게 되었고, 흥미를 가졌다. 그런 괴담을 진짜로 믿는 것은 아니다. 어디까지나 반신반의하고 있으며 회의적이다. 하지만 그게 진짜라면 특종이 될 가능성도 있기 때문에, 포기하지는 못하겠다고 일전에 후미카 본인이 말했다.

"시간이 남으면 여자 아나운서답게 야구 선수라도 불러내서 데이트를 하는 게 어때요?"

"매력적인 제안이지만, 시즌 도중이라서 내 눈에 차는 1군 선수들은 전부 일하느라 바빠."

현재 시간은 오후 여섯 시. 야구 경기가 시작될 시간이다.

"그리고 데이트라면 여기서도 할 수 있잖아."

후미카는 사쿠타를 향해 의미심장한 시선을 보냈다.

"나는 아줌마한테 흥미가 없거든요."

"어린애인 사쿠타 군은 어른의 매력을 이해하지 못하나 보네."

턱을 괸 후미카는 사쿠타의 얼굴을 올려다보았다.

"석 달 전에 만났을 때보다 살쪘다는 건 알겠어요. 팔뚝, 슬슬 위험 수준인 것 같은데요?"

"……윽!"

후미카는 약간 울컥했는지 눈썹이 치솟았다.

"정말 귀여운 구석이 없다니깐."

사쿠타는 등받이에 몸을 기대는 그녀에게 주문을 재촉했다.

"귀엽다는 말보다는 멋지다는 말을 듣고 싶거든요. ……주문 부탁합니다."

"사쿠타 군을 테이크아웃 할래."

"머리가 이상한 것 같으니 응급차 한 대를 주문해도 되겠죠?"

사쿠타는 담담한 목소리로 대답했다.

"치즈케이크와 드링크 세트. 따뜻한 커피로 부탁해."

후미카는 메뉴를 보지도 않고 주문했다. 후미카는 여기에 올 때마다 항상 똑같은 것을 주문했다. 뭐랄까, 그런 구석은 남자 같았다.

"더 주문하실 건 없습니까?"

"그 사건에 대해 이야기할 생각은 아직 없는 거야?"

가방에서 스마트폰을 꺼낸 후미카는 메일을 체크하기 시작했다.

"아마 평생 없을 거예요."

"네 가슴에 난 상처 사진을 한 장만 찍게 해주면 되는데 말이야."

"싫어요."

"왜 싫은 건데?"

후미카는 손가락으로 화면을 스크롤시켰다.

"그럼 난죠 씨의 알몸 사진도 찍게 해줄래요?"

"응. 좋아."

"여러분, 여기 변태가 있어요~."

"개인적으로만 써. 인터넷에 유출되기라도 했다간 회사에서 잘릴 거야."

상대해주는 것 자체가 바보 같은 짓이라는 생각이 든 사쿠타는 대답을 하지 않고 자리를 벗어나려 했다.

하지만 두세 걸음 정도 내디뎠을 즈음, 문득 어떤 생각이 머리를 스쳤다.

"저기."

되돌아간 사쿠타는 후미카에게 물었다.

"응?"

후미카는 스마트폰을 쳐다보면서 건성으로 대답했다.

"난죠 씨는 사쿠라지마 마이를 아나요?"

사쿠타는 약간 주저하면서 그 이름을 입에 담았다.

"그녀를 모르는 사람이 있기는 할까?"

후미카의 시선은 아직 스마트폰의 화면을 향해 있었다.

"그녀가 연예계 활동을 중지한 이유…… 난죠 씨는 알고 있어요?"

후미카가 와이드쇼에서 어시스턴트로 활동하고 있을 뿐만 아니라, 연예계 뉴스 취재를 하고 있다는 사실을 사쿠타는 알고 있었다.

"……."

후미카는 영문을 모르겠다는 표정으로 사쿠타를 쳐다보았다. 사쿠타가 왜 『사쿠라지마 마이』에 관해 물은 것인지에 대해 의문을 품고 있는 것 같았다. 하지만 그것은 곧 다른 감정으로 치환되었다.

사쿠타가 그런 것을 물었다는 사실에 대한 흥미였다.

하지만 후미카는 그런 감정을 표정에 드러내면서도 굳이 묻지는 않았다.

"적어도, 일반인들이 알 리가 없는 사실을 나는 알고 있어."

"그런가요."

"그래서? 그건 어린애로서의 부탁? 아니면 어른들 간의 대등한 거래야?"

"어린애 취급하지 마세요."

"그렇구나. 그럼 공짜로 가르쳐주지 않아도 되겠네?"

"사진 한 장으로 괜찮다면……."

"후훗, 좋아. 제안에 응할게."

그렇게 말하면서 스마트폰을 가방에 넣은 후미카가 시선으로 자리를 권하자, 사쿠타는 어른들 간의 대화를 하기 위해 자리에 앉았다.

아홉시까지 아르바이트를 한 사쿠타는 중간에 편의점에 들렀다가 집으로 향했다. 인적이 드문 주택가를 지나며 10분 정도 터벅터벅 걸은 후, 자신이 살고 있는 맨션에 도착했다.

엘리베이터로 5층까지 논스톱으로 올라간 후, 사쿠타는 자신의 집 입구 부근에 누군가가 있다는 사실을 눈치챘다.

벽에 기대앉아 있는 이는 미네가하라 고등학교의 교복을 입은 마이였다. 그녀는 두 무릎과 허벅지를 모으고 무릎 아랫부분만 벌린 자세로 앉아 있었다. 맨션 입구의 오토 록은 안으로 들어가는 누군가를 스토킹해서 통과한 것이리라.

곁으로 다가가자, 마이는 원망 섞인 눈길로 사쿠타를 올려다보았다.

"이제야 돌아왔네."

"아르바이트하거든요."

"어디서?"

"역 앞 패밀리 레스토랑에서요."

"흐음~."

"마이 씨."

"왜?"

우선 활짝 편 왼손 손바닥에 오른손 손가락을 살짝 대서 「팬」 모양을 만들었다. 그리고 두 손을 이용해 영어 「T」 자를 만든 후, 양손을 활짝 펼쳐 「다」라는 의미를 나타냈다. 마지막으로 엄지와 검지를 붙여 동그란 안경을 만든 후, 그것을 자신의 얼굴에 댔다. 물론 그것은 「보인다」라는 의미다.

마이는 사쿠타를 바보 취급하는 듯한 눈길로 쳐다보았다.

"대체 뭐하는 거야?"

아무래도 자신이 착용한 검은색 타이츠 너머로 순백색 팬티가 보이고 있다는 사실을 눈치채지 못한 것 같았다. 정말 무방비하기 그지없었다.

어쩔 수 없기에 솔직하게 말해줬다.

"팬티 다 보여요."

그 말을 듣고 놀란 듯한 마이는 자신의 하반신을 확인하듯 고개를 숙였다.

"여, 연하 남자애한테 속옷 좀 보여줘도, 아무렇지도 않아."

마이는 말은 그렇게 하면서도 다리 사이에 팔을 끼우는 듯

한 자세를 취하며, 치마 한가운데를 은근슬쩍 아래쪽으로 잡아당겼다. 대놓고 보이는 것보다 저렇게 숨기려고 하는 모습이 더 에로틱하게 느껴지는 것은 어째서일까.

"얼굴이 새빨개요."

"그, 그건, 흥분했기 때문이야!"

"우와, 여기에도 변태가 있네요."

"누, 누가 변태라는 거야?!"

마이가 사쿠타를 노려보았다.

"뭐, 일단 일어서면 되겠네요."

사쿠타는 마이를 향해 손을 내밀었다.

마이는 반사적으로 손을 내밀었지만, 아직 화해하지 않았다는 사실을 떠올렸는지 서둘러 손을 뺐다. 그리고 흥, 코웃음을 치면서 혼자 일어났다.

"뭘 만졌는지도 모르는 남자 손을 만지고 싶진 않아."

마이는 의기양양한 웃음을 흘렸다. 왠지 즐거워 보였다. 하지만 그 우월감은 오랫동안 지속되지 않았다. 그녀의 배에서 꼬르륵, 소리가 흘러나왔기 때문이다.

"……."

"……."

"아아, 배고파~."

사쿠타는 교과서를 읽는 듯한 목소리로 그렇게 말했다.

"성격 한번 정말 더럽네."

"뭐, 자각은 하고 있어요."

사쿠타는 들고 있던 편의점 비닐봉지 안에서 크림빵을 꺼내 내밀었다.

그러자 마이는 잠시 망설인 후, 그 빵을 향해 천천히 손을 뻗었다. 왠지 들고양이에게 먹이를 주는 기분이 들었다.

마이는 포장을 뜯더니 크림빵을 베어 물었다.

"언제부터 허기짐 캐릭터로 전향한 거예요?"

"……"

마이는 아무 말 없이 빵을 씹어 먹었다.

입안에 있는 음식을 다 먹은 후……

"뭘 살 수가 없어."

마이는 타인에게 모습이 보이지 않기 때문에 계산을 할 수가 없었다. 사쿠타는 일전에 마이가 역에 있는 매점에서 빵을 사려다 아주머니에게 계속 무시당하는 광경을 목격했었다. 그건 정말 안쓰러운 광경이었다.

"최근 2주 동안 내가 보이지 않는 곳이 늘어나고 있어. 후지사와 역 주변은 전멸 상태야. 인터넷으로 무언가를 사려고 해도 수령을 할 수 없으니 마찬가지더라구."

"그럼 들어올래요?"

호주머니에서 열쇠를 꺼낸 사쿠타가 문을 손가락으로 가리켰다.

"먹을 걸 적선할게요."

"그 말, 마음에 안 들어."

마이는 사쿠타를 지그시 노려보았다. 하지만 유감스럽게도 전혀 무섭지 않았다. 오히려 귀여워 보였다.

"그럼 대접할게요."

"싫어. 이런 시간에 남자 방에 들어간다는 건, 무슨 짓을 당해도 좋다고 말하는 거나 마찬가지잖아."

"아하, 그게 마이 씨의 오케이 사인이구나. 기억해둬야지."

"잊어."

마이가 사쿠타의 머리를 손날로 때렸다.

"아얏."

"바보 같은 소리 하지 말고 같이 시장 보러 가자."

"아, 그럼 조금만 기다려주세요. 동생한테 돌아왔다고 말하고 올게요."

"응. 밑에서 기다릴게."

문에 열쇠를 꽂는 사쿠타를 본 마이는 뒤돌아서더니 엘리베이터를 향해 걸음을 옮겼다.

사쿠타가 돌아오기를 기다리고 있던 카에데를 설득하는 데 15분이 걸렸다. 그 후, 15분 동안 기다린 마이를 달래는 데 15분이 걸렸다. 그리고 10분이라는 이동 시간을 더 들인 끝에, 사쿠타는 마이와 함께 역 근처에 있는 슈퍼마켓에 도착했다. 어느새 밤 열 시가 지나 있었다.

열한 시까지 영업하는 그 슈퍼마켓에는 아직 손님이 꽤 있었다. 양복 차림의 젊은 남성 손님도 때때로 보였다. 혼자 사는 이들이 일 끝나고 집에 돌아가는 길에 이 슈퍼마켓에 들른 것일까.

　사쿠타는 이 슈퍼마켓을 자주 이용하는 편이지만, 이런 시간대에 올 일은 좀처럼 없었다. 그래서 왠지 신선한 기분이 들었다.

　그리고 그것보다도 더 신선한 것은 혼자가 아니라는 점, 그리고 자신과 같이 있는 이가 그 유명한 사쿠라지마 마이라는 점이었다.

　마이가 식재료를 고르면서 앞장서서 걷고 있었다. 뒤편에서 카트를 밀면서 마이의 뒤를 졸졸 따라다니고만 있는데도 왠지 즐거웠다. 자연스럽게 사쿠타의 입가에 미소가 맺혔다.

　"이러고 있으니 꼭 커플 같네."

　"방금 뭐라고 했어?"

　양손에 당근을 든 마이가 사쿠타를 향해 돌아섰다.

　"아뇨. 아무 말도 하지 않았어요."

　"괜한 걱정 하지 마. 어차피 다른 사람 눈에는 내가 보이지 않잖아."

　아무래도 방금 사쿠타가 한 말이 들렸던 것 같았다.

　"처음으로 애인 집에서 자고 가게 된 여자가 직접 요리를 만들어주기 위해, 시장을 보고 있는 시추에이션 같기는 하네요."

"바보 같은 망상만 하면 진짜로 바보가 될 거야."

마이는 어이없다는 말투로 그렇게 말하며 오른손에 든 당근을 선반에 놓았다.

"그럼 진지한 이야기 좀 할게요."

"진짜지?"

마이가 전혀 신용하고 있지 않다는 걸 말투만으로도 알 수 있었다.

"지금 마이 씨가 쥐고 있는 당근은 마이 씨가 보이지 않는 사람들에게 어떻게 보일까요? 그냥 공중에 떠 있으려나요?"

"안 보이는 것 같아."

마이는 이미 실험을 해봤는지 딱 잘라 말했다.

그리고 옆을 지나가는 회사원의 얼굴을 향해 당근을 내밀었다. 하지만 그 회사원은 아무런 반응도 보이지 않았다.

"봤지?"

"그런 것 같네요."

"전에 바구니에 살 걸 담아서 카운터까지 가봤는데 계산을 해주지 않더라구. 그리고 다른 사람들에게는 내 옷도 보이지 않잖아."

듣고 보니 그랬다. 몸만 투명해진 것과는 다른 것이다.

"혹시 내 몸에 닿은 것도 보이지 않게 되는 걸까?"

"그렇다면 지구도 보이지 않아야 될 거라고요."

"생각의 스케일이 크네."

"나는 스케일이 큰 남자거든요."

"아, 예. 그러신가요."

마이는 깔끔하게 무시했다.

"하지만, 그렇다면…… 내가 마이 씨의 몸에 손을 댄다면 어떻게 될까요?"

"혹시 나와 손을 잡고 싶다는 걸 완곡하게 어필하는 거야?"

"아뇨, 어디까지나 실험 정신에 입각해서 한 말이에요."

그녀와 몸을 접촉시킨 적이라면 이미 있었다. 마이는 사쿠타의 방에 왔을 때, 그의 가슴에 난 상처를 만졌다. 그리고 열차 안에서 「임신할 것 같단 말이야」라면서 사쿠타의 어깨를 밀었던 적도 있었다.

하지만 사쿠타의 모습이 보이지 않게 된다는 현상을 발생하지 않았다. 아마 지금 카트 안에 든 당근과 다른 식재료도 사쿠타가 카운터에 가지고 간다면, 아무런 문제없이 계산할 수 있을 것이다.

사쿠타가 알고 싶은 것은 마이와 몸을 접촉하고 있는 동안 어떻게 되는가, 였다.

"그런 이유에서라면 손 안 잡을 거야."

마이는 고기 코너를 향해 걸음을 옮겼다.

"실은 실험을 빙자해 마이 씨와 손을 잡고 싶은 것뿐이에요."

사쿠타는 마이의 등을 쳐다보면서 말을 걸었다.

"그래서?"

고개를 돌려 사쿠타를 쳐다본 마이는 즐거워 보이는 미소를 지었다.

"여자애와 손조차 잡아본 적 없는 저의 첫 경험을 받아주세요."

"약간 기분 나쁘지만…… 뭐, 합격한 걸로 해줄게."

사쿠타가 다가올 때까지 기다린 마이는 그와 나란히 섰다. 그 직후, 오른팔에서 타인의 온기가 느껴졌다. 마이가 팔짱을 끼면서 사쿠타의 오른팔을 끌어안은 것이다.

사쿠타는 깜짝 놀란 나머지 심장이 크게 뛰기 시작했다.

키가 큰 편인 마이의 얼굴은 눈썹 숫자마저 셀 수 있을 만큼 가까운 곳에 있었다.

"……."

시간이 지나자, 부드러운 가슴 감촉 또한 명확하게 실감할 수 있었다. 바니걸 차림을 했을 때 확인했다시피, 가냘픈 체형인데 비해 나올 곳은 꽤 나와 있었다.

좋은 향기가 희미하게 코끝을 스쳤다. 머릿속이 어질어질했다.

"지금 야한 생각을 하고 있지?"

"마이 씨가 상상하는 것보다 백배는 야한 생각을 하고 있어요."

사쿠타가 사실대로 말하자, 마이는 바로 떨어졌다.

"하지만 마이 씨는 어른이니까 그 정도는 아무렇지도 않죠?"

"당연하지. 연하 남자가 나 가지고 야한 망상을 해봤자, 아, 아무렇지도 않다구."

마이는 괜찮다는 걸 어필하려는 것처럼 사쿠타의 팔을 더욱 세게 끌어안았다.

"우햣."

사쿠타는 무심코 이상한 소리를 내고 말았다.

그 탓에 근처에 있던 회사원이 이상한 눈길로 쳐다보았다. 시선이 마주쳤다. 분명 사쿠타는 보이는 것 같았지만, 사쿠라지마 마이는 전혀 눈치채지 못한 것 같았다. 역시 보이지 않는 것 같았다.

"저기, 마이 씨?"

"뭐, 불만이라도 있어?"

"미안해요. 내가 졌어요. 더 이러고 있다간 걸을 수 없게 될 것 같으니까 용서해줬으면 좋겠는데요."

"남을 마구 도발해댄 벌이야."

마이는 이 상황이 재미있는지 사쿠타에게서 떨어지지 않았다. 아무래도 이런 일에 점점 면역이 생기고 있는 것 같았다.

하지만 마이가 지금 하고 있는 행위는 사쿠타에게 있어 벌이 아니라 끝내주는 상이었다.

"아, 맞다. 방금 생각났는데, 우리 다투고 나서 아직 화해 안 했죠?"

"참, 그랬지."

입가에서 미소를 지운 마이는 매몰찬 태도를 취하며 사쿠타에게서 떨어졌다. 순식간에 태도를 바꾸자 사쿠타도 깜짝 놀라고 말았다. 진심인지 연기인지 분간이 가지 않았다.

조금 아까운 짓을 했다고 생각했지만, 마이와의 쇼핑은 꽤나 충분히 즐거운 분위기 속에서 계속되었다.

계산 전에 일말의 불안감을 느끼기는 했지만, 사쿠타가 들고 간 식재료는 무사히 계산되었다. 사쿠타는 돈을 주고 산 비닐봉지에 채소와 고기, 과자 등을 집어넣었다.

비닐봉지 두 개를 혼자서 든 사쿠타는 슈퍼마켓에서 나왔다.

그 후, 사쿠타는 마이와 함께 돌아가기 시작했다. 뭐, 사쿠타는 어디로 돌아가고 있는 것인지 알지 못했지만 말이다……

"마이 씨는 어디에서 살고 있죠?"

후지사와 역 인근 슈퍼마켓에서 시장을 봤으니, 아마 역에서 도보로 갈 수 있는 곳에서 살고 있는 것은 틀림없으리라.

"지구에 살아."

마이가 담담한 목소리로 그렇게 말하자, 사쿠타는 얌전히 그녀의 옆에서 걷기로 했다. 현재 진로는 사쿠타가 사는 맨션

쪽을 향하고 있었다.

 "마이 씨의 집이 어떤 곳일지 기대되네요."

 "안에 들이지는 않을 거야."

 마이는 딱 잘라서 말했다. 눈빛에도 진심이 어려 있었다.

 "에이~."

 "어린애처럼 칭얼거리지 마. 그리고 우리가 다퉜던 걸 잊은 거야?"

 "그건 마이 씨가 솔직하지 않아서 그렇게 된 거잖아요."

 "뭐? 내가 잘못했다는 거야?"

 "다시 연기를 하고 싶으면 계속하면 될 텐데 말이죠."

 "쓸데없는 소리 하지 마."

 낮지만 위압감이 느껴지는 목소리였다. 그 안에 담겨 있는 거부보다도 강렬한 거절이 사쿠타를 차갑게 밀어내고 있었다.

 "내가 아무것도 모르기 때문인가요?"

 "그래. 아무것도 모르면서 쓸데없이 참견하지 마."

 "하지만 유감스럽게도 그렇지 않답니다~. 마이 씨가 활동을 중지한 이유를 알고 있다고요."

 "아, 예. 그러신가요~."

 마이는 사쿠타를 비웃으면서 그렇게 말했다.

 "중학교 3학년 때 냈던 사진집 때문이라면서요?"

 "윽?!"

 사쿠타가 그 말을 입에 담은 순간부터, 마이의 표정에서 여유가 사라졌다.

"『수영은 무조건 사절』이라는 조건을 내걸었는데도, 수영복 사진이 있으면 더 잘 팔릴 거라면서 매니저였던 어머니가 멋대로 계약을 했다던데요."

그때까지는 잡지 그라비아 사진을 찍을 때도 수영복을 입지는 않았다. 그렇게 해도 충분한 수요를 확보할 수 있기 때문이다. 오히려 속살을 드러내지 않음으로서 특별한 지위를 확립시키고 있었다. 미소녀라는 간판만으로도 충분했던 것이다.

"그 일로 어머니와 크게 싸운 후, 마이 씨는 어머니가 가장 충격을 받을 『연예계 활동 중지』라는 카드를 꺼내 들어서 어머니에게 복수를 했죠."

"……."

"하지만 그건 바보짓이에요."

"시끄러워……."

"자신이 가장 원하는 것까지 내던져 버리면 아무런 의미도 없잖아요."

"시끄럽단 말이야!"

"시끄러운 건 마이 씨 쪽이에요. 동네 사람들에게 폐가 되니까 좀 조용히……."

말을 잇던 사쿠타의 왼쪽 볼에 마이의 손바닥이 꽂혔다. 찰싹, 메마른 소리가 울려 퍼졌다.

"나도 엄청 고민한 끝에 결심한 거야!"

"……."

"나는 아직 중학생이었다구! 그런데, 스튜디오에 가보니 내가 입을 수영복이 준비되어 있고, 주위에는 어른밖에 없었어……. 이미 계약을 했다는 말을 듣고, 죽을 만큼 싫은데도, 일이라는 말을 들었더니, 거절을 할 수가 없어서…… 결국 억지로 미소를 지을 수밖에 없었어!"

분명 평범한 나날을 살아온 소녀라면 「싫어」 하고 말하면서 억지를 부릴 수 있있을지도 모른다. 응석을 부려 거절할 수 있었을지도 모른다. 하지만 그녀는 사쿠라지마 마이이며, 사쿠라지마 마이는 여섯 살 때부터 연예계에서 프로로 활동해 왔다. 어른들 사이에서 말이다…….

현장에서 스태프에게 폐를 끼친다는 행위는 마이에게 허락되지 않았다. 현장의 공기를 읽고 영리한 판단을 내릴 수밖에 없었다. 어린애인데도 어른인 척할 수밖에 없었던 것이다.

"결국 그 사람은 나를 이용해 돈을 벌 생각밖에 없었던 거야."

입 밖으로 터져 나온 감정에는 가시가 돋쳐 있을 뿐만 아니라 탁한 색깔을 띠고 있었다. 그렇기 때문에 사쿠타는 마이가 연예계 활동을 중지한 가장 큰 이유가 무엇인지 눈치챘다. 그것은 바로 자신을 상품으로만 여긴 어머니에 대한 반발인 것이다.

마이의 마음을 이해한다고는 말하지 않았다. 사쿠타는 짐작조차 할 수 없었다. 할 수 없지만, 딱 하나 확실한 것이 있었다.

"그렇다면 마이 씨는 반드시 연예계로 돌아가야 한다고 나는 생각해요."

"이유가 뭐야?"

"그렇게 불쾌한 기분을 맛봤으면서도, 마이 씨는 여전히 불쾌한 기분을 맛보고 있으니까요."

"뭐……."

"하고 싶다면 참을 필요 없어요. 하면 돼요. 나도 그 정도는 알아요. 그러니 마이 씨도 실은 알고 있을 거예요."

"……."

마이는 흥분을 가라앉히려는 것처럼 고개를 숙였다.

"……."

그리고 10초 정도 침묵한 후, 작은 목소리로 사과했다.

"때려서 미안해."

이제 와서 따귀를 맞은 볼이 아파 오기 시작했다.

"보통은 양손에 짐을 든 사람을 때리지 않을 것 같은데요."

"이래 봬도 주먹으로 때리려다 참은 거야."

"……정말정말 감사합니다."

사쿠타는 교과서 읽는 말투로 자신의 마음을 솔직하게 표현했다.

"감사하는 마음이 전혀 느껴지지 않아."

"그야 따귀를 맞은 사람은 나잖아요. 아~, 아프네. 아파 죽겠어~."

"엄살 부리기는."

"아파서 눈물이 날 것만 같아요. 상냥한 미인 선배가 쓰다듬어주지 않으면 안 나을지도 몰라요~."

"자업자득이야."

"어, 뭐가요?"

사쿠타는 이번 일에 있어서는 자신에게는 잘못이 없다고 생각했다.

"일부러 내가 화날 만한 소리를 한 건 어디 사는 누구더라?"

마이의 언짢아 보이는 눈빛이 사쿠타에게 따지고 있었다.

"무슨 소리를 하는 건지 모르겠는데요."

이제 와서 시치미를 떼 봤자 늦었겠지만, 그렇다고 인정할 수도 없었다.

"내가 감정적이 되면 본심을 털어놓을 거라고 생각해서 유도했지?"

"당치도 않아요."

"정말 성격 한번 끝내준다니깐."

마이는 손을 뻗어 사쿠타의 볼을 만졌다. 쓰다듬어주나 했더니, 살며시 꼬집었다. 따귀를 맞지 않은 오른쪽 볼도 마찬가지로 잡더니 좌우로 잡아당겼다.

"아야야야."

"그것보다 사쿠타 군."

완전히 평소 모습으로 돌아온 마이는 나무라는 눈길로 사쿠타를 쳐다보았다.

"내가 활동을 중지한 이유를 누구에게 들은 거야?"

"……."

그 말을 들은 사쿠타는 눈만을 움직여 하늘을 쳐다보면서 시선을 피했다.

"시선 돌리지 마."

마이는 손가락에 힘을 줬다.

"아야야야."

"말해봐. 누구에게 들은 거야?"

그냥 넘어갈 수 있는 분위기가 아니었다. 얼버무리는 것도 무리인 것 같았다. 그것이 일반인이 알 만한 정보가 아니라는 사실은 마이 본인이 가장 잘 알고 있을 것이다. 지금 이 순간까지 세간에 알려지지 않은 정보니까 말이다.

"실은 카에데가 괴롭힘을 당한 사건을 취재하러 왔던 아나운서와 아직도 알고 지내요."

"누군데?"

"난죠 후미카라고……."

"아, 그 여자구나."

"아는 사이예요?"

"낮에 하는 와이드쇼 프로그램에서 오랫동안 어시스턴트를 하고 있잖아? 나도 신세를 진 적이 있어."

물론 그 신세는 좋은 의미일 리가 없었다.

"그런데 왜 아직도 알고 지내는 거야? 여동생 일이 일어나고 2년이나 지났잖아."

"아~, 으음~."

"빨리 말해."

"그 취재 때, 그녀만은 사춘기 증후군에 약간 관심을 보였어요. 내 가슴에 난 상처도 본 적이 있거든요. 그리고 때때로 취재에 응해달라면서 나를 찾아와요."

참고로 후미카는 마이에 관한 정보를 가르쳐주면서 「억측도 약간 섞여 있는데 괜찮아?」 하고 말했다. 세간에 알려지지 않도록 여러 곳에서 압력이 들어오고 있는 것 같았다.

"그럼 사쿠타 군은 내 정보를 얻는 대신, 그 여자에게 무슨 이야기를 해준 거야?"

마이는 날카로운 눈빛으로 사쿠타를 쳐다보았다.

"아뇨. 아무 이야기도 안 했어요."

사쿠타는 크게 뛰기 시작한 심장을 억누르며 태연한 목소리로 말했다.

"거짓말하지 마. 그 여자, 보도 기자인 척하는 구석이 있는데다, 매스컴 관계자가 정보를 공짜로 줬을 리가 없잖아. 분명 거래를 했을 거야."

텔레비전 업계의 사정에 관해서는 마이가 사쿠타보다 훨씬 잘 아는 것 같았다. 거짓말이 통할 상대가 아니었다. 침묵 또한 허락해주지 않으리라. 결국 체념한 사쿠타는 솔직하게 털어놓기로 했다.

"사진이에요. 가슴에 난 상처 사진을 한 장 찍게 해줬죠."

빈 화장실에 단둘이 들어가서 촬영을 했다는 건 말하지 않았다. 달콤한 향수 향기 때문에 약간 에로틱한 기분이 들었다는 것 또한 절대 말하지 않는 편이 좋을 것이다.

"바보."

"너무해요."

"바보 멍청이. 무슨 생각으로 그런 짓을 한 거야?!"

마이는 서슬 퍼런 얼굴로 감정을 토해냈다. 진짜로 화가 났다는 사실이 느껴졌다.

"그야 마이 씨 생각이죠."

"……"

"진짜예요."

무서워서 마이의 눈을 똑바로 쳐다볼 수가 없는 사쿠타는 시선을 돌렸다.

"하아……."

질려버린 마이는 힘이 쭉 빠졌는지 두 손을 늘어뜨렸다. 드디어 사쿠타의 볼은 마이의 손으로부터 해방되었다. 하지만 아직도 볼을 잡힌 듯한 느낌이 들었다.

"그 상처 사진 때문에 사쿠타 군이 곤경에 처할지도 몰라. 여동생까지 휘말릴지도 모른단 말이야."

마이는 진지한 눈빛을 띠면서 말했다.

"카에데에 관한 건 숨기고 있어요."

"2년 전에 취재를 하면서 여동생에 대해서도 뭔가를 알아 냈을 가능성이 크잖아?"

"뭐, 그렇게 되더라도 어쩔 수 없다고나 할까……."

"자아."

마이는 뭔가를 요구하면서 손을 내밀었다. 의도를 파악하지 못한 사쿠타는 한 손으로 비닐봉지 두 개를 들면서 빈 손을 내밀었다.

하지만 마이는 사쿠타의 손을 찰싹 소리가 나게 쳐내면서 말했다.

"그 여자의 연락처를 내놓으라는 거야."

"그런 소리를 했었어요?"

기억을 되짚어 봐도 그런 말은 한마디도 듣지 못했다.

"그 정도는 대화의 흐름을 통해 눈치챘어야지."

"마이 씨는 완전 여왕님이네요."

"그러는 사쿠타 군은 텔레비전을 완전 얕보고 있어. 생각이 짧은 데도 정도가 있단 말이야. 매스컴이 흥미를 가지면 너는 취재진들에게 둘러싸일걸? 한번 상상해봐. 그리고 카메라가 네 집을 항상 감시할 거야."

사쿠타는 상상력을 총동원해서 이미지를 해봤다. 불상사를 일으킨 인간을 향한 세간의 엄격한 시선, 쉴 새 없이 터져 나오는 플래시, 무례하기 그지없는 질문들…… 과거에 영상을 통해 본 적이 있는 상황에 자신이 처했다고 상상해봤다.

　"……."

　사쿠타는 마른침을 삼켰다.

　"……기분 더럽네요."

　얼굴에서 핏기가 사라졌다.

　"현실이 되면 지금보다 100배는 더 기분 나쁠 거야."

　마이의 그 말은 강렬했다. 사쿠타는 이제 와서 돌이킬 수 없는 짓을 한 걸지도 모른다는 생각이 들었다. 등을 타고 오한이 흘렀다.

　"앞으로는 좀 더 신중하게 행동해. 알았지?"

　마이는 짜증을 내고 있었지만 나쁜 감정이 느껴지지는 않았다. 화를 내고 있는데도 그 안에는 온기가 존재했다. 사쿠타는 그것이 마이가 진심으로 걱정하며 꾸짖고 있기 때문이라는 사실을 눈치챘다.

　"대답 안 할 거야?"

　"예, 알았어요. 앞으로는 조심할게요. 하지만 이미 사진을……."

　"그러니까, 자아."

　마이는 또 손을 내밀었다.

"연락처 정도는 알고 있지?"

사쿠타는 오늘 후미카에게서 받은 명함을 마이에게 건넸다.

마이는 우선 앞면을 확인한 후, 뒷면을 보았다.

"명함에 전화번호를 직접 써서 준 거야? 준 사람도 준 사람이지만, 받는 사람도 정말 엉큼하네."

그리고 이유는 모르겠지만 사쿠타를 비난했다.

"나는 연상 취향이기는 하지만, 아줌마한테는 흥미 없어요."

"흐음."

마이는 언짢은 표정을 지은 채 스마트폰에 전화번호를 입력했다.

"어, 마이 씨. 어쩌려는 거예요?"

"입 다물고 보고나 있어."

마이는 스마트폰을 귀에 대더니 사쿠타에게서 뒤돌아섰다. 곧 전화가 연결된 것 같았다.

"갑작스레 연락드려 죄송해요. 일전에 일 관련으로 신세를 진 적이 있는 사쿠라지마 마이라고 해요. 장난 전화가 아니니 끊지 말아주세요. ……예. 바로 그 사쿠라지마 마이예요. 덕분에 잘 지냈어요. 잠시 통화 괜찮을까요?"

마이는 척척 이야기를 해나갔다.

"오늘은 아즈사가와 사쿠타 군에 관한 일로 상의드릴 게 있어서 연락을 드렸어요. 그는 같은 학교 후배예요. 예, 그래요……."

차분한 어조로 통화하고 있는 마이는 왠지 믿음직한 어른 같아 보였다.

"그의 가슴에 난 흉터를 찍은 사진을 공개하지 말아줬으면 해요. 가능하면 전문가에게 의견을 구하는 것도 자제해줬으면 좋겠어요. ……예. 물론이죠. 제 요청을 들어주신다면 그걸 대신할 만한 특종을 제가 제공해드리겠어요."

"자, 잠깐만요! 마이 씨!"

마이는 대체 무슨 소리를 하려는 것일까. 자기 자신을 팔아넘기려는 것은 아닐까 하는 생각이 든 사쿠타는 당황했다.

어깨 너머로 사쿠타를 돌아본 마이는 어린애를 달래듯 쉬~, 하고 말하면서 입술에 검지를 댔다.

"예. 알고 있어요. 그에 걸맞은 정보를 준비했으니 안심하세요."

또 사쿠타에게서 돌아선 마이는 말을 이었다.

"저는 근시일 내에 연예계 활동을 재개할 예정이에요. 그때, 난죠 씨와의 독점 취재를 약속해드리죠. ……예, 물론 그것만으로는 화제성이 약하다는 건 알고 있어요. 하지만 이 말을 들으면 납득할 거라고 생각해요."

마이는 잠시 말을 멈췄다. 그리고 준비해뒀던 말을 입에 담았다.

"어머니의 사무소로는 돌아가지 않을 거예요. 즉, 다른 사무소에서 복귀할 거죠."

방금 그 말을 들은 사쿠타는 아마 후미카보다 더 놀랐을 것이다. 예전에도, 그리고 방금도…… 그것 때문에 사쿠타는 마이와 다퉜던 것이다. 사쿠타가 복귀를 권하고, 마이가 반발하는 구도로 말이다……. 그런데, 마이는 방금 복귀하겠다고 말했다. 이 말을 듣고 놀라지 않는 것은 무리였다.

"세간에서 난죠 씨의 상식을 의심할 수도 있는 아즈사가와 군의 정보보다 훨씬 즉효성이 있다고 생각하는데, 어떤가요? 잘 검토해보세요."

그 후, 마이는 한동안 「예」라든가, 「그래요」라든가, 「알았어요」 같은 표현으로 후미카의 말에 답하고 있었다.

"그럼 교섭이 성립된 거군요. 앞으로도 잘 부탁드리겠어요."

마이는 끝까지 정중하게 응대한 후, 통화를 끊었다.

그리고 사쿠타를 향해 돌아섰다.

"이렇게 됐어."

"미안해요."

"왜 사과하는 거야?"

"고마워요."

"풀이 죽은 사쿠타 군은 꽤 귀엽네."

사쿠타는 농담을 입에 담지 못했다. 고개를 들 수가 없었다. 카메라에 쫓기는 자신을 상상하면서 느꼈던 오한은 이미 존재하지 않았다. 안도감이 마음속을 가득 채우고 있었다.

이 안도감을 사쿠타에게 준 사람은 바로 마이였다.

"하지만 연예계에 복귀한다니······."

게다가, 사무소를 이적한다고 말했다.

"사쿠타 군의 말이 옳다고 생각해."

마이는 인정하고 싶지 않은지 입술을 삐죽 내밀었다.

"드라마와 영화 일은 좋아하고, 보람도 있어서 즐거웠어. 계속하고 싶다고도 생각했지. 그런 자신의 마음에 계속 거짓말을 해봤자 의미가 없잖아. ······잘못된 거라도 있어?"

"잘못됐어요. 완전히 잘못됐다고요."

"뭐, 뭐야. 이럴 때는 긍정해줘야 하는 거 아냐?"

"2주 동안 사람을 마구 피해 다녀놓고 그런 소리가 입에서 나와요?"

"방금 구해줬잖아."

"그건 그거고, 이건 이거예요."

"윽······ 고집 피워서 미안해. 잘못했어. 이제 됐지?"

마이는 약간 분한 표정을 지으면서도 자신의 잘못을 인정하며 사과했다.

"한 번 더 부탁해요."

"용서해주세요. 반성하고 있어요."

"살짝 올려다보면서 온순함을 플러스시키면 완벽하겠네요."

"까불지 마."

마이는 사쿠타의 코를 꼬집었다.

"우왓, 뭐하는 거예요."

사쿠타는 코맹맹이 소리로 그렇게 말했다. 그 말을 들은 마이는 「이상해」 하고 말하면서 웃음을 터뜨렸다.

그제야 사쿠타는 눈치챘다. 오늘 마이가 자신의 집 앞에서 기다리고 있었던 이유를 말이다.

마이는 연예계에 복귀한다는 사실을 알리기 위해 찾아왔던 것이다.

사쿠타가 후미카에게서 자초지종을 들은 것과 상관없이, 마이는 자신의 의지로 이미 결정을 내렸던 것이다.

그 사실을 알고 조금 분하다는 생각이 들기는 했지만, 사쿠타의 마음은 맑아졌다.

"세상이란 건 멋대로 알아서 잘 굴러간다니깐."

"방금 무슨 소리 했어?"

"혼잣말이에요."

두 사람은 나란히 걸음을 옮겼다. 그들의 발걸음은 아까보다 훨씬 가벼워 보였다. 마이가 결심을 해줬으니, 이제 사춘기 증후군만 없어진다면 더는 바랄 것이 없었다.

3분 후.

"여기야."

마이가 멈춰 선 곳은 사쿠타가 사는 맨션 앞이었다.

"예?"

"정확하게는 이쪽이야."

마이가 손가락으로 가리킨 곳은 맞은편 맨션이었다. 마이가 일전에 집이 가까우니 배웅할 필요가 없다고 말하기는 했지만, 이렇게 가까울 줄은 몰랐다. 정말 놀랄 노자였다. 연예계 복귀 선언보다도 더 놀라웠다.

"짐, 들어줘서 고마워."

마이는 사쿠타가 들고 있던 비닐봉지를 빼앗았다. 사쿠타를 방에 들일 생각은 없는 것 같았다.

"아, 맞다. 사쿠타 군."

"무슨 일이신가요, 여왕님."

"주말에 시간 비워놔."

사쿠타가 무심코 입에 담은 여왕님 발언과 마이가 한 말은 묘하게 맞아 들어갔다.

"연예계에 복귀하면 바빠서 놀 시간이 없을 거야. 그리고 나는 여기서 2년 넘게 살았는데 아직 가마쿠라에 가본 적이 없거든. 이상하지? 그러니 한 번 정도는 가보고 싶어."

"그렇게 간단히 일거리가 들어올까요?"

사쿠타가 회의적인 시선을 보냈다. 그러자 마이는 태연한 목소리로 말했다.

"나를 뭐로 보는 거야? 나는 사쿠라지마 마이라구."

그 말은 전혀 거만하게 들리지 않았다. 시원스럽게 들리기까지 했다. 그뿐만 아니라 현실미도 지니고 있었다. 마이라면 순식간에 일거리로 스케줄이 가득 찰 것 같은 예감이 들었다.

"아, 그래도 일요일에는……."

"내 부탁보다도 중요한 볼일이 있는 거야?"

"주말에는 아침부터 점심때까지 아르바이트를 하거든요."

"그럼 다른 사람한테 바꿔달라고 해……라고는 말 못 하겠네."

방금 그 말을 입에 담은 건 대체 어디 사는 누구일까.

"왠지 나보다 아르바이트를 우선하는 것 같아서 무지 짜증나."

"두 시까지니까 그 후에는 괜찮아요."

"뭐, 좋아. 그렇게 하자."

사쿠타의 발을 밟는 것을 보면 전혀 납득하지 않은 것 같지만, 표면상으로는 이해해준 것 같았다. 정말 어른인지 어린애인지 알 수 없는 사람이다. 그 중간이 아니라, 그 두 가지가 뒤죽박죽으로 뒤섞인 존재가 바로 사쿠라지마 마이인 것 같다고 사쿠타는 생각했다.

"히죽거리지 마."

"마이 씨한테 데이트 신청을 받았는데, 어떻게 히죽거리지 않겠냐고요."

"아, 데이트는 아냐."

마이는 주저 없이 부정했다.

"너무해~."

"그렇게 데이트가 하고 싶어?"

"당연하죠."

사쿠타는 힘차게 고개를 끄덕였다.

"그럼 그런 걸로 해둘게."

"좋았어."

사쿠타는 힘차게 주먹을 말아 쥐며 기뻐했다.

"그렇게 기쁜 거야?"

"당연하죠."

"그럼 2시 5분에 에노전 후지사와 역 개찰구 앞에서 봐."

"두 시까지 아르바이트한다고 방금 내가 말했죠?"

"그래서 2시 5분으로 잡은 거야."

"가게에 손님이 많으면 두 시 정각에 나오지 못할 수도 있으니 시간을 조금만 더 주세요. 부탁이에요."

"그럼 두 시 반. 1초라도 늦으면 가버릴 거야."

"알았어요."

이렇게, 사쿠타는 뜻밖의 형태로 생애 첫 데이트 약속을 했다.

"끼얏호~!"

이 날, 아즈사가와 가의 욕실에서는 떠나갈 듯한 외침이 터져 나왔다고 한다…….

제3장

첫 데이트에는 항상 파란이 따른다

1

사쿠타가 기다리고 또 기다렸던 일요일의 날씨는 쾌청했다. 데이트하기 딱 좋은 날씨였다.

아르바이트도 오후 두 시 정각에 끝나 약속 시간까지 조금 여유가 생긴 사쿠타는 일단 집에 돌아가기로 했다.

"어서 오세요."

자전거로 3분 동안 전력 질주를 한 사쿠타는 마중해주는 카에데의 머리를 가볍게 두드려준 후 욕실로 직행했다.

자전거 페달을 너무 열심히 밟은 탓에 땀으로 범벅이 된 몸을 씻은 사쿠타는 혹시나 모르니 새 팬티를 입었다.

"남자는 그 어떤 사태에도 대비해야 한다고."

그런 사쿠타를 의아한 눈길로 쳐다보는 카에데에게는 일반론을 읊으며 얼버무렸다.

"그럼 갔다 올게, 카에데."

"아, 예. 다녀오세요."

나스노를 품에 안은 카에데에게 배웅을 받으면서 2시 20분에 또 집을 나선 사쿠타는, 이번에는 걸어서 후지사와 역으로 향했다.

왠지 몸이 가벼웠다. 평범하게 걷고 있는데도 왠지 날아갈 것만 같았다. 마치 등에 날개라도 달린 기분이었다.

눈에 익은 주택가의 경치가 오늘은 평소와 달라 보였다. 깨진 아스팔트 틈으로 얼굴을 내밀고 있는 화초가 자연스럽게 눈에 들어왔다. 전선에 앉아 있는 참새의 지저귐도 잘 들렸다.

그리고 그 모든 것들이 사랑스럽게 느껴졌다. 상냥한 마음이 들었다.

이렇게 들뜰 대로 들뜬 사쿠타의 귀에 어린 소녀의 울음소리가 흘러들어온 것은, 집을 나서고 3, 4분 정도가 흘렀을 무렵이었다.

한 어린 소녀가 사쿠타의 진행 방향에 있는 공원 입구에 서서 엉엉 울고 있었다.

"무슨 일이니?"

그 여자애는 자신에게 다가와서 말을 건 사쿠타를 쳐다보면서 울음을 그쳤다. 하지만 곧…….

"우엥~, 엄마가 아냐~!"

……하고 말하면서 울음을 터뜨렸다.

"미아니?"

"엄마, 없어~."

"미아구나."

"엄마, 미아~."

"그렇게 해석할 수도 있겠네."

장래가 꽤나 기대되는 여자애다.

"자아, 울지 마."

여자애 앞에서 몸을 숙인 사쿠타는 그 애의 조그마한 머리에 손을 얹었다.

"오빠가 엄마를 찾아줄게."

"정말?"

"그래."

사쿠타는 고개를 끄덕이면서 미소를 지었다. 이제 여자애도 마주 웃을 거라고 생각했지만 어찌 된 영문인지 그 애는 고개를 갸웃거리고 있었다.

"좋아. 그럼 가자."

사쿠타가 그렇게 말하면서 여자애의 손을 잡은 순간이었다.

"죽어, 로리콤 변태!"

그런 힘찬 목소리가 등 뒤에서 들려왔다.

대체 무슨 일일까. 사쿠타는 그렇게 생각하면서 뒤를 돌아보려고 했지만 그럴 수 없었다. 그 목소리의 주인을 확인하기 전에 그의 엉덩이에 날카로운 충격이 가해졌기 때문이다.

마치 딱딱한 부츠 끝으로 꼬리뼈 부분을 걷어차인 것 같은 극심한 통증이 느껴졌다. 아니, 사실은 그 말 그대로의 일이 벌어졌다……

"우오오오!"

사쿠타는 고통에 찬 괴성을 지르며 아스팔트 위에서 버둥거렸다. 그런 그의 눈에 들어온 것은 사쿠타와 비슷한 또래로 보이는 여자애였다. 아마 고등학생, 즉 여고생일 것이다.

쇼트보브 타입의 헤어스타일을 하고 짧은 치마를 입었으

며, 그 아래는 맨다리가 쭉 뻗어 있었다. 그리고 옅은 화장을 한 요즘 여고생이었다.

"자아, 빨리 도망쳐!"

그 여고생은 진지한 표정으로 여자애에게 말했다. 하지만 그 여자애는 「어? 어?」 하고 말하면서 당황하고 있었다.

"그러니까, 빨리 도망치라구!"

뭐가 「그러니까」인지는 모르겠지만, 그 여고생은 여자애의 손을 잡더니 어디론가 데리고 가려 했다.

"로리콤 변태가 일어나기 전에!"

"누가 로리콤 변태라는 거야."

사쿠타는 엉덩이를 매만지면서 몸을 일으켰다. 너무 아파서 하반신에 힘이 들어가지 않았다. 꼭 모은 다리는 부들부들 떨리고 있었다. 마치 갓 태어난 수사슴 같았다.

"이 오빠가, 엄마, 찾아준대."

"뭐?"

여고생은 뚱딴지같은 소리를 냈다.

"로리콤 변태가 아닌 거야?"

"나는 연상이 취향이라고."

"역시 변태 아냐?!"

그렇게 말한 여고생의 표정에는 동요가 어려 있었다. 유심히 보니 얼굴이 꽤 귀여운 여고생이었다. 아직 앳된 구석이 남은 얼굴 윤곽과 커다란 눈을 지녔으며, 옅은 화장은 부드러운 인상과 함께 보는 이들에게 호감을 줬다. 화장을 지나치게 한 여자애를 학교에서 본 적이 있는 사쿠타는 어차피 화장을 할 거면 이 애를 기준으로 해줬으면 좋겠다고 생각했다.

"나는 이 애의 미아가 된 엄마를 같이 찾아주려고 했을 뿐이야."

"잠깐, 미아가 된 건 이 애 아냐?"

"엄마, 미아~."

사쿠타의 발언을 여자애가 긍정했다. 게다가 여고생에게서 떨어진 그 여자애는 사쿠타의 소매를 꼭 움켜잡았다. 덕분에 형세는 순식간에 역전되었다.

결국 그 여고생도 자신이 착각했다는 사실을 인정하는지 쓴웃음을 지었다.

"아~, 엉덩이가 아프네."

"미, 미안해. 아하하."

"두 개로 쪼개졌을지도 모르겠는걸."

"뭐? 그거 큰일 났네! 잠깐, 엉덩이는 원래 두 개로 나눠져 있잖아!"

"아~, 아파. 아프다고."

"아, 알았어. 알았다구."

그 여고생은 될 대로 되라는 듯이 큰 목소리로 그렇게 말하면서 뒤돌아서더니, 손으로 전봇대를 짚었다.

"자!"

힘찬 목소리로 그렇게 말하며, 미니스커트에 감싸인 엉덩이를 사쿠타를 향해 내밀었다.

"아니, 『자!』는 무슨······."

엉덩이를 걷어차라는 것 같지만, 사쿠타에게는 한낮에 길 한복판에서 여고생의 엉덩이를 걷어차는 취미가 없었다.

"됐으니까 빨리 해. 나, 친구와 만나기로 약속했단 말이야!"

사쿠타한테도 약속이 있었다. 그것도 매우 중요한 약속이었다. 지금 이러고 있는 사이에도 시간은 점점 흘러가고 있었다. 게다가 저 여자애도 도와줘야 하니 이대로 있다간 지각을 면할 수 없을 것이다. 그러니 쓸데없는 일에 시간을 쓸 때가 아니었다.

이렇게 되면 빨리 걷어차 주는 편이 나을 것 같았다.

"자, 간다."

사쿠타는 가볍게 그 여고생의 엉덩이를 걷어찼다. 이제 납득했을 거라고 생각했지만······.

"더 세게!"

······그 여고생은 사쿠타를 향해 고개를 돌리며 그렇게 외쳤다.

"진짜로?"

아까보다 더 세게 걷어찼다. 퍼억 하는 소리가 울려 퍼졌다.

"더 세게!"

하지만 그 걸로도 부족한 것 같았다.

"좋아. 그럼 후회하지 말라고!"

이렇게 됐으니 각오를 하자.

자고로 여자애의 소망에 응해줄 수 있어야 멋진 남자라고 할 수 있으니까 말이다.

사쿠타는 한 발을 뒤로 빼더니, 축이 되는 발에 힘을 줬다. 그리고 표적인 동그란 엉덩이를 바라보았다. 표적을 조준한 후, 원심력이 실린 강렬한 미들킥을 날려줬다.

바로 그때, 퍼억 하는 낮은 저음이 울려 퍼졌다.

그리고 다음 순간…….

"아, 아…… 아프대이~!"

하카타 사투리로 된 비명이 터져 나왔다.

"으~."

여고생은 신음을 흘리면서 주저앉더니, 양손으로 엉덩이를 소중하다는 듯 누르고 있었다. 너무 아파서 말이 안 나오는 것 같았다. 금붕어처럼 입만 뻐끔거리고 있었다.

"어, 엉덩이가 두 개로 쪼개졌어……."

쥐어짜낸 듯한 목소리로 겨우 한 말이 바로 그것이었다.

"안심해. 원래 두 개로 나눠져 있거든."

"아~. 저기, 너희들."

뒤쪽에서 목소리가 들려오자, 사쿠타와 여고생은 동시에 고개를 돌렸다. 그러자 경찰복을 입은 경찰관 아저씨가 눈에 들어왔다. 그 아저씨의 얼굴은 당혹스러움으로 물들어 있었다.

"벌건 대낮에 길 한복판에서 변태 플레이를 즐기는 데 방해해서 미안하지만 말이야."

"저기, 이 녀석만 변태인데요."

사쿠타는 손가락으로 여고생을 가리키며 사실대로 말했다.

"아, 아냐! 아니에요! 피치 못할 사정이 있어서 그런 거라고요!"

오해를 산 여고생은 필사적인 목소리로 말했다.

"일단 그 사정이라는 건 파출소에서 들어줄게."

그 아저씨와 팔짱을 끼자 사쿠타는 빗어날 수가 없었다. 아저씨긴 해도 경찰관답게 몸을 단련하고 있는지 팔이 꿈쩍도 하지 않았다. 아무래도 이 마을의 치안은 안심해도 될 것 같았다.

"놔줘요! 나, 지금 중요한 볼일이 있다고요!"

이대로 파출소에 끌려갈 수는 없었다. 5분, 10분 정도라면 몰라도 그 이상의 시간을 마이가 기다려줄 리가 없었다. 그것도 그럴 것이 그녀는 『사쿠라지마 마이』인 것이다.

"알았으니까 버둥거리지 마. 얌전히 따라오라고. 미아가 된 꼬마 아가씨도 따라오렴. 파출소에서 어머니가 기다리고 있단다."

"엄마가? 와아~!"

경찰관 아저씨에게 끌려가던 사쿠타는 미아 문제가 해결됐다는 사실을 알고 가슴을 쓸어내렸다. 하지만 그 안도감도 아저씨의 질문을 들은 순간, 산산조각이 나고 말았다.

"요즘 젊은이들 사이에서는 통증 플레이가 유행하고 있니?"

　사쿠타와 여고생은 파출소에 도착하고 한 시간 반이 지난 후에야 경찰관 아저씨에게서 해방됐다. 파출소를 나서면서 본 시계의 바늘은 네 시를 가리키고 있었다. 누구라도 좋으니 지금 바로 타임머신을 준비해줬으면 좋겠다.
"하아, 정말. 최악이야~."
　지친 표정으로 옆에서 걷고 있는 여고생이 불만을 입에 담았다.
"그건 내가 할 말이야. 이 멍청아."
"누가 멍청하다는 거야. 따지고 보면 네가 오해 사기 딱 좋은 짓을 해서 이렇게 된 거잖아."
"그딴 오해를 한 너한테 문제가 있는 거라고."
"변명하는 거야? 꼴사납네."
"변명이 아니라 사실이거든? 그리고 경찰 아저씨의 이야기가 길어진 건 코가 탓이잖아."
　그 말을 들은 순간, 여고생의 어깨가 움찔했다.
"……잠깐만, 내 이름을 어떻게 아는 거야?"
"코가 토모에. 이름이 참 귀엽네."
"내 풀 네임을 어떻게 알았어?!"
　파출소에서 경찰관 아저씨에게 자기 이름을 밝혔던 걸 기억하지 못하는 걸까. 참고로 그녀가 어느 학교에 다니는지도 파악했다. 놀랍게도 사쿠타가 다니는 미네가하라 고등학교의 학생이었다. 한 학년 아래인 1학년이니 학교 후배라고 할 수 있을 것이다.

"나는 너에 대한 거라면 뭐든 알아."

"하아, 바보 같은 소리 좀 그만해줄래?"

"후쿠오카 출신이지?"

"그, 그걸 어떻게 아는 기고?!"

"……."

"앗."

당황한 여고생, 코가 토모에는 양손으로 입을 막았다.

"아까도 『아프대이~』하고 외쳤잖아."

"그, 그런 적 없거든?"

토모에는 고개를 돌리면서 시치미를 뗐다. 잘은 모르겠지만 알려지고 싶지 않은 정보인 것 같았다. 이제 와서 시치미를 떼봤자 아무 의미도 없지만 말이다.

"뭐, 하던 이야기를 계속하자면 이렇게 된 건 전부 코가의 잘못이라는 거야."

"이름, 가르쳐줘. 너만 내 이름을 아는 건 불공평하단 말이야."

"사토 이치로야."

솔직하게 이름을 가르쳐줄 이유가 없었기에 거짓말 티가 잔뜩 나는 이름을 가르쳐줬다. 누구든 이 이름을 듣자마자 가명이라는 걸 눈치챌 거라고 생각했지만······.

"그럼 사토. 내가 대체 뭘 잘못했다는 거야?"

······토모에는 그 말을 순순히 믿었다. 아무래도 남을 의심할 줄 모르는 순진무구하고 착한 애 같았다. 이제 와서 가명이라고 밝히는 것도 귀찮았기에 사쿠타는 그 점에 관해서는 그냥 입 다물고 있기로 했다.

"모르겠다면 가르쳐주지. 시작 후 30분 즈음에 경찰관 아저씨가 오해라는 걸 이해했는데, 코가가 스마트폰만 계속 만지작대면서 이야기에 귀를 기울이지 않아서 이렇게 된 거잖아."

사실 남은 한 시간 동안, 두 사람은 남과 이야기를 할 때는 『핸드폰』에 정신 팔지 말라는 감사하기 그지없는 설교를 들었다. 핸드폰도, 스마트폰도 가지고 있지 않은 사쿠타에게 있어서는 정말 의미 없는 설교지만 말이다······.

"그렇다고······ 이렇게 논리정연하게 말하지 않아도 되잖아."

토모에는 입술을 삐죽 내밀면서 삐친 듯한 태도를 취했다.

"조금은 반성했어?"

"친구한테서 메시지가 와서 어쩔 수 없었다구."

"뭐가 어쩔 수 없다는 건데?"

"빨리 답장하지 않으면 사이가 틀어져버린단 말이야."

토모에는 풀이 죽었는지 고개를 살짝 숙였다.

"아, 그래서 필사적으로 답장을 보낸 거구나."

"그런 게 아니면 혼나고 있을 때 그딴 짓 안 한다구~."

토모에는 볼을 부풀리며 사쿠타를 노려보았다.

"흐음~."

"기분 나쁘게, 반응이 왜 그 따위야?"

"그냥~."

"어차피 그 정도로 틀어져 버리는 사이라면, 그런 애는 진정한 친구가 아니라고 생각하는 거지?"

전에 누군가한테 그런 말을 들었던 것일까. 토모에는 목소리 톤을 바꾸면서 말했다.

"네가 그렇게 생각하고 있는 거 아냐?"

"시, 시끄러워."

사쿠타는 토모에의 머리에 손을 얹더니, 헝클어질 정도로 쓰다듬었다.

"우왓, 바보, 뭐하는 거야? 세팅한다고 얼마나 고생했는데!"

사쿠타의 손을 쳐낸 토모에는 허둥지둥 흐트러진 헤어스타일을 양손으로 고쳤다.

"뭐, 힘내라고. 여고생."

"뭐야? 바보 취급하는 거야?"

"너는 그런 바보 같은 룰 안에서 필사적으로 살고 있는 거지? 그렇다면 바보 취급은 하지 않아. 바보 같다고 생각하기는 하겠지만 말이야."

그런 룰을 누가 만들었는지는 알 수 없다. 누구를 위한 룰인지도 알 수 없다. 처음에는 자신들이 「잘 지내기 위해」 만든 것인데, 정신을 차리고 보니 어느새 자신들을 괴롭히는 속박이 되어버린 그런 룰이었다.

하지만 한번 그런 룰을 적용하기로 정해버린 이상 이제 어쩔 수 없었다. 룰을 지키지 않으면 고립되고 만다. 쉽게 따돌림을 당하고 만다. 게다가 한 번 그렇게 되고 나면 예전으로 돌아갈 방법이 없었다. 사쿠타 또한 그 사실을 알고 있었다. 카에데가 그것 때문에 괴로워했기에 잘 알고 있었다.

그저 소모되기만 할 뿐이다. 하지만 그런 룰로 자신을 묶고, 연결해서, 있을 곳을 만들어야만 사람들은 안심할 수 있었다. 메일 하나하나, 메시지 하나하나는 「괜찮지?」, 「괜찮아」하고 서로를 확인하기 위한 것이다. 자기 자신을 직접 긍정하는 것은 어렵기 때문에 다른 누군가에게 긍정해달라고 한다. 그리고 그것을 모두와 공유한다. 동조한다. 그렇게 안심할 수 있는 장소를 만든다.

중학교도, 고등학교도…… 학교가 사회 전체이며, 세계 그 자체이니 어쩔 수 없었다. 다들 필사적이니 어쩔 수 없는 것이다.

고등학교 입학 후에 아르바이트를 시작한 사쿠타는 대학생과 사회인 스태프와 접하게 되면서, 그런 사회 구조를 조금은 이해하게 되었다. 외부에서 학교라는 공간을 살피면서 알게 된 듯한 느낌이 들었다. 그들이 원하는 것은 그저 자신이 있을 곳이라는 사실을…….

"결국 바보 취급하고 있는 거잖아."

"뭐, 코가는 좋은 녀석 같으니까 괜찮지 않겠어?"

"그건 또 무슨 소리야?"

"변태로부터 어린 여자애를 구하려고 한 그 근성은 존경할 만하다는 거야. 위험한 짓이니까 앞으로 그럴 때는 다른 사람을 부르도록 해. 상대가 진짜 정신 나간 놈이었다면 너를 덮쳤을 거야. 코가는 귀여우니까 말이야."

"귀, 귀엽다는 소리 하지 마!"

토모에는 얼굴을 새빨갛게 붉히면서 멋쩍어했다. 어쩌면 그런 말을 듣는 것에 익숙하지 않은 걸지도 몰랐다.

"뭐, 그 정의의 마음을 잊지 말고, 앞으로도 힘내라고."

"아, 응. 고마워."

토모에는 뜻밖에도 솔직하게 고맙다고 말했다. 마음속 깊은 곳은 좋은 녀석인 것 같았다. 눈부실 정도로 순수한 애였다.

스마트폰 착신음이 들렸다. 사쿠타는 폰이 없으니 토모에의 폰이 울린 것이리라.

"아, 큰일 났다! 약속 있는 걸 깜빡했어! 그럼 가볼게!"

토모에는 허둥지둥 어딘가를 향해 달려갔다. 미니스커트 차림으로 뛰고 있었기에 팬티가 언뜻언뜻 보였지만, 멀어져가는 그녀에게 들리도록 큰 목소리로 지적했다간 주위의 주목을 모을 것 같았기에 사쿠타는 잠자코 있었다.

"흰색이네."

토모에가 완전히 시야에서 사라진 후, 사쿠타는 돌아가자고 생각하면서 걸음을 내디뎠다.

그리고 세 걸음 정도 내디딘 후, 걸음을 멈췄다.

뭔가 중요한 일을 잊은 듯한 느낌이 들었다.

"……아."

사쿠타의 뇌리에 마이의 얼굴이 떠올랐다. 그녀의 얼굴에는 상냥한 미소가 맺혀 있지 않았다. 그렇다고 귀엽게 삐친 것도 아니었다. 일전에 한 번 봤었던 진심으로 화났을 때의 표정을 짓고 있었다.

"큰일 났다!"

그제야 중요한 사실을 떠올린 사쿠타는 때때로 발이 꼬여가면서도, 마이와의 약속 장소를 향해 맹렬하게 대시했다.

2

사쿠타가 달려간 곳은 매일같이 학교에 갈 때 이용하는 에노전 후지사와 역의 개찰구 앞이었다.

바로 그곳이 마이가 지정한 약속 장소였다.

약속 장소에 도착한 사쿠타는 숨을 고르면서 주위를 살폈다. 폭이 6, 7미터밖에 안 되는 개찰구 주위를 확인하는 데는 그렇게 긴 시간이 필요하지 않았다.

"……."

유감스럽게도 마이는 보이지 않았다.

"뭐, 당연하지."

그 유명한 사쿠라지마 마이가 한 시간 반이나 자신을 기다려줄 리가 없었다.

"우와, 사고 쳤어……."

후회가 밀려왔다. 하지만 미아가 된 여자애를 보고도 못 본 척할 수는 없었던 데다, 그 직후에 정의의 여고생과 얽히게 될 거라고는 생각도 못 했다.

사쿠타는 핸드폰도, 스마트폰도 없는 자기 자신이 원망스러웠다. 만약 그런 게 있다면 연락을 할 수 있었을 것이다. 뭐, 자초지종을 이야기하더라도 「흐음, 나와 데이트하는 것보다 중요한 볼일이 있는 거구나」 하고 말하면서 오늘 데이트를 보이콧할 것 같지만…….

이렇게 되면 문제는 어떻게 용서를 받을 것인가, 이다. 아마 마이는 사쿠타에게 바람맞은 줄 알고 단단히 화난 상태에서 집으로 돌아갔거나, 혼자서 어딘가에 갔을 것이다. 그 분노는 쉬이 가라앉지 않으리라.

풀이 죽을 대로 죽은 상태에서 고개를 푹 숙인 사쿠타의 등 뒤에서 발걸음 소리가 점점 다가오고 있었다. 왠지 어딘가에서 들어본 적이 있는 발걸음 소리였다. 하지만 그 리듬에서는 극심한 짜증이 묻어나오고 있었다.

"나를 1시간 38분이나 기다리게 하다니, 배짱 한번 좋네."

"……."

사쿠타는 믿기지 않는 심정으로 뒤를 돌아보았다. 그러자 사복 차림인 마이가 눈에 들어왔다.

"왜 유령이라도 본 것 같은 표정을 짓는 거야?"

"마이 씨는 지각한 남자를 1시간 38분이나 기다려줄 만큼 마음 넓은 여자가 아냐! 너, 가짜지?!"

그 말을 들은 마이는 눈을 가늘게 떴다. 불가사의하게도 그 순간, 주위의 온도가 2도 정도 내려간 것 같은 느낌이 들었다.

"사쿠타가 나를 어떻게 생각하는지 잘 알았어."

주로 엉큼한 눈길로 쳐다봤던 걸 들킨 걸까.

"『군』이 빠졌는데요."

"사쿠타 따위는 사쿠타로 충분해."

마이는 벌이라도 주는 듯한 요량으로 그렇게 말했지만, 사쿠타에게 있어 그것은 상이었다. 하지만 그 사실을 밝혔다간 호칭이 『사쿠타 군』으로 되돌아갈 것 같았기에 사쿠타는 그냥 입 다물고 있기로 했다.

"왜 히죽거리는 거야?"

"아무것도 아니에요."

사쿠타는 입가가 히죽거리는 것을 참으면서 마이를 쳐다보았다. 사복을 입은 마이는 처음 보았다. 긴소매 블라우스 위에 니트 천으로 된 귀여운 후드 조끼를 걸치고 있었다. 무릎까지 내려온 치마는 끝자락이 바깥쪽으로 살짝 펼쳐져 있는 어른스러운 디자인이었다. 그리고 무릎 아래까지 오는 부츠를 신고 있었다. 기품 있고, 우아하지만, 너무 튀지도 않도록 절묘한 밸런스를 유지하고 있었다. 어른스러운 느낌인 마이에게 그 복장은 매우 잘 어울렸다.

　"……."

　하지만 살결이 드러나는 부분이 너무 없었다. 무릎이 아주 약간 드러나 있을 뿐이었다.

　"하아……."

　사쿠타는 무심코 한숨을 내쉬었다.

　"왜 그렇게 무례한 반응을 보이는 거야?"

　"마이 씨, 제정신이에요?"

　"무, 무슨 소리를 하는 거야?"

　마이는 사쿠타를 경계하듯 뒷걸음질 치며 말했다.

　"데이트 하면 미니스커트와 맨발이잖아요!"

　"확 때려버린다?"

　마이가 주먹을 말아 쥐었다.

　"하아……."

　"그렇게 실망할 일이야?"

"기대하고 있었단 말이에요."

"지각해놓고 정말 뻔뻔하네."

"마이 씨는 교복 입을 때도 항상 검은색 타이츠를 신잖아요."

"흐, 흥. 이래 봬도 나름 고민 끝에……."

마이는 고개를 돌리면서 뭐라고 중얼거렸다.

"뭐, 엄청 귀엽기는 하지만요."

"……."

마이는 시선만으로 방금 그 발언을 한 번 더 해달라고 요구했다.

"마이 씨, 엄청 귀여워요."

"솔직하네."

"가슴이 뛰어요. 확 집에 가져가고 싶어요. 내 방에 장식해 두고 싶어요."

"더 들으면 기분 나빠질 거 같으니까 그만해."

"그럼 가죠!"

은근슬쩍 화제를 다른 쪽으로 돌린 사쿠타는 출발하려고 했다.

"기다려. 아직 이야기가 끝나지 않았단 말이야."

"무슨 일 있기라도 했어요?"

가능하면 그 화제는 그냥 넘어가 줬으면 싶었기에 사쿠타는 시치미를 뗐다.

"어설픈 연기 하지 마."

"다른 사람도 아니고 마이 씨 앞에서 주제넘게 연기 같은 걸 할 리가 없잖아요."

"지각한 이유를 밝힌 후, 성심성의를 다해 나한테 용서를 빌어."

마이는 왠지 즐거워 보였다. 표정도 밝았다.

"만약 납득이 안 된다면 나, 확 돌아가 버릴 거야."

혹시 마이는 사쿠타를 괴롭히기 위해 1시간 38분이나 기다린 것일까. 왠지 그럴 것 같다는 생각이 들었다.

"이곳으로 오는 도중에 주택가 쪽에서 미아가 된 어린애를 발견해서⋯⋯."

"돌아갈래."

"거짓말 같지만 진짜예요!"

"아르바이트하는 가게에서 여기로 바로 온 사람이 주택가를 지난다는 게 말이 된다고 생각해?"

마이의 지적은 날카롭기 그지없었다.

"집에 갔다 왔거든요."

"왜?"

"시간이 좀 남았길래, 혹시나 하는 마음에 샤워를 한 후 팬티를 갈아입으려고요."

"⋯⋯역겨워."

마이는 진짜로 질린 것 같았다.

"뭐, 그건 귀여운 연하 남자애의 바보짓이라고 생각하며 납득해줄게."

"고맙습니다."

"하지만 오늘은 내 반경 30미터 안으로 들어오지 마."

그래서는 데이트라고 할 수 없었다. 제삼자의 입장에서 본다면 사쿠타는 스토커 같아 보일 것이다.

"자아, 지어낸 이야기를 계속해봐."

"미아가 된 어린애와 파출소에 간 건 사실이에요."

"그 애, 여자애였어?"

"예."

"나를 기다리게 해놓고 다른 여자와 만나다니, 배짱 한번 좋네."

"네 살짜리 꼬맹이도 여자로 치는 거예요?!"

"물론이지."

마이는 딱 잘라 말했다.

이렇게 되면 솔직하게 전부 털어놓는 것은 위험했다. 코가 토모에라는 귀여운 여고생…… 아니, 실은 꽤나 귀여운 여고생과 함께 있었다는 사실을 밝힌 순간, 어떤 독설을 들을지 상상도 되지 않았다.

"하지만 파출소는 바로 저기 있지 않아?"

마이는 역에서 조금 떨어진 곳을 손가락으로 가리켰다.

"일단 얽힌 이상, 부모님을 찾을 때까지는 곁에 있어줘야겠더라고요. 애가 울음을 그치지 않기도 했고요."

"흐음."

마이는 미심쩍은 시선으로 사쿠타를 쳐다보았다.

"나, 거짓말을 싫어해."

"그래요? 나도 마찬가지예요."

"거짓말이면 코로 빼빼로를 먹게 할 거야."

"한 개?"

"한 상자."

마음만 먹으면 진짜로 할 것 같은 고문이기에, 얼마나 나쁜 상황이 벌어질지 상상이 되었다.

"먹을 걸 함부로 하면 안 된다고 생각해요."

"먹을 걸 먹는 것뿐이니 문제 될 건 없을 것 같은데?"

"……."

"……."

마이는 얼굴을 내밀더니 사쿠타를 지그시 응시했다. 순순히 실토하라고 압력을 가하고 있었다. 마이의 숨결이 볼에 닿자 간지러웠다. 그리고 좋은 향기가 코끝을 스쳤다.

"고집 세네."

"……."

이제 와서 솔직하게 말할 수는 없었다. 코로 빼빼로를 먹고 싶지는 않으니까 말이다.

"뭐, 좋아. 용서는 안 할 거지만, 데이트는 해줄게."

이걸 기뻐해도 괜찮은 것일까.

"고마워요."

사쿠타가 가슴을 쓸어내린 그 순간이었다.

"아, 좀 전의 로리콤이다."

귀에 익은 목소리가 들려온 순간……

JR과 오다큐 역으로 이어지는 연락 통로 쪽을 쳐다보니, 아까까지 함께 있었던 코가 토모에가 눈에 들어왔다. 같이 있는 세 명의 여자애는 아까 만나기로 약속을 했던 그 친구들이리라. 화려한 분위기를 지닌 사이 좋아 보이는 여성 4인조. 반의 중심 그룹 같아 보였다.

"그러는 너는 아까 전의 하카타 여자구나."

사쿠타가 그렇게 말하자, 토모에는 허둥지둥 그에게 다가왔다. 그리고 사쿠타의 입을 양손으로 막더니……

"그, 그 말 하지 마!"

……하고 작은 목소리로 협박하듯 말했다.

"하카타 여자?"

친구 중 한 명이 고개를 갸웃거렸다.

"아, 후쿠오카의 대표적인 여행 선물 몰라? 바움쿠헨 안에 팥 양갱이 든 거야. 아, 그리고 『하카타 여자』라고 쓰기는 해도 읽을 때는 『하카타 사람』이라고 읽어."

"아, 먹어본 적 있어. 그거, 맛있더라구."

"자, 잠깐만! 토모에!"

다른 친구가 토모에의 팔을 잡아끌며 사쿠타에게서 떼어놓았다.

"왜, 왜 그래?"

"저 사람, 병원행 선배야."

귓속말이지만 사쿠타에게도 다 들렸다. 그 말을 들은 토모에는「뭐? 저 사람 이름은 사토 이치로인데?」하고 중얼거렸다.

"뭐? 토모에, 무슨 소리를 하는 거야……. 그리고 옆에 있는 사람 좀 봐."

그녀들 넷은 마이 쪽을 힐끔 쳐다보았다. 그녀들에게는 마이가 보이는 것 같았다.

"자, 가자."

친구들에게 끌려간 토모에는 개찰구를 통과했다.

사쿠타는 그 광경을 보면서 자신이 엄청난 실수를 했다는 사실을 눈치챘다. 무심코 토모에의 목소리를 듣고 반응을 해버렸지만, 지금은 그냥 모르는 척을 하는 편이 좋았다. 그편이 훨씬 나았을 것이다.

사쿠타는 마이를 힐끔 쳐다보았다. 그러자 완벽한 무표정이 눈에 들어왔다.

"저기, 사쿠타."

"오해예요."

"저 애의 이름은 토모에인가 봐."

"그런 것 같네요~."

"돌아가 버리지 않을 테니까 걱정하지 마."

마이는 사쿠타와 팔짱을 꼈다.

"우선 빼빼로를 사러 가자."

"가느다란 것도 괜찮죠?"

"안~ 돼~."

사쿠타에게는 장난기가 섞인 듯한 마이의 말투를 즐길 여유가 없었다. 팔을 통해 느껴지는 감촉을 즐길 여유 또한 없었다.

"조, 좀 봐주세요!"

"안 돼, 이 로리콤아."

이렇게…… 마이와의 첫 데이트는 역 앞 편의점을 향하면서 시작되었다.

3

오독, 빼빼로가 부러지는 소리가 주위에 울려 퍼졌다.

에노전 열차 안. 사쿠타는 마이와 함께 바다 쪽을 향한 좌석에 나란히 앉아 있었다.

또 오독, 하는 소리가 났다. 마이가 편의점에서 산 빼빼로를 하나씩 입에 넣고 있었다. 희미하게 벌어진 입술이 사쿠타를 귀엽게 유혹하고 있었다. 물론 마이는 그럴 생각이 없겠지만 빼빼로를 깨물기 직전, 빼빼로의 끝부분을 살며시 입에 무는 모습에 사쿠타의 시선은 고정되고 말았다.

하지만 사쿠타는 그 광경을 순수하게 즐길 수가 없었다. 마이가 언제 자신의 코에 빼빼로를 집어넣을지 알 수 없어서 잔뜩 긴장하고 있었기 때문이었다.

그리고 그 순간은 생각보다 빨리 찾아왔다.

마이는 빼빼로를 내밀면서…….

"줄게."

……하고 말했다.

"배, 무지무지 부릅니다."

"살찌면 안 되니까 남은 건 네가 먹어."

"어디로요?"

"그냥 평범하게 먹어도 돼."

마이는 한숨을 내쉬면서 고개를 돌렸다.

"잘 먹겠습니다."

사쿠타는 빼빼로가 든 상자를 통째로 받았다.

"설마 내가 진짜 코로 먹게 할 거라고 생각했던 거야?"

"눈이 진심으로 가득 차 있었거든요."

"그건 연기였어."

"역시 대단하네요."

"뭐, 한 개 정도는 해볼까 싶기도 했지만 말이야."

"우와~, 악마다~."

"전혀 반성하지 않은 것 같은데, 한번 해볼래?"

"미안해요. 거짓말이에요. 미인에 상냥하신 마이 님. 용서해주세요."

"말에서 성의가 느껴지지 않네."

마이는 심심하다는 듯 창밖을 바라보았다. 하지만 아직 후지사와 역을 출발하고 나서 역을 세 개밖에 지나지 않았기에 바다가 보이지는 않았다. 열차는 슬슬 민가 사이를 지나는 구간에 접어들었다.

해 질 녘이라 그런지 차 안은 그렇게 혼잡하지 않았다. 빈 자리도 꽤 있었다. 근처에 있는 승객의 반응을 은근슬쩍 확인해봤지만, 마이를 눈치챈 사람은 없었다. ……아마 보이지 않는 것이리라.

"저기."

"무릎 꿇고 용서를 빌라는 거예요?"

"아냐. 사쿠타는 왜 이렇게 나를 신경 써주는 거야? 벌 삼아서 솔직히 말해봐."

"갑자기 왜 그러는 거예요?"

"나처럼 귀찮은 여자와는 얽히려고 하지 않는 게 정상이잖아."

"아, 자각하고 있었군요."

"주위의 반응만 봐도 알 수 있거든."

반에서도, 학교에서도, 마이는 붕 뜬 존재였다. 아무도 얽히려 들지 않는 그야말로 공기 같은 존재다.

"마이 씨가 그런 식으로 배배 꼬였기 때문에 친구가 없는 거예요."

"배배 꼬인 건 피차일반이잖아."

사쿠타는 마이의 비아냥거림은 듣지 못한 척했다. 이미 자각하고 있었기 때문이었다. 무슨 일이 있을 때마다 유마와 리오가 대놓고 그렇게 말했다.

"사쿠타는 배배 꼬였을 뿐만 아니라 묘하게 뻔뻔하기까지 해."

"그래요?"

"주눅 들지 않고 나한테 말을 건 사람도 사쿠타밖에 없어."

"마이 씨의 위압감은 확실히 엄청나니까요. 그래서는 친구가 안 생길 거예요."

미인인 것만으로도 말을 걸기 힘든데, 국민적 지명도를 지닌 연예인이라는 직함도 지니고 있는 것이다.

"시끄러워."

"마이 씨, 학교 다니는 게 즐거워요?"

"그거, 친구도 없는데, 라는 의미에서 물은 거라고 보면 될까? 초등학생 때부터 항상 그랬으니 이제는 아무렇지도 않아. 학교 다니는 게 즐거웠던 적도 없지만 말이야."

그것은 허세도, 얼버무림도 아닌, 마이의 틀림없는 진심처럼 들렸다. 학교에 익숙해지지 않는다는 사실에서 무언가를 느끼고 있지 않다. 주위 사람들과 자신이 다르다는 것에서 위화감을 느끼고 있지도 않다. 사쿠타는 포기를 넘어, 그런 감정 자체가 마이에게서 없어진 것 같다는 느낌을 받았다.

"그리고, 이야기 돌리지 마."

옆에서 날카로운 시선이 날아왔다.

"먼저 질문을 한 사람은 나잖아. 그리고 사쿠타는 내 질문에 답하지 않았어."

"뭐였죠?"

"여자 아나운서에게 자신을 불리하게 만들 수도 있는 정보를 주면서까지, 내 일에 참견하려고 한 이유는 뭐야? 그런 짓을 하기 위해서는 분명 그에 합당한 이유가 필요할 거야."

마이는 아까보다도 더 날카로운 질문을 던졌다.

"저는 곤란해 하고 있는 사람을 내버려두지 못하는 타입이거든요."

"나, 진지하게 묻고 있는 거야."

"너무해요."

"사쿠타는 좋은 사람이지만, 천성이 좋은 사람은 아냐."

"그래요?"

"아무한테나 상냥한 건 아니잖아. 전에 시치리가하마 역에서 내 사진을 찍으려고 한 대학생 커플한테는 꽤 심한 소리를 했었어."

"나 말고 다른 사람이라도 그런 상황에서는 나섰을 것 같은데요?"

"그래도 그렇게 심한 소리까지는 하지 말고, 은근슬쩍 주의를 줬으면 됐잖아."

"열을 잔뜩 받더라도 그렇게 해야 하나요?"

"마음만 먹으면 그럴 수도 있었을 것 같은데? 냉정을 유지하고 있었으니, 그런 식으로 상대를 궁지에 몰아넣는 말을 할 수 있었던 거잖아."

"마이 씨의 말을 들으니, 나는 성격이 더러운 녀석인 것 같네요……."

"그럼 좋다고 생각했어?"

마이는 일부러 화들짝 놀란 표정을 지으며 사쿠타를 쳐다보았다.

"우와, 나보다도 성격 더러운 사람이 눈앞이 있어~."

"쓸데없는 소리 말고 빨리 이유나 말해봐."

마이는 사쿠타가 화제를 돌리는 걸 허락하지 않았다. 항상 그랬다.

"그럼 진지하게 이야기할 테니, 진지하게 들어주세요."

"좋아."

"미인 선배와 가까워질 찬스라서 오버했던 거예요."

"누가 본심을 적나라하게 말하라고 했어?"

"진지하게 묻는 거라고 말한 사람은 마이 씨잖아요?"

"구실을 말해보라는 거야. 구실을."

상식적으로 생각해볼 때, 본심을 듣고 싶어 해야 정상 아닐까. 사쿠타는 마이의 가치관이 이해가 되지 않았다.

"곤란해 하고 있을 때 아무도 의지할 수 없다면 괴로우니까요."

사쿠타는 반쯤 될 대로 되라는 투로 대답했다.

"……."

마이는 그 말을 듣고 아무 말도 하지 않았다. 합격인 걸까.

"카에데가 사춘기 증후군에 걸렸을 때, 눈앞에서 벌어지는 일을 아무도 믿어주지 않았어요……."

사쿠타는 빼빼로 하나를 꺼내 입에 넣었다. 그것을 씹으면서 이야기하면 매너에 엄격한 마이가 화낼 것 같았기에, 삼킨 후에 이야기를 계속했다.

"아무도 우리의 말을 제대로 들어주지 않았고, 다들 멀어져만 갔어요. 사실을 말하고 있는데도, 거짓말쟁이 취급을 당했죠."

그것도 어쩔 수 없는 일이라고 생각한다. 그렇다. 어쩔 수 없는 일이다. 사쿠타도 당사자가 자신의 여동생인 카에데가 아니었다면 믿지 않았을 것이다. 눈을 돌리고, 귀를 막으며…… 못 본 척, 못 들은 척했을 것이다.

편하게 살기 위해서는 그래야 한다는 것은 누구나 아는 사실이다.

"하나만 물어봐도 돼?"

마이는 약간 주저하면서 입을 열었.

사쿠타는 고개를 끄덕였다. 마이가 뭘 물으려는 것인지 상상이 되었기 때문이었다.

"부모님은?"

마이는 신중하게 입을 열었다. 자신이 어머니와 사이가 나쁘기 때문에 이 질문을 해야 할지 말지 갈등한 것이리라. 마이는 자신과 상대의 입장을 바꿔서 생각할 수 있었다. 사쿠타는 마이의 이런 점을 좋아했다. 성격은 꽤 여왕님 같지만, 백성들의 마음을 이해하고 계신 것이다.

"지금은 따로 살아요."

"그건 알아. 네 집에 갔을 때 그런 느낌이 들었거든."

확실히 집을 보면 설명이 필요 없을 것이다. 어른의 체취가 느껴지는 것이 전혀 없기 때문이다. 현관에는 사쿠타의 구두만 있고, 사쿠타 개인의 방 또한 복도와 분위기가 다르지 않았다. 가족들이 한집에서 살더라도 개개인의 영역 안은 분위기가 다른 것이 보통이다.

"내가 묻고 싶은 건……."

"알아요."

물론 처음부터 마이가 이 질문을 한 의도는 알고 있었다. 카에데의 사건에 대해 부모님이 어떤 반응을 보였는지를 묻고 있는 것이다.

빼빼로 세 개를 한 번에 입안에 넣었다. 이걸로 빼빼로는 전부 다 먹어치웠다. 사쿠타는 텅 빈 상자를 우겨서 호주머니에 집어넣었다.

"어머니는, 뭐, 받아들이려고 했지만, 결국 받아들이지 못해서, 이상해진 끝에…… 지금도 입원 생활을 하고 있어요. 딸이 괴롭힘을 당했다는 것만으로도 충격일 텐데, 사춘기 증후군 같은 이상한 일도 발생했으니 무리도 아닐 거예요. 아버지는 그런 어머니의 곁을 지키고 있어요."

이 사실을 어떻게 받아들여야 할지 사쿠타는 아직 알지 못했다. 자신이 어떻게 하기 전에 주위가 먼저 변해버리더니, 정신을 차리고 보니 이렇게 되어 있었기 때문이다.

즉, 결과만이 남은 것이다.

아무것도 할 수 없었고, 할 수 있는 일 또한 없었다.

"카에데는 어머니에게 거절당하고 쇼크를 받았어요. 게다가 그 원인이 자신에게 있다는 사실 때문에 더욱 고민했고…… 결국 나 이외의 다른 사람은 좀처럼 따르지 않는 애가 되었죠."

"몇 살이야?"

"나보다 두 살 어려요. 중학교 3학년이죠. 그 일 이후로 극도로 집을 좋아하게 되어서, 학교에 다니고 있지는 않아요."

정확하게 말하자면 집에서 나갈 수가 없었다……. 신발을 신고 현관에 서면, 집 밖으로 한 걸음도 내디딜 수가 없었다. 꼬맹이처럼 「싫어 싫어」 하고 칭얼대며 울음을 터뜨리고 마는 것이다.

한 달에 한 번 꼴로 카운슬러 선생님이 찾아오지만, 아직 개선될 여지는 보이지 않았다.

　"어머니를 원망하지는 않았어?"

　"그야 원망했죠."

　사쿠타는 태연하게 본심을 털어놓았다.

　"부모니까 자식을 도와주는 게 당연하다고 생각하기도 했고, 나와 카에데를 믿어달라고도 생각했어요."

　하지만 떨어져서 살기 시작한 후로 알게 된 것도 있었다. 예를 들어, 어머니는 매일같이 집에서 가족들이 먹을 식사를 만들고, 세탁을 하고, 욕실과 화장실을 청소하는 등 많은 집안일을 혼자 해왔다. 어머니와 함께 살던 시절의 사쿠타는 그것을 당연한 일로 여겼다.

　전부 자신이 직접 할 수밖에 없게 된 후에 눈치챈 것이 있다. 변한 것이 있다. 사소한 예를 들자면, 대소변 전부 좌변기에 앉아서 보게 됐다.

　아마 어머니도 많은 것을 참고 있었으리라고 생각한다. 가족들이 눈치채 줬으면 하는 일이 있었을 거라고 생각한다. 하지만 사쿠타 앞에서는 한 번도 그런 말을 하지 않았다. 내색 한 번 하지 않았다. 고맙다는 말조차 요구하지 않았다.

　그런 나날에 대한 감사의 마음은 밝히지 못해놓고, 어머니를 원망하는 것은 잘못된 일 같은 느낌이 들었다. 이 1년 동안, 사쿠타는 그렇게 생각하게 되었다.

한 달에 한 번 꼴로 서로의 근황을 보고하는 아버지도 마찬가지였다. 어머니를 간병하면서 사쿠타와 카에데의 생활비를 매달 준비해주고 있었다. 사쿠타가 필사적으로 아르바이트를 해봤자 지금 사는 맨션의 집세조차 낼 수 없다는 현실을 고려해볼 때, 인정할 수밖에 없었다. 자신이 혼자서 살아가고 있는 것이 아니라는 사실을 말이다……

"그 일 덕분에 알게 됐어요. 내가 얼마나 어린애이며, 어른들도 뭐든 다 해결할 수 있는 게 아니라는…… 그런 당연한 사실을요."

"흐음, 대단하네."

"우와~, 엄청 바보 취급당하고 있네요."

"그런 적 없어. 그걸 깨닫지 못한 반 친구들도 잔뜩 있잖아?"

"깨달을 계기가 없었을 뿐이에요. 문제에 직면하면 다들 깨달을걸요?"

"그런데, 이 이야기는 어디로 향하고 있는 거야?"

마이는 창밖을 신경 썼다. 슬슬 바다가 보일 것이다.

사쿠타는 마이가 한 질문의 내용을 기억하고 있었다.

—사쿠타는 왜 이렇게 나를 신경 써주는 거야?

그것이 이 이야기의 발단이었다.

"딱 한 명 있었어요. 카에데에게 일어난 사춘기 증후군 이야기를 진지하게 들어준 사람 말이에요……"

그 사람과 만나지 않았다면, 아마 사쿠타는 카에데의 사건을 극복하지 못했을 것이다.

그때, 깨달았다.

고독보다 무서운 것이 이 세상에 존재한다는 사실을…….

고립이야말로 가장 무시무시한 것이라는 사실을…….

분명 누구나 다 잠재적으로는 그 사실을 알고 있었다. 그래서 그것을 두려워하는 나머지, 문자에 즉시 답장을 하고, 메시지를 확인하고도 그냥 무시하는 것을 용서하지 않는다는 룰이 생겨난 것이다. 그것이 결국 자신들의 목을 조르게 된다는 사실을 모른 채……. 그것이야말로 고립을 낳는 원인이 되고 있다는 사실을 모른 채…….

"나를 믿어준 사람이 있었어요."

그 사람을 떠올리자 안타까운 마음이 들었다. 이름을 떠올리며 아랫입술을 꼭 깨물었다.

"그 사람, 여자지?"

"예?"

사쿠타는 그 말을 듣고 화들짝 놀랐다. 마이의 기복 없고 차가운 목소리에는 박력이 어려 있었다.

"너, 방금 표정으로 그렇게 말했어."

마이는 왠지 그게 마음에 들지 않는 것 같았다.

열차가 평소 자주 이용하는 시치리가하마 역의 바로 앞 역인…… 가마쿠라 고등학교 앞 역에 섰다.

문이 열린 순간, 마이가 갑자기 자리에서 일어났다.

"내릴래."

데이트는 이 전철의 종점에서 하기로 했다. 그러니 앞으로 15분 정도는 이 열차를 타고 이동해야만 하는 것이다.

"예? 가마쿠라에는 안 갈 거예요?"

사쿠타가 그렇게 말했을 때, 이미 마이는 열차 밖에 있었다.

"아, 잠깐만요."

사쿠타도 허둥지둥 열차에서 내렸다.

그리고 몇 초 후, 문이 닫힌 열차는 느릿느릿 달리기 시작했다. 그 열차가 시야에서 사라질 때까지 쳐다본 후, 마이는 바다를 향해 고개를 돌렸다.

이 역은 바다 옆에 지어져 있었다. 게다가 이 장소는 고개 위쪽에 있었기에 시야를 차단하는 것이 전혀 없었다. 플랫폼에 서서 열차를 기다리고만 있어도 눈앞에 펼쳐진 바다를 독점할 수 있었다.

영화와 드라마에 나올 것 같은 로케이션이었다. 실제로 촬영에도 자주 이용되고 있다고 하며, 사쿠타도 텔레비전 카메라를 든 어른 집단을 몇 번 목격한 적 있었다.

"사쿠타가 1시간 38분이나 지각한 탓에 벌써 저녁때가 됐잖아."

에노시마 쪽으로 기울어가던 태양이 하늘을 빨갛게 물들이고 있었다.

"잠시 걷자."

손가락으로 바다를 가리킨 마이는 사쿠타의 대답을 듣지도 않고 역을 나섰다.

그런 제멋대로인 태도를 보며 쓴웃음을 지으면서도, 사쿠타는 즐거운 마음으로 그녀의 옆에 섰다.

역을 나선 사쿠타와 마이는 좀처럼 파란색으로 바뀌지 않는 국도 134호선의 횡단보도를 건넌 후, 스무 단 정도 되는 계단을 내려가 시치리가하마 해변에 들어섰다.

에노시마를 등지고 선 두 사람은 가마쿠라가 있는 방향을 향해 걸음을 내디뎠다.

바닥이 모래사장이라 그런지 걸음이 조금 무거웠다.

"저기, 알고 있어? 시치리가하마(七里ヶ浜)는 이름에 7리가 들어가지만, 실제 길이는 7리가 안 된대."

"1리가 약 4킬로미터인데, 이 해변은 3킬로미터도 안 될 것 같네요."

즉, 완벽한 과대 포장인 것이다.

"재미없어."

아무래도 그것은 마이한테 있어 엄청난 정보였던 것 같았다.

"치바에 있는 쿠쥬쿠리하마(九十九里浜)도 99리는 안 된다더라고요."

"재미없는 걸 잔뜩 알고 있네."

마이는 딱 잘라 그렇게 말했다.

"자기가 이 화제를 꺼내놓고 그런 소리를 하는 거예요?"

"그런데, 어떤 사람이었어?"

"응?"

사쿠타는 일부러 못 들은 척했다.

"사쿠타의 헛소리를 믿어준 상상력 풍부한 여자 말이야."

"신경 쓰여요?"

"이름이 어떻게 돼?"

"신경 쓰이나 보네요."

"잔말 말고 빨리 말해."

더 놀렸다간 진짜로 화낼 것 같았다.

"그녀의 이름은 마키노하라 쇼코 씨. 키는 약 160센티미터. 모든 면에서 마이 씨보다 작았어요. 체중은 몰라요."

사쿠타는 파도 소리를 들으며 그렇게 말했다.

"체중을 알고 있다면 그 이유를 추궁했을 거야."

"뭐랄까, 남의 이야기를 잘 들어주면서도…… 자신의 페이스를 흐트러뜨리지 않았고, 괜한 동정도 하지 않는 사람이었어요."

"흐음~."

마이는 자신이 한 질문에 대한 답을 듣고 있는데도 태도가 쌀쌀맞았다.

"특징을 꼽자면, 미네가하라 고등학교의 교복을 입고 있었다는 거예요."

"……."

마이는 그 말을 듣고서야 사쿠타를 향해 고개를 돌렸다.

"혹시 그 사람을 쫓아서 미네가하라 고등학교에 들어온 거야?"

"원래 카에데의 일 때문에 다른 곳으로 이사 가기로 했었어요. 더 먼 곳으로 가자는 이야기도 있었지만, 요즘은 인터넷으로 어떤 정보든 다 알 수 있으니 거리는 그다지 중요하지 않을 것 같더라고요. ……그리고 이곳으로 이사 온 이유는 방금 마이 씨가 말한 대로예요."

사쿠타는 솔직하게 털어놓았다. 여기까지 왔으니 더 숨겨봤자 의미가 없을 것이다.

"하지만, 차였구나."

마이는 남의 불행을 즐기는 것처럼 밝은 목소리로 말했다.

"결과는 마찬가지지만, 고백은 안 했어요."

"일부러 같은 고등학교에 들어왔으면서도?"

미네가하라 고등학교에 들어오기까지 했으면서 대체 뭘 한 거야, 하고 마이는 시선을 통해 비난했다.

"만나지 못했거든요."

사쿠타는 모래사장에 떨어진 돌을 주워서 바다를 향해 던졌다. 그러고 보니 전에 스마트폰을 집어 던진 곳도 이 부근이었던 것 같은 느낌이 들었다.

"졸업했구나."

"그 사람과는 내가 중학교 3학년일 때 만났어요. 그때 그 사람은 고등학교 2학년이라고 했으니까 그럴 리 없다고요."

"그럼 전학을 간 거야?"

"차라리 그랬다면 좋았겠죠."

"아니었나 보네."

"3학년 교실을 전부 돌아보면서, 당시 3학년들에게 물어보고 다녔어요."

"그랬더니?"

사쿠타는 천천히 고개를 저었다.

"마키노하라 쇼코라는 학생에 대해 아는 사람이 한 명도 없더라고요."

"……"

마이는 어떤 반응을 보여야 할지 모르겠다는 듯한 표정을 짓고 있었다.

"학생 명부를 전부 뒤져봤고, 유급했는지도 알아봤고…… 최근 3년 동안의 졸업 앨범을 전부 뒤져보기도 했죠."

하지만, 결국 찾지 못했다.

마키노하라 쇼코라는 학생이 미네가하라 고등학교에 다녔다는 기록은 존재하지 않았던 것이다.

"거짓말처럼 들릴지도 모르지만, 나는 분명 마키노하라 쇼코라는 사람과 만나 그 사람에게 구원받았어요."

"그렇구나."

"어쩌면 본인에게 은혜를 갚을 수가 없으니까, 마이 씨를 통해 대리만족을 하려는 걸지도 몰라요."

혼자서는 떨쳐낼 수 없는 불안이 있다. 누군가가 곁에 있어주는 것만으로 구원받은 기분이 들 수 있었다. 사쿠타는 그 사실을 2년 전에 경험을 통해 알았다.

"그리고 알고 싶어요."

"뭘 말이야?"

"사춘기 증후군이 발생하는 이유 말이에요. 그것만 알면……."

사쿠타의 손은 자연스럽게 자신의 가슴에 닿았다.

"역시 가슴에 난 상처가 신경 쓰이는 거야?"

"어느 정도는요."

곧 여름이 찾아와 수영 수업이 시작될 거라고 생각하니 꽤나 우울했다. 이 상처를 없앨 방법이 있다면 꼭 없애고 싶었다.

"그리고 그게 카에데에게 도움이 될지도 모르잖아요."

"그렇구나."

카에데가 앞으로도 계속 집 안에 틀어박혀 있는 것은 아까운 짓이라는 생각이 들었다. 하루하루를 독서와 고양이를 돌보는 것으로만 허비하는 것은 분명 아까운 짓이다.

사쿠타는 언젠가 이 해변에 카에데를 데리고 오고 싶다고 생각했다. 그러기 위해서는 사춘기 증후군에 대해 더욱 알아내서, 카에데에게 맞는 해결책을 찾아내야만 한다. 그것이 사쿠타가 마이에게 처음으로 흥미를 가진 이유였다…….

마이는 말하지 않아도 그걸 알고 있다는 듯 웃고 있었다.

사쿠타는 또 모래사장에 떨어져 있는 돌을 주워서 바다를 향해 던졌다. 호를 그리면서 날아간 돌이 첨벙 하는 소리를 내면서 바다에 떨어졌다.

"저기."

"……."

사쿠타는 아무 말 없이 마이의 다음 말을 기다렸다.

"지금도 그녀를 좋아해?"

"……."

그렇다고도, 아니라고도, 바로 대답할 수는 없었다. 사쿠타는 웃음으로 얼버무리지도 않았다.

"마키노하라 쇼코 씨를 좋아해?"

마이의 질문을 마음속으로 읊조렸다.

―지금도 그녀를 좋아하는 걸까?

오늘까지는 피해왔던 문제일지도 모른다.

―마키노하라 쇼코 씨를 좋아해?

예전에는 그녀에 대해 생각했을 때 가슴이 따끔거렸다. 그녀에 대해 지나치게 생각하면 가슴이 답답해서 밤에도 잠을 잘 수가 없었다.

하지만 그 후 1년이 지난 지금은 달랐다. 달라진 것이다.

실은 옛날에 결론은 나왔다고 생각한다. 그 마음을 말로 표현하는 것을, 무의식적으로 피했을 뿐이다. 하지만 지금 이 자리에서라면 말할 수 있을 것 같은 느낌이 들었다.

"엄청, 좋아했어요."

사쿠타는 바다를 바라보면서 자신의 마음을 밝혔다. 그랬을 뿐인데 가슴속의 응어리가 풀린 것 같은 느낌이 들었다.

계기 따위 없었고, 시간이 감정을 추억으로 바꿔갔다. 실연의 상처에도 딱지가 앉으며 아물더니, 당사자도 모르는 사이에 그 딱지가 떨어졌다. 그렇게 인간은 앞으로 나아가는 것이다.

"기왕이면 더 큰 목소리로 외쳐."

"이 일 가지고 나를 평생 놀릴 생각이죠?"

"동영상으로 녹화해줄게."

마이가 스마트폰을 꺼냈다.

"자아, 한 번 더 말해봐."

왠지 마이의 목소리에 가시가 돋친 것처럼 들리는 것은 단순한 기분 탓일까.

"혹시 어마어마하게 화났어요?"

"뭐? 내가? 왜?"

분명 화났다. 짜증 났다. 가시 돋친 시선과 감정이 사쿠타를 마구 찔러대고 있었다.

"질문을 한 사람은 나인데……."

"데이트 도중에 다른 여자를 좋아한다는 고백을 듣고 기분이 좋을 여자가 있을까?"

"『좋아했어요』라고 말했거든요?! 그거, 엄청 중요한 부분이라고요!"

"흐음~."

마이는 전혀 납득하지 않은 것 같았다. 이래서야 그녀의 기분을 푸는 데 시간이 꽤 걸릴 것 같았다.

사쿠타가 그런 생각을 하고 있을 때 느긋한 목소리가 들려왔다.

"바~다~."

고개를 돌려보니, 모래사장으로 이어지는 계단에 한 쌍의 남녀가 있었다.

남성은 부스스한 곱슬머리에, 목에는 커다란 헤드폰을 걸고 있었다.

여성은 조그마한 체구에 안경을 쓰고 있었다. 들뜬 얼굴로 모래사장을 내달리고 있는 애인을 퉁명스러운 표정으로 쳐다보고 있었다. 구두굽이 모래사장에 빠지는 탓에 걷기 힘들어보였다.

두 사람 다 나이는 사쿠타보다 조금 많아 보였다. 대학생일까.

모래와 악전고투를 하고 있는 여성을 향해 남성이 돌아갔다.

"바, 바보 같은 짓 하지 마."

남성이 저항하는 애인을 안아 들었다. 그리고 공주님 안기 상태로 물가까지 걸어갔다.

"정말, 못 말린다니깐."

애인의 품에서 나온 여성의 볼은 붉었다. 그리고 고개를 숙인 채, 가장 가까운 곳에 있는 사쿠타의 시선을 신경 쓰고 있었다.

"신경이 어떻게 되어먹은 거야?"

기분 나빠하는 여성은 안중에도 없는지, 남성은 밀려오는 파도 앞에서 「우오, 파도!」 하고 외치며 촐싹거렸다. 애인의 말에는 눈곱만큼도 귀를 기울이지 않는 것 같았다. 꽤나 특이한 커플이었다.

"나, 추우니까 돌아갈래."

그렇게 말하면서 돌아선 여성을, 남성이 등 뒤에서 꼭 끌어 안았다.

사쿠타는 무심코 오~, 하고 탄성을 터뜨렸다.

하지만 다행스럽게도 염장 플레이 중인 대학생 커플에게는 그 말이 들리지 않은 것 같았다.

"너, 엄청 따뜻하구나."

"……."

여성은 고개를 숙인 채 불평을 쏟아내고 있는 것 같았지만, 뜻밖에도 순순히 포옹을 당하고 있었다. 남성의 팔에 입 언저리를 꼭 대고 있는 모습이 정말 귀여웠다.

사쿠타는 은근슬쩍 마이를 쳐다보았다.

"하나도 안 추워."

마이가 먼저 못을 박은 탓에 작전은 실패로 돌아갔다.

"우와~, 춥네~."

사쿠타가 바다를 쳐다보며 그렇게 중얼거리자, 마이는 어이없다는 시선을 보냈다.

대학생 커플은 손을 잡은 채 물가를 따라 걸음을 옮기며 멀어져갔다.

마치 영화나 드라마의 한 장면 같았다.

"저런 것도 좋네요~."

"그래."

"응?"

"아, 아무것도 아냐."

무심코 본심을 입에 담고 만 마이는 허둥지둥 고개를 돌렸다.

"손, 잡아줄까요?"

"왜 선심이라도 쓰는 것처럼 그렇게 말하는 건데?"

말은 그렇게 했지만, 마이는 사쿠타가 내민 손에 자신의 손을 포갰다. 하지만 손을 잡기 위해 그런 것은 아니었다.

마이의 손이 떨어지자, 사쿠타의 손에는 스마트폰이 남아있었다. 빨간색 토끼 귀 커버를 씌운 스마트폰이었다.

"주는 거예요?"

"아니."

"그럼 왜……."

질문을 던지려던 사쿠타의 시야에, 스마트폰의 화면이 들어왔다.

　화면에는 한 통의 문자가 표시되어 있었다.

　읽어도 되는지 시선으로 묻자, 마이는 약간 긴장한 표정을 지으며 고개를 끄덕였다.

　―5월 25일(일), 오후 다섯 시에 시치리가하마 해변으로 와줘.

　오늘이 문자에 적힌 날짜다. 그리고 5분 후면 오후 다섯 시가 된다.

　마이가 왜 문자를 보여준 것인지 이해가 되지 않았다.

　하지만 수신자 란을 본 순간, 이해가 되었다.

　거기에는 『매니저』라고 적혀 있었다.

　즉, 이것은 마이가 어머니에게 보낸 문자다. 그리고 이미 송신이 된 문자라는 사실을 스마트폰 화면이 알려주고 있었다. 송신일은 데이트 약속을 한 그날이다. 마이가 연예계에 복귀하겠다는 사실을 알려준 바로 그날 말이다. 사쿠타와 헤어진 직후에 바로 보낸 것 같았다.

　곧 약속 시간인 오후 다섯 시가 된다.

　"만날 건가요?"

　사쿠타는 스마트폰을 돌려주면서 일부러 확인을 했다.

　"만나고 싶지 않아."

　"그럼 만나지 않으면 되잖아요."

　마이가 중학교 3학년 때 낸 사진집 내용 때문에 다툰 후로 어머니와 의절 상태라는 것은 알고 있다. 다른 사무소로 이적하기로 이미 결정되었으니, 이제 와서 어머니와 직접 만나 이야기 할 필요는 없지 않을까.

"아, 혹시 예능 사무소의 계약 관련 문제가 남아 있는 건가요?"

"그 사람 사무소와의 계약은 활동을 중지하면서 다 해지했으니까 괜찮아."

그렇다면 마음의 문제 외에는 짐작되는 것이 없었다. 일종의 매듭을 지으려는 걸까…….

물가를 응시하던 마이의 얼굴은 좀 가라앉아 있었다. 만나기로 정하기는 했지만, 만나고 싶지 않아 하는 마음이 표정에 드러나고 있었다.

"『하고 싶지 않은 일은 하지 않는다』가 내 지론이에요."

사쿠타는 은근슬쩍 그렇게 말했다.

"그 말 뒤에 따라오는 말이 있을 것 같은데?"

"뭐, 『반드시 해야만 하는 일이라면 할 수밖에 없다』는 말과 세트죠."

사쿠타는 바다를 응시하면서 힘껏 기지개를 켰다.

피해서 지나가고 싶은 일은 있다.

피해서 지나가선 안 되는 일도 있다.

이 세상에는 그 두 가지가 있었다.

피해서 지나가도 되는 일까지 할 필요는 없다. 하지만, 피해서 지나가면 안 되는 일에서 눈을 돌린다면, 앞으로 나아갈 수 없었다.

그리고 마이에게 있어 어머니와의 대화는 후자에 속한다고 마이 본인은 생각하고 있었다.

"괜찮겠어요?"

사쿠타는 일부러 빙빙 돌리지 않고 물었다.

"내가 직접 정한 거잖아……. 그리고 이미 온 것 같아."

마이가 에노시마 쪽에서 다가오고 있는 누군가를 발견했다.

"시간관념이 철저한 사람이거든."

아직 거리가 먼 탓에, 사쿠타는 상대를 알아볼 수가 없었다. 그런데도 마이가 확신을 할 수 있는 것은 모녀지간이기 때문일까.

"저쪽에 가 있어."

마이는 들개를 쫓듯 쉬쉬 하며 손을 내저었다.

"기왕 이렇게 된 거 인사라도 할까~."

"……."

마이가 진심 어린 얼굴로 노려보자, 사쿠타는 항복이라는 듯 양손을 들었다.

"끝나고 나면 데이트를 계속해줄 테니까 좀 떨어져서 기다려."

"예이~."

사쿠타는 바다까지 떠내려 왔다가 모래사장에 건져 올려진 것으로 보이는 나무에 걸터앉았다.

멀어서 잘 보이지 않던 그 상대가 점점 다가오자, 사쿠타의 눈에도 그 인물의 얼굴이 보였다.

꽤 드세 보이는 인상을 지닌, 마이와 닮은 미인이었다. 정확하게 말하자면 마이가 어머니를 닮은 거겠지만⋯⋯.

키가 크며 아직 젊은 인상이었다. 적어도 고등학교 3학년인 딸을 둔 여성으로는 보이지 않았다. 그 모습을 본 사쿠타는 일전에 반 친구가 「스무 살 때 낳은 애래」 하고 말했던 것을 떠올렸다.

그 말이 사실이라면 저 여성은 아직 30대일 것이다. 사쿠타가 보기에는 아줌마지만, 그래도 『어머니』라는 분위기는 전혀 느껴지지 않았다. 밝은 색깔의 정장이 그런 느낌을 자아내고 있는 것 같았다.

멈춰 선 마이를 향해 모친이 한 걸음 한 걸음 다가왔다. 두 사람 사이의 거리는 열 걸음 정도밖에 남지 않았다.

마이가 입을 연 것 같았다. 「오래간만」이라고 말한 걸까. 파도와 바람 소리 때문에 목소리까지는 들리지 않았다.

마이의 어머니는 속도를 조금 늦추기만 했을 뿐, 걸음을 멈추지는 않았다. 마이의 말에 대답하지도 않았다.

마이가 또 뭐라고 말했다. 몸을 앞으로 내밀며 필사적으로 말을 이었다.

"⋯⋯."

바로 그 순간, 사쿠타는 뭔가가 이상하다고 생각했다.

마이의 어머니는 자신의 딸을 주시하고 있지 않았다. 좌우를 두리번거리고 있는 그 모습이, 사쿠타의 눈에는 마치 만나기로 한 상대를 찾고 있는 것처럼 보였다.

　게다가 마이가 눈앞에 있는데도 멈춰 설 기색조차 보이지 않았다.

　"……맙소사."

　불길한 예감이 들었다.

　사쿠타가 마음속으로 안 돼, 하고 외친 순간이었다.

　마이의 어머니가 자신의 딸 옆을 지나쳤다.

　마치 마이가 보이지 않는 것처럼…….

　어머니를 부르는 딸의 목소리가 들리지 않는 것처럼…….

　너무도 태연히 지나갔다.

　뭔가가 어긋난 듯한 저 두 사람 사이에서, 무슨 일이 일어난 것인지는 순식간에 파악했다. 가슴이 옥죄어 드는 듯한 고통이 사쿠타를 덮쳤다.

　사쿠타는 몸속으로 흘러들어오는 경악과 공포를 느끼고 있었다.

　마이는 어머니의 정면으로 이동했다. 그리고 손짓 발짓을 섞어가면서 「내가 보이지 않는 거야?」 하고 말하고 있었다.

　그 목소리는 사쿠타에게만 들렸다.

　하지만 마이의 어머니는 또 자신의 딸 앞을 지나쳤다. 홀로 남겨진 마이는 양손을 축 늘어뜨렸다.

그 순간, 사쿠타는 앞으로 나섰다. 일직선으로 마이에게로 향했다. 마이의 어머니에게 다가갔다.

10미터 거리까지 다가갔을 때, 마이의 어머니는 자신에게 다가오는 사쿠타를 발견했다.

5미터 거리까지 다가갔을 때, 뭔가를 확신했는지 언짢은 감정을 드러냈다.

"당신이야?"

그 모습이 마이와 너무 닮았기에, 사쿠타는 당황하고 말았다.

"나를 이런 곳으로 불러낸 이유가 뭐야? 당신은 누구지? 언뜻 보기에 고등학생 같은데, 우리는 처음 보는 사이 맞지?"

마이의 어머니는 잇달아 말을 쏟아냈다.

"아즈사가와 사쿠타라고 해요. 저 학교에 다니는 고등학생이죠."

사쿠타는 국도 134호선 위에 있는 미네가하라 고등학교의 건물을 힐끔 쳐다보며 말했다.

"그래? 그런데 아즈사가와 사쿠타 씨는 무슨 일로 나를 부른 거지? 나, 이래 봬도 바쁜 몸이야."

"아, 볼일이 있는 건 제가 아니에요."

사쿠타는 어머니의 등 뒤에 선 마이의 시선을 느꼈다.

약간 고민하는 기색을 보이던 마이는 결국 천천히 고개를 끄덕였다. 아마 마이는 이 사태를 예상했던 것이리라. 그래서

이 최악의 상황에 대비해 사쿠타를 데리고 왔다. 데이트를 미끼 삼아서…….

"그럼 나에게 볼일이 있는 건 누구지?"

조금 이상한 질문이라는 느낌이 들었다.

"마이 씨예요. 마이 씨, 알죠?"

마이의 어머니는 메일을 받았으니 이곳에 왔을 것이다. 지금 마이가 보이지 않는다고 해도 그 사실에는 변함이 없으리라.

"……."

마이의 어머니는 사쿠타를 지그시 쳐다보았다.

"나를 불러낸 사람의 이름을 한 번 더 말해줄래?"

"마이 씨예요."

"그렇구나."

"예."

마이의 어머니는 바닷바람에 흩날리는 머리카락을 손으로 누르면서…….

"그게 누군데?"

……하고 말했다.

"윽?!"

마이의 눈이 경악으로 가득 찼다. 눈동자 깊은 곳에서 극심한 동요가 느껴졌다. 그것도 무리는 아니었다. 친어머니에게서 「그게 누군데?」라는 말을 들었으니 말이다.

"당신 딸이잖아!"

사쿠타의 감정이 격앙되었다. 아무리 의절했다고 해도 마이의 어머니가 보인 반응은 너무나도 잔인했다.

　"나에게는 마이라는 이름의 딸은 없어. 농담하지 마."

　"농담하고 있는 건 바로 당신이야!"

　사쿠타가 격정에 사로잡혀 가는 것에 비례하듯, 상대방의 태도는 점점 식어만 갔다.

　"대체 무슨 소리를 하는 거야? 당신, 혹시 우리 사무소에 들어오고 싶은 거야?"

　"무슨 말도 안 되는 소리를……."

　또 한 번 마이의 모친과 시선을 마주한 순간, 사쿠타는 말문이 막히고 말았다. 그녀가 사쿠타를 불쌍하다는 듯이 바라보고 있다는 사실을 눈치챘기에……. 아까 「그게 누군데?」라는 말이 진짜로 『사쿠라지마 마이』가 누구인지 모르기에…… 입에 담은 말이라는 사실을 눈치채고 말았다…….

　눈앞에 있는 여성의 눈동자에는 눈곱만큼의 거짓도 존재하지 않았다.

　"맞아, 문자! 오늘, 여기서 만나자는 내용의 문자를 마이 씨가 당신한테 보냈죠?"

　"그걸 보여주면 이 영문 모를 바보짓도 끝나는 거지?"

　마이의 어머니는 핸드백에서 스마트폰을 꺼내더니, 폰 화면을 사쿠타에게 보여줬다.

　"……말도 안 돼."

그 말은 옆에서 쳐다보고 있는 마이의 입에서 나온 것이다.

물론 마이가 보이지 않는 그녀의 어머니에게는 그 말 또한 들리지 않았다.

문자의 내용은 아까 마이가 보여준 것과 똑같았다.

—5월 25일(일), 오후 다섯 시에 시치리가하마 해변으로 와줘.

발신자 란에는 『마이』라고 적혀 있었다. 이상한 구석이 전혀 없었다. 하지만 마이의 어머니는……

"발신자가 불명이야. 하지만 수첩에 일부러 적어두고, 억지로 스케줄을 조절해 시간을 비워둔 건 기억이 나는데…… 대체 뭐가 어떻게 된 거지?"

그건 이쪽에서 하고 싶은 말이다. 분명 『마이』라고 적혀 있는데도, 마이의 어머니에게는 그 글자가 보이지 않는 것 같았다.

방금 대화를 통해 알 수 있는 것은, 적어도 문자를 받은 사흘 전까지는 발신자가 자신의 딸인 마이라는 사실을 인식하고 있었다는 사실이었다. 그렇기 때문에 무리하게 스케줄을 조절해 이곳에 올 시간을 만든 것이다.

하지만 이 사흘 사이에 마이의 어머니는 딸의 존재를 잊었다. 보이지 않는 게 아니라, 목소리가 들리지 않는 게 아니라…… 완전히 잊고 만 것이다.

믿기지 않지만, 마이의 어머니가 취하고 있는 태도를 설명할 방법은 그것밖에 없었다.

"이런 말도 안 되는 일이 일어나도 되는 거야?"

사쿠타는 머릿속으로 한 생각을 그대로 입 밖으로 말했다. 자신이 듣고도 오싹할 만큼, 그 메마른 목소리는 공허했다.

"이런 말도 안 되는 일이 일어나도 되는 거냐고."

이번 말은 마이의 어머니에게 한 말이었다.

"재미있는 자기 어필이지만 너무 비상식적이야. 사회라는 것을 좀 더 공부한 후 다시 찾아오도록 해."

마이의 어머니는 되돌아서더니 왔던 길을 돌아가기 시작했다.

"엄마면서!"

"……."

마이의 어머니는 돌아보지 않았다. 걸음도 멈추지 않았다.

"어떻게 딸을 잊을 수가 있냐고!"

"……이제 됐어."

마이는 작은 목소리로 말했다.

"왜?!"

"이제 됐단 말이야……."

"아직 이야기는 끝나지 않았어!"

사쿠타는 멀어져가는 그녀의 등을 향해 모든 감정을 쏟아냈다.

"……부탁이야. 이제 그만해."

금방이라도 울 것 같은 목소리를 들은 순간, 찬물을 뒤집어쓴 느낌이 들었다. 자신이 마이를 더욱 상처 입히고 있다는 사실을 눈치챈 사쿠타는 입을 다물었다.

"미안해요."

"……."

"정말 미안해요."

"……아냐. 괜찮아."

"……."

대체 마이에게 무슨 일이 일어나고 있는 것일까.

지금까지 사쿠타는 마이의 모습이 남에게 보이지 않고, 마이의 목소리가 남에게 들리지 않는다고만 생각했다. 그렇게 여기고 있었다. 그것은 마이 본인도 마찬가지였을 것이다.

하지만, 이제 와서 커다란 착각을 하고 있었던 걸지도 모른다는 현실에 직면했다.

사쿠타와 마이는 아무것도 알지 못했던 걸지도 모른다.

보이지 않고, 들리지 않고…… 어머니의 기억에서, 존재 그 자체가 깨끗하게 사라졌으니까…….

"……."

생각하면 할수록 불길한 예감만 들었다.

"사쿠타."

마이의 눈동자는 불안으로 흔들리고 있었다.

그것을 본 사쿠타는 마이도 자신과 같은 의문에 사로잡혀 있다는 사실을 눈치챘다.

—마이의 어머니뿐만 아니라, 타인의 기억에서도 그녀가 사라지고 있는 것일지도 모른다.

언제부터 그런 것인지는 모른다. 보이지 않게 됐을 때부터 그렇게 됐던 것일지도 모른다. 그렇지 않을지도 모른다.

하지만 만약 진짜로 타인의 기억에서도 마이가 사라진 것이라면…….

그 의문이 확신으로 변하는 데는, 그렇게 긴 시간이 필요하지 않았다.

4

등하교 때 이용하는 시치리가하마 역까지 걸어온 사쿠타와 마이는 서둘러 열차에 탔다. 딱히 그렇게 하기로 정한 것은 아니지만, 두 사람의 발길은 집으로 향했다.

사쿠타는 도중에 관광객으로 보이는 아저씨와 아주머니, 그리고 이 지역에 사는 초등학생과 나이 지긋한 어르신에게 말을 걸었다. 물론「사쿠라지마 마이」에 대해 물어보기 위해서였다. 십여 명에게 같을 질문을 했지만, 그들의 대답은 한결같았다.

—모른다.

안다고 말한 사람은 단 한 명도 없었다. 마이를 아는 사람은 존재하지 않았던 것이다.

그래도 사쿠타는 마음 한편으로 기대하고 있었다. 운이 없게도 마이를 모르는 사람에게 연속으로 말을 건 것일지도 모른다고 생각하고 싶었다. 하지만 그 지푸라기 같은 희망도 곧 사라지고 말았다.

후지사와 역에 도착한 후, 사쿠타는 공중전화로 여자 아나운서인 난죠 후미카에게 연락을 했다. 전에 받은 명함을 지갑에 계속 넣어두기를 잘했다고 생각했다.

"여보세요."

후미카는 약간 딱딱한 목소리로 전화를 받았다.

"아즈사가와 사쿠타예요."

"어머."

갑자기 목소리가 밝아졌다. 목소리 톤이 한 단계 올라갔다.

"너한테서 러브콜을 다 받았으니, 오늘은 특별한 날이 될 것 같네."

"러브는 눈곱만큼도 안 들어가 있거든요?"

"연상 누나와의 위험한 관계에 흥미는 없어? 나, 불장난은 대환영이야."

"아줌마를 누나로 잘못 말한 것 같은데요?"

"그런데, 무슨 일이야?"

자기한테 불리한 이야기는 길게 하지 않는 주의인 듯한 후미카는 재빨리 화제를 바꿨다.

"사쿠라지마 마이 씨 일이에요."

"정말 뜬금없네."

사쿠타는 후미카의 대답을 듣고 오오, 하고 생각했다.

기대되는 반응을 보였기 때문이다.

　하지만 그 기대는 곧이어 후미카의 입에서 나온 말에 의해 허무하게 박살 나고 말았다.

　"그게 누군데?"

　"……."

　"여보세요?"

　"사쿠라지마 마이라는 사람을 몰라요?"

　사쿠타는 한 번 더 물었다.

　"몰라. 대체 누군데?"

　"그럼, 저기…… 일전에 찍은 사진은……."

　사쿠타는 후미카와 한 거래의 대가로 자신의 가슴에 난 상처의 사진을 제공했다. 적어도 그 사진은 아직 후미카가 가지고 있을 것이다. 그리고 후미카는 그것을 공표하지 않기로 마이와 약속했다. 마이의 연예계 복귀에 관해 독점적으로 보도한다는 권리와 맞바꿔서 말이다…….

　"그건 세상에 내놓지 않기로 약속했잖아? 그 약속은 지킬 테니까 걱정하지 마."

　"그 약속, 누구와 했죠?"

　"당연히 사쿠타 군과 했지. 왜 그래? ……괜찮아?"

　그 말은 걱정 반, 어딘가 이상한 사쿠타에 대한 흥미 반으로 이뤄져 있었다. 사쿠타는 그녀와 더는 이 이야기를 하지 않는 편이 좋겠다고 판단했다. 긁어 부스럼이 될지도 모르기 때문이다.

"괜찮아요. 사진이 좀 걱정되어서 이상한 소리를 하고 말았네요."

"내가 그렇게 못 미더운 거야~?"

"바쁠 텐데 시간을 빼앗아서 미안해요. 그럼 이만 실례할게요."

사쿠타는 냉정함을 잃기 전에 통화를 끝냈다.

수화기를 내려놓았다. 그러는 사쿠타의 손은 묘하게 무거웠다.

천천히 뒤돌아선 사쿠타는 뒤편에서 기다리고 있던 마이를 바라보면서 고개를 저었다.

처음부터 기대는 하지 않았던 것일까. 마이는「그렇구나」하고 짤막하게 대답했다. 그런 그녀의 표정에는 아무런 감정도 드러나 있지 않았다.

"오늘 고마웠어. 그럼 안녕."

담담하게 작별 인사를 한 마이가 뒤돌아섰다.

마이는 주저하지도 않고, 망설이지도 않으며 집을 향해 걸음을 옮겼다.

마이는 평소처럼 차분한 걸음걸이로 점점 멀어져갔다.

그런 마이의 등을 보고 있을 때, 사쿠타의 가슴이 욱신거렸다.

이대로 두 번 다시 만나지 못하게 되는 것은 아닐까 하는 초조함이 밀려왔다.

그 순간, 사쿠타의 몸이 멋대로 움직였다.

"기다려요, 마이 씨."

그대로 쫓아간 사쿠타는 마이의 손목을 잡았다.

멈춰 서기는 했지만 돌아보지 않은 마이는 고개를 숙이고 있었다.

"가죠."

"……."

마이는 간신히 고개를 들어 올렸다.

"어디에 말이야?"

"아직 마이 씨를 기억하고 있는 사람이 어딘가에 있을지도 몰라요."

"이제 사쿠타 말고는 전부 나를 잊었다는 듯한 말투네."

마이는 메마른 미소를 지었다.

"……."

부정은 하지 않았다. 할 수 없었다. 그렇게 생각할 수 있는 상황에 처해 있기 때문이었다. 그리고 마이 또한 같은 생각이기 때문에 방금 그런 말을 한 것이리라.

그래도 믿고 싶었다. 이곳에서 한참 떨어진 마을에 있는 사람들은 마이를 기억하고 있고 볼 수 있으며, 「어라, 사쿠라지마 마이 아냐?」하고 말하며 손가락질을 할 것이라고 믿고 싶었다. 지금은 아직 믿고 싶었던 것이다.

"확인하러 가죠."

"확인해서 어쩔 건데? 사쿠타 이외에는 누구도 나를 볼 수 없고, 사쿠타 이외에는 나를 기억하는 사람이 없다는 걸 확인해서 뭘 어쩔 거냐 말이야!"

"적어도 그 동안 계속 내가 곁에 있어줄게요."

"으?!"

불안하지 않을 리가 없다. 불안해서 어쩔 줄을 모르겠으며, 불안에 짓눌릴 것만 같으리라. 무슨 일이 일어나고 있는지 모르는 데다, 어째서 이런 일이 벌어진 것인지도 알 수 없다. 내일 뭐가 어떻게 될지 알 수 없는데, 자신을 기다리는 사람이 없는 집에 돌아가는 것은 분명 무서우리라.

그 증거로, 고개를 숙이고 있는 마이의 어깨는 희미하게 떨리고 있었다.

"솔직하게 말하자면, 내가 마이 씨와 더 같이 있고 싶은 거지만요."

"……건방져."

"그리고 데이트 중이잖아요."

"연하 주제에 건방져."

"미안해요."

"손 아프니까 놔줘."

손에 힘을 주고 있었다는 사실을 눈치챈 사쿠타는 서둘러 손을 놨다.

"미안해요."

"사과해도 용서 안 할 거야."

"미안해요."

짤막한 대화의 응수는 그 말을 끝으로 일단 중지됐다.

그리고 1분 정도 침묵하고 난 후······.

"······좋아."

······마이가 입을 열었다.

"응?"

"아직 나를 돌려보내고 싶지 않다면, 데이트를 계속해줄 게."

마이는 고개를 들더니, 장난스럽게 사쿠타의 코를 손가락 으로 꾹 눌렀다.

어느새 마이의 떨림은 가라앉았다.

제4장

우리들의 추억

1

후지사와 역에서 도카이도 선의 하행 열차에 타고 약 한 시간이 흘렀다. 서쪽으로 약 50킬로미터. 사쿠타와 마이를 태운 오렌지색과 녹색 선이 그어진 은색 차량은 카나가와 현을 빠져나와 온천으로 유명한 시즈오카 현의 아타미에 도착했다.

현재 시간은 오후 일곱 시.

아무튼 지금은 알아두어야만 한다.

마이에게 무슨 일이 일어나고 있는 것인가……

누구에게 보이고, 누구에게 보이지 않는지를 말이다.

마이를 중심으로 발생하고 있는 줄 알았던 사춘기 증후군이 대체 어느 정도의 규모로 그녀를 괴롭히려 하는 것인지 알 필요가 있었다.

적어도 이곳에 오는 도중 치가사키 역과 오다와라 역 플랫폼에서 내렸지만, 아무도 마이를 쳐다보지 않았다.

사쿠타가 몇몇 사람들에게 마이에 대해 물어봐도 「뭐?」라든가, 「그게 누군데?」라든가, 「몰라」라든가, 「요즘 잘나가는 애들은 모르거든」 같은 반응만 보였다. 아타미 역에 도착해 사람들에게 물어봤을 때도 한결같은 대답을 들었다……

진짜로 사람들이 『사쿠라지마 마이』를 잊었다. 아니, 처음부터 몰랐다는 듯한 태도였다.

마이는 그런 사람들을 무표정한 얼굴로 쳐다보고 있었다.

놀라움도, 슬픔도, 공포도 삼킨 채, 잔물결 하나 없는 수면처럼 태연한 태도를 취했다.

아타미 역의 플랫폼에 선 사쿠타는 열차 출발 시간을 알리는 전광게시판을 올려다보았다.

다음 역에 가기 위해서는 도카이도 선을 이용하더라도 열차를 갈아타야만 한다. 타고 온 열차는 아타미가 종점이기 때문이다.

7시 11분에 시마다행 열차가 온다는 것을 알았다. 그게 어느 현의 어디쯤에 있는 역인지는 모르지만…… 노선도를 통해 서쪽으로 향한다는 사실만 알면 충분했다.

열차는 6분 후에 출발하니 시간이 조금은 있었다.

"여동생에게 전화 좀 하고 올게요."

마이에게 그렇게 말한 사쿠타는 매점 옆에 있는 공중전화를 향해 뛰어갔다. 동전을 준비한 후, 수화기를 들었다. 그리고 전화번호를 입력하자 신호가 가기 시작했다.

잠시 후, 부재중 전화로 연결되었다.

"카에데, 나야."

카에데는 사쿠타 이외의 사람에게서 온 전화는 절대 받지 않기 때문에, 항상 먼저 부재중 전화로 연결된다.

"여보세요. 카에데예요."

"다행이야. 아직 안 자는구나."

"아직 일곱 시밖에 안 됐잖아요."

얼굴을 보지 않아도 카에데가 볼을 부풀리고 있는 모습을 상상할 수 있었다.

"무슨 일이에요?"

"미안하지만 오늘은 집에 돌아가지 못할 것 같아."

"예?"

"집에서 한참 떨어진 곳에 갈 일이 생겼어."

"그, 그 일이 뭔가요?"

"그건……."

사쿠타는 한순간, 말문이 막혔다. 하지만 카에데에게도 물어봐야겠다고 생각했기에…….

"카에데. 전에 우리 집에 왔던 사쿠라지마 마이라는 언니를 기억해?"

……하고 수화기에 말했다.

"그럼 사람, 몰라요."

카에데는 너무나도 간단히 부정했다.

"……."

또 말문이 막힌 사쿠타는 아랫입술을 가볍게 깨물며 마음이 진정될 때까지 기다렸다.

"그 사람이 누군데요?"

카에데는 질투하듯 후우~, 하고 신음을 흘렸다.

사쿠타는 그 소리를 약간 넋이 나간 채 듣고 있었다. 자신이 잘 아는 인간을 통해 현실을 직시하게 되니 역시 힘들었다. 난죠 후미카 때도 그랬지만, 일면식이 없는 사람에게 「모른다」는 말을 들을 때보다 훨씬 강렬했다.

자신과 공유한 기억이 사라졌다는 사실을 실감하기 때문이다. 그 순간만은 사쿠타도 당사자가 됐다. 현실감의 차원이 달랐다.

"모른다면 됐어. 오늘 저녁은 부엌 선반에 있는 컵라면으로 때워. 먹고 싶은 걸 먹어도 돼. 나스노한테도 밥 줘. 그리고 이를 닦고 자. 그럼 또 전화할 테니까 잘 자."

"어, 예? 오빠!"

카에데의 비명 같은 목소리가 들린 순간, 시간이 됐는지 통화가 끊겼다.

열차가 출발할 시간도 다 되어가고 있었다.

"가죠, 마이 씨."

"응."

사쿠타와 마이는 2번선 플랫폼에 정차되어 있는 시마다행 열차를 탔다.

2

아타미를 출발한 열차는 태평양 연안을 따라 서쪽으로 진로를 잡았다. 두 사람은 도중에 시마다 역과 도요하시 역에서 다른 열차로 갈아탔다. 시즈오카 현을 빠져나와 아이치 현으로, 그리고 아이치 현에서 기후 현을 향해, 수백 킬로미터나 되는 거리를 이동하고 있었다.

사쿠타는 이동을 하면서 여러 지역의 사람들에게 마이에 대해 물어봤지만 역시 한 사람도 『사쿠라지마 마이』를 기억하고 있지 않았으며, 마이가 보이는 사람도 없었다.

그리고, 지금 두 사람은 오가키행 열차 안에 있었다.

아마 오늘 마이에 대해 확인하러 갈 수 있는 곳은 거기가 끝일 것이다. 그곳에 도착할 즈음에는 날짜도 바뀌었으리라. 역에 정차할 때마다 승객의 숫자도 줄고 있었다.

차량과 레일이 삐걱거리는 소리. 레일의 연결 부분에서 발생하는 진동. 사람의 기척이 사라지는 대신, 그것들이 자장가처럼 들리기 시작했다.

4인용 좌석이 비어 있었기에 사쿠타와 마이는 그곳에 나란히 앉았다.

"기후 현 안에서는 기후 시 다음으로 인구가 많은 곳이래."

스마트폰을 보던 마이가 갑자기 그런 말을 했다.

"그게 무슨 소리예요?"

이 차량에는 두 사람 이외에는 승객이 거의 없었다. 떨어진 좌석에 세 사람정도가 앉아 있을 뿐이었다. 심리적으로는 마이와 단둘이 있는 상황과 큰 차이가 없었다.

"오가키 말이야."

"아하."

덕분에 조그마한 말소리도 크게 들렸다.

"그리고 지하수가 풍부하다네."

"물이 깨끗한 곳은 대환영이에요."

"……."

"……."

두 사람이 입을 다물자, 열차가 달리는 소리가 두 사람을 감쌌다. 밖에는 어둠이 드리워져 있기 때문에 창밖의 풍경을 즐길 수도 없었다. 그래도 마이는 창 밑에 있는 조그마한 테이블에 무릎을 댄 채, 처음 와본 토지의 경치를 바라보고 있었다.

그렇게 아무 말 없이 10분 정도 흘렀을 무렵이었다.

"저기, 사쿠타."

"예?"

"내가 보여?"

유리에 비친 마이의 눈동자는 옆을 바라보는 사쿠타의 얼굴을 향하고 있었다.

"보여요."

"목소리, 들려?"

"물론이죠."

"나를 기억해?"

"사쿠라지마 마이. 카나가와 현립 미네가하라 고등학교 3

학년. 아역으로 연예계에 데뷔했으며, 여러모로 대활약."

"여러모로 대활약, 이라는 게 무슨 뜻이야?"

"연예계라는 곳에서 어릴 적부터 지낸 탓에 성격이 삐뚤어졌으며, 솔직하지 못함."

"어디가?"

"불안하면서도, 그걸 숨기려고 하는 점이요."

사쿠타는 그렇게 말하면서 마이의 손을 과감하게 잡았다.

마이는 살짝 놀랐는지 눈을 치켜뜨더니, 사쿠타에게 잡힌 자신의 손을 내려다보았다.

"나는 손을 잡아도 된다고 말한 적 없어."

"나는 잡고 싶어요."

"……"

"상 좀 줘도 괜찮잖아요?"

"……어쩔 수 없네."

시선을 창밖으로 돌린 마이의 손가락이 사쿠타의 손가락과 손가락 사이로 미끄러져 들어갔다.

커플 손깍지.

손가락이 간질간질하면서, 가슴이 두근거렸다.

"이번만 특별히 해주는 거야."

그렇게 말한 마이의 얼굴은 약간 멋쩍어하는 것 같았다. 그와 동시에 당황한 사쿠타를 보면서 즐거워하고 있는 것 같기도 했다.

이윽고 차량 안내 방송이 흘러나와, 다음에 정차하는 역이 종점인 오가키라는 사실을 알려줬다.

사쿠타와 마이는 열차가 도착할 때까지 깍지 낀 손을 놓지 않았다.

오가키 역의 플랫폼에 내린 것은 0시 40분경이었다.

사쿠타는 역무원에게 마이에 관한 것을 물어봤지만, 「아뇨, 모릅니다」라는 대답을 들었다. 그 후 두 사람은 개찰구를 통해 밖으로 나왔다.

별생각 없이 남쪽 출입구로 나온 그들은 버스 로터리 근처까지 간 후 걸음을 멈췄다. 역 주위에 아무것도 없으면 어쩌지 하고 생각하고 있었지만, 이곳이 시의 중심지인지 역사(驛舍) 빌딩과 상업 시설이 늘어서 있었다.

문제는 어디서 하룻밤을 보낼 것인가, 였다. 사쿠타 혼자라면 만화 카페를 호텔 대신 이용할 수 있겠지만, 마이를 데리고 그런 곳에 가는 것은 조금 신경 쓰였다. 게다가 마이는 열차에서 내리며 「목욕하고 싶어」 하고 말했던 것이다.

그건 사쿠타도 마찬가지였다.

데이트 중에도 시치리가하마의 바닷바람을 잔뜩 맞은 탓에 샤워를 하고 싶었다. 몸도 끈적끈적했고, 옷에서도 바다 냄새가 나는 것 같았다.

여러모로 생각해본 결과, 사쿠타는 역 앞에 있는 비즈니스

호텔에 숙박하기로 했다.

　빈방이 있는지 물어보자, 프런트에 있는 아저씨가 미심쩍은 눈길로 사쿠타를 쳐다보았다. 거의 빈 손이나 다름없는 고등학생이 한밤중에 숙박하러 왔으니 당연한 반응일 것이다.

　그래도 무사히 체크인에 성공했다. 쓸데없는 의심을 사는 것을 피하기 위해 하루치 숙박 요금을 미리 지불해뒀다.

　마이는 모습이 보이지 않기 때문에 체크인할 수가 없었다. 사쿠타는 한 방에 묵어도 괜찮을지 물어보고 싶었지만, 그럴 필요는 없었다. 마이는 이미 엘리베이터홀로 향하고 있었던 것이다.

　두 사람은 1층에 정지해 있던 엘리베이터를 타고 6층으로 향했다.

　방은 복도 끝에 있는 601호실이다.

　카드키를 쓰는 법을 몰라 고개를 갸웃거리고 있을 때, 마이가 손을 뻗어 문을 열었다.

　"한 번 넣었다 빼면 돼."

　연습 삼아 사쿠타도 해봤다. 뭐랄까, 손맛이 없었다. 문이 열리는 느낌이 없었다. 하지만 마이의 말대로 문은 열렸다.

　방은 싱글이다. 침대가 하나만 있고, 방 한편에는 화장대 겸 테이블이 있었다. 그리고 테이블용 의자가 그 앞에 놓여 있었다. 그 외에는 19인치 텔레비전과 조그마한 냉장고, 그리고 급탕기가 놓여 있었다.

솔직히 말해 좁았다. 방의 7할 가량을 침대가 점거하고 있었다.

"좁네요."

"원래 그래."

마이는 침대에 걸터앉았다. 리모컨으로 텔레비전을 틀더니 부츠를 벗었다. 그리고 다리를 앞뒤로 흔들며 채널을 전부 돌려본 후, 바로 텔레비전을 껐다.

마이는 침대에 걸터앉은 채로 드러누웠다. 아무래도 꽤나 피곤한 것 같았다. 거의 이동밖에 하지 않았지만, 그 이동 탓에 사쿠타 또한 지칠 대로 지치고 말았다. 나른한 피로감이 온몸에 밀려들었다.

"씻을래."

마이는 몸을 벌떡 일으켰다.

"당연히 그러셔야죠."

"훔쳐보지 마."

"걱정 마세요. 나는 마이 씨가 샤워하는 소리만으로도 공깃밥 세 그릇은 뚝딱할 수 있거든요."

"……."

마이는 아무 말 없이 문 쪽을 손가락으로 가리켰다. 나가라는 뜻인 것 같았다.

"이럴 때는 샤워 소리만 들려줘서 연하 남자애의 피를 말리는 게, 여유 넘치는 성인 여성의 자세라고 생각하는데요."

"그, 그 정도는 나도 알아."

마이는 처음부터 그럴 생각이었다는 듯 코웃음을 쳤다.

"그 대신, 혼자서 이상한 짓 하지 마."

"이상한 짓?"

사쿠타는 알면서도 모르는 척했다.

"그, 그렇고 그런 이상한 짓 말이야! 바보, 몰라!"

마이는 고개를 획 돌리더니 욕실로 향했다. 문이 세게 닫혔다. 문 또한 잠갔다는 사실을 소리를 통해 알 수 있었다.

"방금, 엄청 귀여웠어……."

이윽고 샤워 소리가 방 안에 울려 퍼졌다.

사쿠타는 그 소리를 들으면서 방에 비치된 전화기를 확인했다. 이 전화기로는 외부에도 전화를 할 수 있는 것 같았다.

수화기를 든 사쿠타는 유일하게 외우고 있는 지인의 번호를 눌렀다.

세 번 정도 신호가 간 후, 귀에 익은 목소리가 들렸다.

"지금 몇 시인 줄 알기는 해?"

유마가 졸린 목소리로 그렇게 말했다.

"1시 16분이네."

침대 시계를 통해 현재 시간을 확인했다.

"그건 나도 알아."

"자고 있었어?"

"부활동과 아르바이트 때문에 지친 나는 숙면을 취하고 있었지."

"긴급 사태가 발생했어. 도와줘."

"뭘 하면 되는데?"

"우선 질문 하나 할게. 사쿠라지마 마이를 기억해?"

질문을 하면서도 부질없는 짓이라고 생각했다. 오늘 수십…… 아니, 어쩌면 백 명 남짓한 사람들에게 마이에 대해 물었지만, 사쿠타가 원하는 대답을 듣지 못했던 것이다.

"응? 당연하잖아."

"그래. 모르는구나."

사쿠타는 반사적으로 맞장구를 쳤다.

"아니, 알고 있어."

아직 졸린 듯한 유마의 목소리가 천천히 사쿠타의 뇌를 뒤흔들었다.

방금, 유마가 뭐라고 말했지?

"쿠니미!"

"우왓, 왜 갑자기 고함을 지르는 거야?"

"너, 사쿠라지마 선배를 기억하는 거야? 사쿠라지마 마이 선배 말이야."

"그러니까 기억한다고 말했잖아."

이유는 알 수 없었다. 전혀 알 수 없었지만, 사쿠타는 의외의 형태로 자신이 찾던 인물을 한 명 발견했다. 그 기쁨과 당혹스러움이 사쿠타의 심장을 미친 듯 뛰게 만들었다.

"볼일은 그게 다야? 그럼 난 잔다."

"기다려. 후타바의 핸드폰 번호를 가르쳐줘."

"뭐, 좋아."

졸음이 어느 정도 달아난 듯한 유마는 불평을 늘어놓으면서도 후타바 리오의 전화번호를 불러줬다. 사쿠타는 그 번호를 테이블 위에 놓인 메모 용지에 적었다.

"사쿠타, 지금 걸려는 거지?"

"그래서 물어보는 거야."

"비상식적이라면서 후타바가 화낼 거야."

"안심해. 나도 그렇게 생각하거든."

"그래. 안심했어. 다음에 점심 한 번 사라고. 후타바한테도 말이야."

"알았어. 잘 자."

"그래. 너도 잘 자……."

유마와의 통화가 끝났다.

그 후 사쿠타는 바로 리오에게 전화를 걸었다. 전화가 연결되자 「나, 아즈사가와」 하고 말했다.

"지금이 몇 시인지 알기는 해?"

리오의 언짢은 듯한 목소리에서는 졸린 기색이 느껴지지 않았다. 어쩌면 아직 자고 있지 않았던 걸지도 모른다.

"1시 19분이야."

"2시 1분. 네가 본 시계, 안 맞아."

"아, 그렇구나."

비즈니스호텔이니 시계는 제대로 맞춰두었으면 좋겠다는 생각이 들었다.

"지금 좀 괜찮아? 뭐, 괜찮지 않더라도 내 상담 상대가 되어줬으면 좋겠어."

"또 성가신 일에 고개와 발을 들이밀었구나."

"딱히 성가신 일은 아냐."

"지금 전화기 너머에서 샤워 소리가 들리거든? 사쿠라지마 선배가 샤워하고 있는 거 맞지?"

"……용케도 알았네."

사쿠타는 날카롭기 그지없는 지적을 듣고 놀라면서도, 강렬한 위화감을 느꼈다.

"이런 시간에 아즈사가와의 귀여운 여동생이 샤워를 할 리가 없잖아. 그리고 집에서 전화하는 게 아니라는 건 표시된 번호를 보면 알 수 있어."

리오의 추리를 듣는 사이, 사쿠타는 위화감의 정체를 눈치챘다.

"후타바도 사쿠라지마 선배를 아는 거야? 기억하는 거지?"

사쿠타는 확인을 위해 질문을 던졌다.

"그 유명인을 모를 리가 없잖아. 아즈사가와는 바보야?"

"그런 바보 같은 일이 일어나고 있기 때문에 이런 바보 같은 시간에 전화를 한 거야."

리오는 휴우, 한숨을 토했다.

"알았어. 바보 같은 아즈사가와의 바보 같은 이야기를 들어줄게."

사쿠타는 약 20분 동안 마이에게 일어나고 있는 현상을 리오에게 전부 설명했다. 억측은 빼고, 본 것을 그대로를 전했다. 리오는 때때로 확인을 위한 질문을 하기는 했지만, 사쿠타의 이야기가 끝날 때까지는 어디까지나 듣는 이로서의 입장을 관철했다.

"……그렇게 된 거야."

이야기가 끝나자 리오는 잠시 동안 입을 다물고 있었다.

"그렇구나."

그리고 잠시 동안 생각에 잠긴 채 한숨을 내쉰 후…….

"아즈사가와와 사쿠라지마 선배의 관계가 그렇게 진전됐을 줄은 몰랐어. 정말 놀랍네."

……하고 말했다.

"어이, 내 이야기를 어떻게 받아들인 거야?"

"듣고 싶지도 않은 아즈사가와의 연애 이야기."

"그런 이야기를 한 기억은 없거든?"

"방금 네가 한 이야기는 그런 염장 스토리로밖에 들리지 않았어. 이런 시간에 그딴 이야기나 하다니, 정말 비상식적인 녀석이네."

"염장 지르는 게 아냐."

"그럼 자랑하는 거야?"

"당치도 않다고."

"아무튼, 너무 뜬금없는 이야기이기는 해."

리오는 귀찮다는 듯한 목소리로 말했다.

"뭐, 그건 그렇지만…… 잘 생각해봐. 나와 그 『사쿠라지마 마이』가 같이 있다는 사실에 비하면, 사람이 보이지 않게 되거나 기억에서 사라지는 것도 그렇게 불가사의한 일은 아니잖아."

"뭐, 그것도 그래."

"……너 말이야."

방금 그건 농담 삼아 한 말이었지만, 리오는 순순히 납득해줬다.

"하지만 전에도 이야기한 적이 있듯 나는 사춘기 증후군이라는 것의 존재에 대해서는 부정적이야."

"알아. 이치에 맞지 않는다는 거지?"

"그래."

그래도 사쿠타를 거짓말쟁이 취급하지 않는 것은 카에데에게 일어난 현상과 상처에 대해 알려줬고, 사쿠타의 가슴에 새겨진 흉터 또한 보여줬기 때문이다. 그때 리오는 「이치에는 맞지 않지만, 아즈사가와의 말을 믿는 편이 여러모로 앞뒤가 맞아」 하고 말했다.

당연했다. 사쿠타는 거짓말을 하지 않았으니까 말이다. 원래 살던 동네를 떠나 미네가하라 고등학교에 온 배경에는 카에데의 사춘기 증후군이 얽혀 있었다. 그 일이 없었다면 평범하게 원래 살던 곳에 있는 고등학교에 진학했을 것이고, 마키노하라 쇼코와 만나지 않았을 것이며, 미네가하라 고등학교를 알지도 못했을 것이다.

"그런데, 나한테 뭘 기대하는 거야?"

"왜 이런 일이 일어난 건지 생각해봐 줬으면 해. 해결할 수단을 찾아줬으면 해."

"아즈사가와는 정말 터무니없네."

"필사적이거든. 터무니없어질 수밖에 없다고."

"……."

"어라? 후타바? 전화 끊은 거야?"

"전에 쿠니미가 말했어."

"응?"

왜 갑자기 유마가 튀어나오는 걸까.

"아즈사가와의 장점은 『고마워』와 『미안해』와 『도와줘』를 말할 수 있는 거라고 말이야."

"그런 말은 쿠니미와 후타바한테만 한다고."

사쿠타가 멋쩍어하면서 한 말을 들은 리오는 코웃음을 쳤다.

"알았어. 가능한 한 생각해볼게. 그래도 기대는 하지 마."

"아니, 할 거야."

"너 말이야……."

"고마워. 덕분에 살았어."

솔직히 말해 사쿠타도 불안했다. 앞으로 어떻게 해야 할지 전혀 감이 오지 않았다. 이 공포는 카에데에게 사춘기 증후군이 발생했을 때 이후로 처음 느끼는 것이다. 지금은 무엇과 싸워야 하는지조차 알지 못했다. 그게 무서웠다.

언젠가 사쿠타에게도 마이가 보이지 않을지도 모른다. 목소리가 들리지 않을지도 모른다. 마이를 잊을지도 모른다. 무엇보다도 그게 무서웠다.

"내일, 학교는 어떻게 할 거야?"

"지금 오가키라는 곳이니까 아침에는 무리일 거야. 그런데 왜 그런 걸 묻는 거야?"

리오가 이유 없이 내일 일정을 물었을 거라고는 생각할 수 없었다.

"언뜻 생각해볼 때, 나와 아즈사가와와 쿠니미의 공통점은 학교밖에 없어."

"그렇구나."

"그렇다면 학교에 원인이 있을지도 모른다는 생각이 들어."

"……그 말, 맞을지도 몰라."

사쿠타는 문득 어떤 일을 떠올렸다. 오늘……이 아니라 날짜로 보면 어제지만, 마이와 만나기로 했던 약속 장소에서의 일이다. 미아가 된 여자애와 함께 만났던 여고생…… 코가 토모에.

역에서 다시 마주쳤을 때, 토모에에게는 마이가 보였다. 토모에의 친구들도 마이가 보였다.

"괜히 이렇게 먼 곳까지 온 건가……."

사쿠타는 그렇게 생각하면서, 리오에게 토모에와 그녀의 친구들에 대한 이야기도 추가로 했다.

"적어도 현재 상황을 파악할 수는 있었으니까, 괜한 짓은 아냐. 넉분에 미네가하라 고등학교에 원인이 있을지도 모른다는 생각을 할 수 있었던 거잖아."

"그래……. 그럼 다행이네. 내일 오후가 되어야 할지도 모르지만, 학교에는 갈게. 한밤중에 전화해서 미안해."

"내 말이 그 말이야."

리오가 하품을 억지로 참으면서 전화를 끊었다. 사쿠타도 수화기를 내려놓았다.

서서 전화를 하고 있었다는 사실을 눈치챈 사쿠타는 침대에 걸터앉았다.

어느새 샤워 소리가 멎었다. 리오와의 전화에 집중한 탓에 눈치채지 못했던 것 같았다.

"우와~, 아깝게 됐네."

그렇게 후회하고 있을 때, 욕실 문이 조금만 열렸다. 그리고 그 틈으로 머리에 수건을 두른 마이가 얼굴을 살짝 내밀었다. 희미하게 드러난 마이의 어깨는 분홍색으로 달아오른 채 김을 뽑고 있었다.

"속옷, 어떻게 하지?"

"예?"

"옷은 그냥 입더라도, 양말과 속옷은 그러기 싫어."

"내가 빨아줄까요?"

"차라리 죽는 편이 나아."

"마이 씨의 속옷이 더러워도 나는 전혀 신경 안 써요."

"아, 안 더러워졌어!"

"오히려 그편이 더 가치 있을걸요?"

"변태적 사고방식에서 좀 벗어나."

마이는 머리를 감싼 수건을 풀어서 사쿠타를 향해 던졌다. 그 수건이 사쿠타의 얼굴에 정통으로 꽂혔다. 참고로 사쿠타는 물기를 머금은 마이의 머리카락에 매료당한 탓에 수건을 피하지 못했다.

하지만 사쿠타는 피하지 않기를 잘했다고 생각했다. 그 수건에서는 샴푸 향으로 추정되는 달콤한 냄새가 나고 있었던 것이다.

"마이 씨, 혹시 지금 노 팬티에 노 브래지어예요?"

"목욕 수건은 두르고 있어."

"오오."

"이상한 상상하면서 흥분하지 마."

"망상은 해도 되죠?"

"사쿠타는 왜 이렇게 엉큼한 걸까?"

"미인 선배와 호텔 방에 같이 있으면서 흥분 안 하는 게 무리일걸요?"

"내 탓이라는 거야?"

"적어도 절반은 확실히 마이 씨 탓이라고 생각해요."

사쿠타는 그렇게 말하면서 몸을 일으켰다.

그리고 호주머니 안에 있는 지갑을 확인했다.

"편의점에서 파는 속옷이라도 괜찮다면 사 올게요. 나도 갈아입고 싶거든요."

"괜찮겠어?"

"돈은 아직 있어요."

사쿠타는 전 재산이 들어 있는 지갑을 마이에게 보여줬다. 후지사와 역을 출발하기 전에 편의점에서 아르바이트 비를 전부 인출했다. 5만 엔 정도밖에 안 되지만, 한 장에 500엔 하는 편의점 팬티를 살 여유는 아직 있었다.

"그게 아니라…… 남자들은 그러는 걸 부끄러워하지 않아?"

"응? 아, 그럴 거예요. 하지만 나는 익숙하거든요."

"익숙해?"

마이는 영문을 모르겠다는 표정을 지었다.

"여동생의 생리용품을 사다 보니 감각이 마비됐어요. 지금은 여성 점원의 반응을 즐길 여유까지 있죠."

카에데는 집 밖으로 나가지 않을 정도로 집을 좋아하는 소녀이기 때문에, 옷이나 속옷 같은 것도 사쿠타가 사 왔다.

"민폐 덩어리 손님이네."

"그럼 갔다 올게요."

"나도 같이 갈 테니까 기다려."

마이는 다시 욕실 안으로 들어가더니 문을 닫았다. 문을 잠그는 소리가 들렸다. 극도로 경계하고 있다고나 할까, 전혀 신용하지 않는 것 같았다.

"그냥 맡겨줘도 되는데요."

"무시무시한 걸 사 올 것 같단 말이야."

"편의점 가서 사 올 건데요?"

편의점에는 심플한 녀석만 있을 것이다.

"그리고 남자애가 고른 속옷을 입는 건, 외설스럽단 말이야."

좁은 욕실에서 옷을 입다 보니 마이는 말을 하면서도 때때로 으응, 하는 숨소리를 입에 담았다. 그런 숨소리가 너무 에로틱했다.

잠시 후, 욕실에서 드라이기의 소음이 들려왔다.

결국 10분 넘게 기다린 후에야 마이는 욕실에서 나왔다.

"자아, 가자."

"예이~."

사쿠타와 마이는 프런트를 피해 뒷문을 통해 호텔을 나섰다. 고등학생의 솔로 여행은 여러모로 눈에 띄었다. 체크인 때 받았던 의혹 섞인 눈길을 또 받고 싶지는 않았다.

　이럴 때는 마이의 모습이 다른 사람에게 보이지 않아서 다행이라는 생각이 들었다. 남녀가 같이 다녔다면 더 많은 억측을 부른 끝에, 경찰 신세까지 지게 됐을지도 모르는 것이다. 뭐, 마이가 남들에게 보였다면 둘이서 이런 곳에 올 일 자체가 없었겠지만…….

　사쿠타는 주위에 있는 대로 주변을 살폈다. 역 반대 방향으로 약 50미터 정도 떨어진 곳에 녹색 간판이 걸린 편의점의 불빛이 보였다.

　두 사람은 자연스럽게 그곳으로 향했다.

　인적 없는 밤길을 한동안 아무 말 없이 걷고 있을 때…….

　"왠지 불가사의하네."

　……마이가 갑자기 그렇게 말했다.

　양손을 등 뒤로 돌린 채, 정적이 감도는 마을을 바라보며 걸음을 옮기고 있는 마이의 얼굴은 왠지 즐거워 보였다.

　"응?"

　"지금 이런 모르는 마을에 와 있는 게 말이야."

　마이는 일부러 구두 소리를 내면서 걸음을 옮겼다. 군인들이 행진하듯 말이다.

　"드라마나 영화 촬영을 위해 이런저런 곳에 많이 가보지 않앗어요?"

"그건 내가 직접 간 게 아니라 남이 나를 데려간 거야."

"아~, 무슨 말인지 알 것 같아요."

가족 여행으로 오가키보다도 먼 오키나와에 간 적이 있다. 중학교 수학여행 때는 이곳에서 조금 떨어진 곳에 있는 교토에 갔다. 초등학교 때는 닛코에 갔다. 학교 소풍으로 가본 곳은 잔뜩 있지만, 전부 자신이 직접 갔다는 느낌은 들지 않았다.

마이가 말한 것처럼 남이 나를 데려간 곳이기 때문이었다.

그래서 마이와 마찬가지로 사쿠타도 즐거움을 느끼고 있는 것일지도 모른다. 후지사와 역에서 도카이도 선을 탄 순간, 한 번도 느낀 적이 없는 고양감을 느꼈던 것일지도 모른다.

행선지도 정하지 않은 채, 아무튼 먼 곳에 가는 열차를 골랐다. 마이가 보이는 사람을 찾기 위해서. 마이를 기억하는 사람을 찾기 위해서…….

자신의 발로 여기까지 왔다. 당연히 자신의 발로 돌아가야만 한다. 그 긴장감이 즐거운 것이다.

현재 사쿠타와 마이는 모험을 하고 있었다. 사춘기 증후군을 제외하고 생각하더라도 비일상 속에 있는 것이다. 그런 새로운 경험이 즐거움을 자아내고 있었다.

"촬영 때는 촬영 외 시간에는 항상 호텔에 있었어. 처음 와본 마을이지만, 거기 사는 사람들이 전부 나를 알고 있어서 밖을 돌아다닐 생각이 들지 않았지."

"자랑하는 거예요?"

"자랑하는 게 아니라는 걸 알면서도 그런 소리를 하는 건, 자기 좀 신경 써달라는 뜻이지?"

마이는 사쿠타의 마음을 꿰뚫어 보고 있다는 듯 눈웃음을 짓고 있었다.

"들켰네요."

사쿠타가 멋쩍어하자, 마이는 「어리광쟁이라니깐」 하고 말하면서 웃음을 흘렸다.

"하지만 가장 불가사의한 건 모르는 마을을 함께 걷고 있는 이가 연하 남자애라는 거야."

"나도 사쿠라지마 마이와 이렇게 먼 곳에 가게 될 거라고는 꿈에도 생각 못 했어요."

"영광이지?"

"평생 잊지 않을 거예요."

사쿠타는 그 말에 확연한 의지를 담아 말했다. 피해서 지나갈 수는 없었다. 현재 마이는 사람들의 기억 속에서 사라지고 있는 것이다.

"……."

마이는 아무 말도 하지 않았다.

그래서 사쿠타는 한 번 더 말했다.

"절대, 잊지 않을 거예요."

"……만약, 잊는다면 어쩔 거야?"

"코로 빼빼로를 먹을게요."

"먹을 걸로 장난치지 마."

"이걸 고안한 사람은 마이 씨잖아요."

마이는 입가에 미소를 머금었을 뿐, 더는 농담에 응하지 않았다.

"……저기, 사쿠타."

"왜요?"

"……정말이야?"

"……."

"정말, 잊지 않을 거야?"

마이의 흔들리는 눈동자가 사쿠타를 시험하듯 바라보고 있었다.

"마이 씨의 바니걸 차림은 뇌에 새겨져 있거든요."

하아, 마이는 한숨을 내쉬었다.

"그 의상, 아직 가지고 있지?"

완전히 단정 짓는 말투였다. 사실이니 상관은 없지만…….

"물론이죠."

"이상한 데 쓰고 있구나."

"아직 쓴 적 없어요."

"집에 돌아가면 버려."

"에이~."

"에이~, 같은 소리 하지 마."

"마이 씨가 한 번 더 입어준 후에 버려도 괜찮지 않아요?"

"진지한 얼굴로 무슨 소리를 하는 거야?"

마이는 어이없다는 표정을 지었다.

그런데도 사쿠타가 포기하지 않고 계속 응시했다.

"오늘 일 답례 삼아…… 딱 한 번만 입어줄게."

결국, 마이는 약간 부끄러워하면서도 그렇게 말했다.

"고마워요."

"연하 남자애의 성욕을 받아주는 것쯤, 아무것도 아니라구."

마이는 그렇게 말하면서 고개를 돌렸다. 어두워서 보이지 않지만 얼굴이 새빨개진 것일지도 모른다.

"뭐, 오늘은 마이 씨가 입을 속옷을 골라보죠."

"넌 절대 고르지 마."

논의가 평행선을 달리고 있는 가운데, 두 사람은 편의점에 도착했다.

편의점에 들어가자, 안에 있던 남성 점원이 「어서 오세요~」하고 졸린 듯한 목소리로 인사했다. 가게 안에 다른 손님은 없었다. 또 다른 점원은 과자 선반에 물품을 진열하고 있었다.

두 사람이 찾는 생활용품은 입구 근처에 있는 선반에 놓여 있었다. 바구니를 든 후, 마이와 둘이서 그 앞에 섰다.

양말과 티셔츠, 수건과 스타킹, 물론 두 사람이 찾는 팬티와 캐미솔도 있었다.

평소 차분하게 살펴볼 기회가 없어서 몰랐는데, 의외로 물품 구비는 충실한 편이었다. 한 개씩 꺼내기 쉽도록 플라스틱 케이스 안에 작게 접혀 있었다.

여성용 속옷은 팬티와 캐미솔, 이렇게 두 가지가 있었다. 사이즈는 S와 M이 있었으며, 색깔은 검은색과 핑크 중에서 고를 수 있었다.

마이는 망설임 없이 검은색 팬티와 검은색 캐미솔을 향해 손을 뻗더니, 그것을 바구니에 집어넣었다. 그 후, 양말도 추가했다.

"핑크가 좋을 것 같은데요."

"사쿠타에게 보여주려는 게 아니니까, 뭐라도 상관없잖아?"

"우와~, 엄청 보고 싶어~."

"바보 같은 소리를 하다간 바보가 되고 말 거야."

마이는 하품을 참으며 음료 코너로 향했다.

더 매달려 봤자 소용이 없을 것 같다고 생각한 사쿠타는 자신이 입을 사각 팬티와 티셔츠, 그리고 양말을 바구니에 넣은 후, 마이를 쫓아갔다.

"뭐, 검은색도 나쁘지 않지."

"방금 무슨 말 했어?"

"아뇨~."

호텔에 돌아간 두 사람은 옷과 함께 산 주먹밥과 샌드위치를 아무 말 없이 먹었다. 도중에 식사를 하기는 했지만, 그 후로 네 시간이나 지났기 때문에 배가 고팠다.

　식사를 간단히 끝낸 후 사쿠타는 샤워를 했다. 그리고 욕실에서 나오며 마이에게 말했다.

　"내일 아침 일찍 돌아가죠."

　마이는 약간 놀란 듯한 반응을 보였지만, 곧 납득한 것처럼 말했다.

　"동생이 걱정되는구나."

　"뭐, 그것도 있지만, 실은 마이 씨를 기억하는 인간을 찾았어요."

　"……정말?"

　"미네가하라 고등학교에 다니는 내 친구예요."

　"언제 확인한 거야?"

　"마이 씨가 샤워를 하는 사이에 전화를 해봤죠."

　사쿠타는 방에 설치된 전화를 향해 눈짓을 보내면서 말했다.

　"이런 한밤중에? 비상식적이네. 친구가 떨어져 나갈 거야."

　"사과했으니까 괜찮아요."

　"자신만만하네."

　"내가 그 두 사람에게 같은 짓을 당해도, 용서할 거니까요."

　"그럼 좋겠지만…… 아무튼, 나를 기억하는 사람이 너 외에도 있구나."

"어쩌면 원인은 학교에 있는 걸지도 몰라요."

확증은 없다. 하지만 다른 실마리도 없었다. 지금은 그 실마리를 믿으며 행동할 수밖에 없었다.

"알았어. 그럼 자자."

"으음, 나는 어디서 자죠?"

사쿠타는 침대를 차지한 마이에게 물어보았다. 잠옷 대신 숙박용 민소매 가운을 걸친 마이를 올려다보며 말이다.

"바닥? 욕실? 이 호텔 사람들에게 혼날 수도 있으니까 복도에서는 자지 마."

마이는 사쿠타를 지그시 응시한 후, 1인용 침대를 쳐다보았다.

그리고 잠시 동안 생각한 후…….

"아무 짓도 안 하겠다고 맹세할 수 있어?"

……하고 마이는 말했다.

"맹세할게요."

사쿠타는 주저 없이 대답했다.

"거짓말쟁이."

마이는 눈곱만큼도 그 말을 믿지 않았다.

"뭐, 그래도 멋모르고 호텔까지 따라온 나한테도 잘못이 있긴 해."

"마치 내가 마이 씨를 속이기라도 한 것처럼 말하지는 말아줬으면 좋겠는데요."

"옆에서 자기만 하겠다면 허락해줄게."

"정말요?"

"복도에서 자고 싶어?"

"마이 씨와 자고 싶어요."

상황이 상황인 만큼, 그 말은 다른 의미를 지닌 것처럼 들렸다.

"……."

그 사실을 증명하듯, 마이의 눈동자에 경계심이 어렸다.

"마이 씨의 옆에서 잠들고 싶어요."

사쿠타는 허둥지둥 그렇게 말했다.

"……들어와."

마이가 침대를 반 정도 비워줬다. 사쿠타가 그 공간에 드러누웠다. 아까까지 마이가 앉아 있었던 장소라서 그런지 따뜻했다.

"……."

"……."

사쿠타가 그대로 잠에 빠져들려고 한 순간 마이가 입을 열었다.

"저기, 사쿠타."

"왜 그래요?"

"좁아."

무리도 아니다. 1인용 침대에 둘이 누웠으니 좁지 않을 리가 없었다. 몸부림도 칠 수 없었다.

"나보고 나가라는 거예요?"

사쿠타가 옆을 바라보니, 자신과 마찬가지로 몸을 움츠리고 있는 마이와 시선이 마주쳤다. 사쿠타의 코앞에 마이의 얼굴이 있었다. 흐릿한 빛 속에서도, 마이의 속눈썹을 셀 수 있을 정도의 거리였다……

"무슨 이야기라도 좀 해봐."

"어떤 이야기요?"

"즐거운 이야기."

"허들이 너무 높네요. 나를 난처하게 만드는 게 그렇게 재미있습니까?"

사쿠타는 그렇게 말하면서 얼버무렸다.

"과연 그럴까?"

마이는 표정 하나 바꾸지 않은 채 대답했다.

"즐겁지도 않으면서 그런 태도를 취하는 건 너무 하지 않습니까?"

"사쿠타는 나한테 괴롭힘 당하는 걸 즐기잖아."

"그걸 알면서 나를 가지고 노는 걸 보면, 마이 씨는 타고난 여왕님이네요."

"나는 그저 마조히스트 체질인 사쿠타에게 어쩔 수 없이 상을 내려주고 있을 뿐이야."

"이런 미인 선배에게 괴롭힘을 당하고 즐거워하지 않는 남자는 없을 것 같은데요."

"그거, 칭찬이야?"

"순도 100퍼센트 칭찬이죠."

"흐음~."

그리고 대화가 중단되었다.

두 사람의 목소리가 사라지자, 에어컨의 부웅 하는 진동음과 욕실의 환풍기 소리가 실내를 지배했다. 건물 밖에서 자동차 소음도 들려오지 않았다. 옆방에서도 아무런 소리가 나지 않았다.

이곳에 있는 이는 사쿠타와 마이뿐이었다.

좁은 싱글룸 안에서, 사쿠타는 자신과 마이의 기척만을 느끼고 있었다.

사쿠타는 마이의 시선을 피하지 않았다.

마이 또한 사쿠타의 시선을 피하지 않았다.

"……."

"……."

긴 침묵만이 두 사람 사이에서 흐르고 있었다.

반복되는 눈 깜빡임. 희미하게 고막을 자극하는 마이의 숨소리.

아무런 징조도 없이, 마이의 입술이 천천히 움직였다.

"저기, 키스할래?"

놀라기는 했다. 하지만, 동요하지는 않았다.

"마이 씨, 욕구 불만이에요?"

"바보~."

사쿠타가 농담조로 그렇게 말했지만, 마이는 화내지 않았다. 당황하지도 않았다. 부끄러워하고 있지도 않았다. 그저 재미있다는 듯이 웃고 있었다.

"이제 그만 잘래. 잘 자."

마이는 그렇게 말하면서 사쿠타에게서 돌아누웠다.

머리카락이 흘러내리더니, 마이의 새하얀 목덜미가 보였다. 그대로 보고 있으면 꼭 끌어안아 버릴 것 같았기에, 사쿠타도 반대편으로 돌아누웠다.

"저기, 사쿠타."

"잔다고 안 했어요?"

"지금, 내가 떨면서 『사라지고 싶지 않아』 하고 울음 섞인 목소리로 말한다면 어떻게 할 거야?"

"등을 꼭 끌어안으면서 『괜찮아』 하고 귀에다가 속삭일걸요?"

"그럼 절대로 말 안 할래."

"어라, 마음에 안 들어요?"

"은근슬쩍 가슴 같은 데를 만질 것 같거든."

"그럼 엉덩이는 만져도 되나요?"

"당연히 안 되지."

마이는 귀찮은 듯한 목소리로 딱 잘라 말했다.

"······연예계에 복귀하기로 결정했으니까, 사라지고 있을 때가 아니란 말이야."

그 뒤에 이어진 말은 귓속말처럼 조그마했다.

"맞아요."

"드라마에도 나오고, 영화도 또 찍고 싶고······. 연극도 하고 싶어. 실력 좋은 감독과 배우, 스태프들과 멋진 작품을 만들어서 「아~, 나 지금 살아 있어」 하고 생각하고 싶어."

"그리고 할리우드에 진출하면 되겠네요."

"후홋, 그것도 괜찮네."

"지금 사인을 받아둬야 하려나요."

"내 사인, 지금도 충분히 가치가 있어."

"아, 그것도 그러네요."

"정말······ 사라지고 있을 때가 아냐."

"······."

"모처럼 건방진 연하 남자애와 알고 지내게 되어서, 학교에 가는 것도 즐거워지기 시작했는데······."

"나는 절대 잊지 않을 거예요."

사쿠타는 마이와 등을 마주한 채, 그렇게 말했다.

"······."

마이는 그 말에 대답하지 않았다.

"절대로 마이 씨를 잊지 않을 거라고요."

"절대라는 게 이 세상에 존재할까?"

사쿠타는 그 질문을 일부러 무시했다.

"그러니까 키스는 언제든지 할 수 있어요. 지금이 아니더라도…… 서두르지 않아도…… 나 외의 다른 사람과도요. 할리우드 진출도 마이 씨한테는 식은 죽 먹기일 거예요. 그 외에도 뭐든 할 수 있어요. 나는 그렇게 생각해요."

"……."

잠시 동안 침묵한 후…….

"……그래."

……하고 마이는 대답했다.

"유감이야. 방금이 사쿠타가 내 첫 키스를 차지할 처음이자 마지막 찬스였어."

"그 말, 미리 해줬다면 했을 거예요."

"이미 배는 떠났어."

마이의 입에서 웃음소리가 흘러나왔다.

하지만 곧 웃음을 멈추더니…….

"……고마워."

……하고 말했다.

"나를 포기하지 않아줘서, 고마워."

"……."

사쿠타는 잠이 든 척하면서 대답하지 않았다. 더 이야기를 나눴다간 마이를 끌어안아 버릴 것 같았기 때문이다.

이윽고 마이의 편안한 숨소리가 들려왔다.

사쿠타는 그것을 들으면서 잠들려 했다. 하지만 마이가 옆에 누워 있는 상황에서 잠을 잘 수 있을 리가 없었다.

3

.

　결국 아침까지 한숨도 자지 못한 사쿠타는 밖이 밝아올 때까지 옆에서 잠든 마이의 귀여운 숨소리를 들으며 몇 시간을 보냈다.

　당연히 이상한 기분이 들었다. 하지만 과감하게 얼굴을 쳐다봐도 마이는 깨어날 기색이 없었고, 혼자서 흥분하고 있는 자신이 어린애처럼 느껴졌다. 자신만 상대를 의식하고 있다고 생각하니 왠지 허무했다.

　그렇다면 차라리 빨리 잠에 빠져들고 싶었다. 하지만 옆에서 마이가 자고 있는 데다, 장거리 이동의 익숙하지 않은 피로감 때문에 몸이 놀랐는지 잠이 전혀 오지 않았다. 몸의 심지 부분이 열기를 띤 채 욱신거리면서, 밤새도록 사쿠타가 잠에 드는 것을 방해한 것이다.

　그렇게 헛되이 시간만이 흘러간 끝에, 커튼 너머가 밝아오기 시작했다.

　여섯 시 반이 지났을 즈음, 마이가 눈을 떴기에 사쿠타는 「좋은 아침이에요」 하고 아침 인사를 건넸다. 그 후, 체크아웃을 할 준비를 시작했다. 하지만 짐이 없었기에 사쿠타는 딱히 준비할 것이 없었다.

하지만 마이는 그렇지 않은지 우선 욕실에 들어가겠다고 말했다.

그리고 30분 넘게 지났다.

겨우 욕실에서 나왔나 했더니, 그 외에도 준비할 게 있다면서 사쿠타를 방 밖으로 쫓아냈다. 정말 불합리하기 그지없었다.

사쿠타는 적당히 시간을 때울 겸 어제 갔던 편의점에 아침 식사거리를 사러 갔다. 가능한 한 천천히 걸으면서 말이다……

돌아와서 크림빵을 하나씩 먹은 후, 드디어 체크아웃을 했다. 시간은 어느새 오전 여덟 시가 지나 있었다.

오가키 역을 향해 걸어간 두 사람은 열차를 탔다. 이제부터 수백 킬로미터를 이동해야 했다. 하지만 어제와 달리 나고야에서 신칸센을 탄 덕분에, 사쿠타와 마이는 꽤 빨리 카나가와 현의 후지사와 시로 돌아갈 수 있었다.

맨션에 도착하니 아직 오전이었다. 역시 꿈의 초특급 열차답게 무지 빨랐다.

일단 각자의 집으로 돌아간 두 사람은 30분 후에 맨션 앞에 모였다.

"표정에서 긴장감이 느껴지지 않네."

교복으로 갈아입고 밑에서 기다리던 마이가 하품을 곱씹고 있는 사쿠타의 얼굴을 보자마자 그렇게 말했다.

"마이 씨는 오늘도 미인이네요."

"넥타이가 삐뚤어졌잖아. 이거 좀 들어봐."

사쿠타에게 가방을 떠넘긴 마이가 삐뚤어진 넥타이를 고쳐 줬다.

"설마 이렇게 빨리 마이 씨와 신혼 플레이를 할 수 있을 줄은 몰랐어요. 정말 고마워요."

"바보 같은 건 얼굴만으로 충분하거든?"

사쿠타에게서 가방을 빼앗아 든 마이는 혼자서 걸음을 내디뎠다.

"아, 기다려요."

빠른 걸음으로 쫓아간 사쿠타는 마이와 나란히 섰다.

눈에 익은 마을 풍경이 약간 반갑게 느껴졌다. 일주일 정도 집을 비운 듯한 기분이 가슴속에 존재했다.

이곳을 떠나 있었던 것은 하루밖에 되지 않았는데 말이다.

데이트 약속 시간에 늦은 것도 어제 일이었다. 그런데 그것이 이미 추억으로 변해가고 있었다.

그런 생각을 하고 있을 때 하품이 흘러나왔다.

"하암~."

역시 밤을 샌 대미지는 큰 것 같았다. 이제 와서 급속도로 졸리기 시작했다.

"왜 그래? 수면 부족이야?"

마이가 사쿠타의 눈을 바라보았다. 아무래도 충혈되어 있는 것이리라.

"이게 다 누구 탓인데요."

"내 탓이라고 말하고 싶은 거야?"

"어제, 마이 씨가 자게 해주지 않았잖아요."

"사쿠타가 멋대로 흥분한 거잖아."

"굳이 따지자면 긴장한 거에 가깝다고요."

사쿠타는 한 번 더 하품을 하면서 본심을 털어놓았다.

"사쿠타한테도 귀여운 구석이 있구나."

"그러는 마이 씨는 신경이 굵은지 잘 자던걸요."

"어릴 적부터 촬영 때문에 이곳저곳 다닌 데다, 휴식 시간
에 휴게실에서 잘 때도 많았거든. 게다가······."

갑자기 말을 멈춘 마이는 재미있는 장난이 생각난 어린애
같은 표정을 지었다.

"사쿠타의 옆에서 자는 것쯤은 아무것도 아니거든?"

"좋은 이야기를 들었으니 다음 기회에는 장난을 좀 쳐볼게
요."

"그런 짓 할 배짱이 없는 거, 이미 알고 있다구."

사쿠타와 마이는 점심시간이 되어서야 학교에 도착했다.

대부분의 학생들이 점심 식사를 끝내고 휴식을 취하고 있
었다. 일부 학생들이 농구 코트에서 놀면서 떠들어대는 목소
리가 운동장 쪽에서 들려왔다.

그런 평소와 다름없는 학교의 분위기를 오래간만에 접한 듯한 느낌이 들었다. 봄 방학이나 겨울 방학 후에 학교에 온 것 같은 느낌이다.

사쿠타가 입구에서 실내화로 갈아 신고 있을 때…….

"교내를 둘러보고 올게."

……하고 마이가 말했다.

"나는 후타바한테 갔다 올게요. 아~, 후타바는 마이 씨를 기억하고 있는 내 친구……."

"이름이 후타바라면 여자겠네? 좀 의외야."

걸음을 옮기려던 마이가 갑자기 멈춰 섰다.

"후타바는 성이에요."

뭐, 사실 여자애가 맞기는 하지만…….

"그렇구나. 그럼 나중에 봐."

사쿠타는 복도를 걷기 시작한 마이의 등을 가만히 응시했다. 그런 마이의 옆을 공책 다발을 든 여학생과 수업에 사용하는 슬라이드를 든 지리 담당 중년 남성 교사, 그리고 「농구부 선배가 장난 아냐」 같은 소리를 하며 떠들어대고 있는 여자애들 그룹이 지나갔다.

아무도 마이를 신경 쓰지 않았다. 시선을 보내지도 않았다.

사쿠타는 그것을 이상하게 생각하지 않았다.

언제나 이랬다.

마이는 학교 안에서 이런 대접을 받고 있었다.

만지면 터지는 종기 취급이 종착점에 도달한 듯한 느낌이었다. 보고도 못 본 척하는 것을 넘어, 아예 공기 같은 존재로 예전부터 취급되고 있었던 것이다.

마이를 무시함으로서 성립되는 이 분위기는 무언가와 비슷했다.

그것은 바로 마이가 보이지 않는 사람들의 반응이다. 미네가하라 고등학교의 학생들은 그들과 같은 태도를 전부터 취해왔던 것이다. 사쿠타가 이 학교에 입학하기 전부터……

마이는 그런 학생들 사이를 지나가고 있었다.

그 모습은, 사춘기 증후군이 자아냈던 광경과 너무나도 흡사했다.

"……"

단편적으로만 이해하고 있었던 사실이, 하나로 이어질 것만 같은 예감이 들었다.

문제의 원인이 흐릿하게나마 보이기 시작한 것 같은 느낌이 들었다.

학교에 원인이 존재할지도 모른다는 리오의 의견에, 사쿠타의 마음도 공감하기 시작했다.

"아즈사가와."

사쿠타가 자신을 부르는 목소리를 향해 고개를 돌려보니, 흰색 가운의 호주머니에 양손을 집어넣은 리오가 등 뒤에 서 있었다.

사쿠타의 얼굴을 본 리오는 하품을 했다. 그러자 사쿠타도 덩달아 하품을 했다.

"나쁜 소식이 있어."

리오가 느닷없이 그렇게 말하자, 사쿠타는 긴장했다.

"나 이외의 사람들은 사쿠라지마 선배를 잊었을지도 몰라."

"……뭐?!"

눈썹을 찌푸렸다. 확실히 나쁜 소식이었다.

"적어도 쿠니미는 잊었어."

"정말이야?"

리오가 거짓말을 할 이유가 없다. 이 상황에서 해도 되는 농담이 아닌 데다, 리오가 그런 농담을 입에 담을 성격이 아니라는 것은 사쿠타도 알고 있었다.

그래도 사쿠타는 반사적으로 확인을 해보려 했다. 거짓말이기를 바라기 때문이다.

"사쿠라지마 선배의 이름을 꺼냈더니, 쿠니미는 『그게 누군데?』하고 말했어. 다른 학생은 어떤지 아직 확인해보지 않았지만……."

그렇다면 다른 학생에게 마이에 대해 물어보자고 생각한 사쿠타는 주위를 둘러보았다. 하지만 그럴 필요가 없어졌다.

마이가 이곳을 향해 뛰어오고 있었던 것이다. 숨을 헐떡이며 당황한 모습으로 말이다……. 그녀의 얼굴은 새파랗게 질려 있었다.

마이는 숨을 가다듬은 후, 사쿠타를 지그시 응시하며……

"아직 내가 보여?"

……하고 말했다.

"예, 잘 보여요."

사쿠타는 고개를 끄덕이며 대답했다. 마이의 표정에서 긴박감이 사라졌다.

"다행이야……."

마이가 휴우, 내쉰 한숨은 안도감으로 가득 차 있었다.

하지만 어떻게 된 것일까?

왜 사쿠타와 리오에게만 보이고, 다른 학생에게는 보이지 않는 걸까? 마이를 잊어버린 걸까?

적어도 어제까지는 사쿠타와 리오, 유마…… 그리고 코가 토모에와 그녀의 친구들에게는 마이가 보였다.

"그래. 코가 토모에!"

사쿠타는 그렇게 외치면서 1학년 교실을 향해 뛰어갔다.

1층에 있는 교실을 하나씩 둘러봤다. 그리고 네 번째 교실에서 토모에를 발견했다. 1학년 4반. 창가 책상을 붙여 만든 자리에 둘러앉아, 어제 봤던 친구들과 함께 도시락을 먹고 있었다.

사쿠타는 그 교실 안으로 서슴없이 들어갔다.

먼저 친구들이 사쿠타를 발견하고 「아」 하고 말했다. 네 사람 전원의 시선이 사쿠타를 향했다.

"어제 그……."

토모에가 사쿠타를 보면서 입을 열었다.

그 모습을 본 사쿠타는 교탁 앞에서 멈춰 서더니 질문을 던졌다.

"사쿠라지마 마이를 알아?"

코가 토모에를 포함한 네 명의 1학년은 서로의 얼굴을 쳐다보면서 속닥거리기 시작했다.

"저기, 토모에. 뭐가 어떻게 된 거야?"

"모, 몰라."

"그것보다, 사쿠라…… 마이?"

"누구지?"

……같은 말을 하고 있었다.

"어제 에노전 후지사와 역 개찰구에서 봤잖아."

토모에를 비롯한 네 사람은 또 서로의 얼굴을 쳐다보았다. 그리고 고개를 좌우로 저었다.

"어째서 잊은 거야. 연예인인 사쿠라지마 선배라고."

사쿠타가 한 걸음 앞으로 내디뎠다.

"잘 생각해봐. 이 학교 3학년이고 엄청난 미인인…… 그런 사람이 있잖아!"

더 다가가자, 토모에는 표정을 딱딱하게 굳혔다.

"잘 생각해봐!"

사쿠타는 자리에 앉아 있는 토모에의 어깨에 양손을 얹었다.

"모, 모른다구!"

겁먹은 듯한 토모에의 눈가에는 눈물이 맺혀 있었다.

"제발 부탁이야!"

"아얏."

사쿠타는 그 비명을 듣고서야 손에 힘이 들어갔다는 사실을 눈치챘다.

"사쿠타, 관둬."

사쿠타를 말리는 목소리가 들려왔다. 그리고 마이가 사쿠타의 손목을 잡았다.

사쿠타는 천천히 토모에의 어깨에서 손을 뗐다.

"미안. 내가 좀 격해졌던 것 같아. 잘못했어."

"으, 응……."

"정말 잘못했어. 식사 방해해서 미안해."

사쿠타는 또 사과를 한 후, 무거운 발걸음으로 교실을 나섰다.

"아즈사가와."

뒤늦게 쫓아온 리오가 복도 저편에서 사쿠타를 향해 손짓을 했다.

"왜 그래?"

리오가 멈춰 서 있었기에, 사쿠타는 어쩔 수 없이 마이를 남겨두고 그녀에게 다가갔다.

"짐작 가는 일이 하나 있어."

리오는 사쿠타에게만 들리도록 목소리를 낮추더니 말했다.

하지만 사쿠타에게는 리오의 눈이 말을 해야 할지 말아야 할지 망설이고 있는 것처럼 보였다.

"말해줘."

"저기, 아즈사가와…… 어젯밤에 잠을 잤어?"

리오의 이야기는 그런 질문으로 시작되었다.

그날 방과 후, 사쿠타는 후지사와 역까지 마이와 함께 돌아 간 후, 역에서 헤어졌다.

이 날, 사쿠타는 아르바이트가 잡혀 있었던 것이다. 마이도 「그런 건 빼먹으면 안 돼」 하고 말했다.

밤 아홉 시까지 졸린 눈을 비벼가며 노동을 한 사쿠타는 집으로 돌아가다 편의점에 들렀다.

사쿠타는 진열된 선반을 확인하면서 편의점 안을 둘러보았다.

그가 찾는 영양 드링크는 카운터 앞 선반에 젤리 음료와 함 께 놓여 있었다.

개당 200엔 하는 것도 있는가 하면, 쇠고기 덮밥 곱빼기를 사먹을 수 있는 금액의 드링크도 있었다. 그리고 2000엔 이 상 하는 상품도 발견했다. 대체 어떤 차이가 있고, 안에는 뭐 가 들어 있는 걸까.

일단 세 개 정도 고른 후, 졸음을 떨치는 데 좋다는 민트맛 껌과 함께 카운터로 들고 갔다.

전부 해서 2000엔 정도 들었다. 오가키까지의 왕복 비용과 비즈니스호텔 숙박비 등으로 어제부터 사쿠타의 지갑은 계속 가벼워지고 있었다. 이제 내용물은 거의 남아 있지 않았다.

하지만 돈을 아낄 때가 아니었다.

리오가 했던 말이 사쿠타의 뇌리를 스쳤다.

—저기, 아즈사가와…… 어젯밤에 잠을 잤어?

그 질문을 듣고…….

"한숨도 안 잤어."

……하고 사쿠타는 대답했다. 리오는 사쿠타가 그렇게 대답할 것을 알고 있었던 것 같았다.

"나도 안 잤어."

"……"

그 말의 의미를 이해하지 못한 사쿠타는 리오의 설명을 기다렸다.

"단순한 결과에 지나지 않지만, 이유는 거기에 있을 거라고 생각해. 나는 사쿠라지마 선배와 같이 있지도 않았잖아."

"……그렇구나."

"전에 내가 했던 관측 이론을 기억해?"

"슈뢰딩거의 고양이."

"솔직히 말도 안 된다고 생각했지만……."

그렇게 말한 리오의 눈동자는 약간 떨어진 곳에 서 있는 마이를 향하고 있었다. 어떤 표정을 지어야 할까. 어떤 말을 건네야 할까. 리오는 그것을 모르겠는지 곤혹스러운 감정을 진하게 드러내고 있었다.

"이렇게 두 눈으로 똑똑히 보니, 소름이 돋아."

"사춘기 증후군에?"

"아냐. 이렇게 되기 전부터, 저 사람이 이 학교 안에서 공기 취급을 당하고 있었다는 사실에 대해서야."

"그렇구나."

"나 자신도 공기를 읽고, 이 상황을 옳다고 받아들이고 있었어. 아무런 의문도 품지 않으면서 말이야."

"어쩌면 의문을 품지 않기 때문에 그렇게 됐던 걸 거야. 옳지 않은 짓을 하고 있다는 자각이 있다면, 그렇게 되지는 않았을지도 모르지."

옳지 않은 짓을 하고 있다는 것을 알고, 꼴사나운 짓이라는 것을 이해하고 있으며, 한심하다는 것을 알고, 촌스럽다는 것을 파악하고 있으면서…… 가슴을 펴고 「반 친구를 무시하고 있습니다」 하고 말할 수 있는 제정신 아닌 녀석은 많지 않을 거라고 생각한다.

카에데가 괴롭힘을 당하고 있다는 게 발각됐을 때, 리더 격인 여자애가 바로 그랬다. 「뭘 잘못했는데요?」 하고 대놓고 말했다.

마이에게 일어나고 있는 이 일의 원인은 아마 마이 본인에게 있을 것이다. 그녀가 공기로 지내려고 한 적이 있는 데다, 주위가 그것을 받아들이고 있었으니까 말이다.

사라지고 싶다고 소망했으며, 공기처럼 지내기도 했다. 그런 연기를 했던 것이다.

"하지만, 그렇기 때문에 실마리는 이 학교의 공기에 있다고 생각해."

사쿠타의 생각을 읽은 것처럼, 리오가 말했다.

"사쿠라지마 선배에게 있어, 이 학교야말로 고양이를 넣어둔 상자인 거야."

"……"

아무도 마이를 보고 있지 않았다. 보려고 하지 않았다. 마이는 그 누구에게도 관측되지 않으며 존재가 확정되지 않았기에…… 사라져가고 있었다. 게다가 없어지는 것이 아니라, 애초에 없었던 것이 되고 있었다. 그 누구도 인식하지 못한다면, 이 세상에 존재하지 않는 것이나 마찬가지니까…….

소름이 돋았다.

리오가 한 말의 의미를, 몸이 이해한 것이다.

즉, 이 현상의 원인은 학교이며, 전교생의 의식에 있다. 이제는 무의식적으로 취하고 있던 마이를 향한 무관심. 마음에 두지 않는다. 그런 감정이라고도 부를 수 없을 듯한 것들이 사춘기 증후군을 일으키고 있는 것은 아닐까, 하고 리오는 말하고 있는 것이다.

그런 인간의 무의식을, 어떻게 변화시키면 되는 것일까. 그들은 문제가 발생하고 있다는 사실 자체를 인식하지 못하고 있었다. 문제를 문제로 생각하고 있지 않았다. 그런 학생이 미네가하라 고등학교에 약 천 명이나 있는 것이다.

마이를 향한 그들의 무관심을, 관심으로 바꿀 방법이 과연 있을까.

"……"

너무나도 거대한 어둠이 눈앞에 존재하는 듯한 느낌이 들었다.

그것이 소름의 정체. 원인의 정체. 사쿠타가 쓰러뜨려야만 하는 적이라고 부를 만한 존재의 진짜 모습이다. 눈에는 보이지 않았지만, 분명 존재하고 있는 『공기』. 싸우는 것 자체가 바보 같은 짓이라고 사쿠타가 생각하던 『공기』다.

"하지만 학교의 공기가 발단이라면, 왜 학교와 접점이 없는 사람들까지 마이가 보이지 않게 된 거야?"

"사쿠라지마 선배가 학교 안의 공기를 밖으로 가지고 나간 걸지도 몰라."

처음에 사쿠타가 쇼난다이의 도서관에서 마이와 만났을 때나, 그녀가 혼자서 에노시마의 수족관에 갔을 때라면 그런 가능성도 부정하지 못했을 것이다. 마이는 공기이려고 했으며 사쿠타 자신도 원인은 마이에게 있다고 느끼고 있었다.

하지만, 지금은 그렇게 생각할 수 없다.

마이는 이제 사라지고 싶다고 생각하지 않는다. 그것은 단언할 수 있다. 연예계에 복귀하기로 결심했으며, 어젯밤에는 농담조이기는 해도…….

─지금, 내가 떨면서『사라지고 싶지 않아』하고 울음 섞인 목소리로 말한다면 어떻게 할 거야?

……하고 사쿠타에게 물었다.

─모처럼 건방진 연하 남자애와 알고 지내게 되어서, 학교에 가는 것도 즐거워지기 시작했는데…….

……라고도 말했다.

그것은 마이의 진심이 분명했다.

"그게 아니더라도, 공기라는 건 간단히 전염돼."

리오는 흥미 없는 듯한 말투로 말했다.

"다들 멋대로 공기를 읽는 시대인 데다, 정보는 순식간에 지구 반대편까지 퍼져나가잖아. 지금은 그 정도로 편리한 시대야."

부정은 마음만 먹으면 얼마든지 할 수 있었다. 리오도 방금 자신이 한 설명에 허점이 많다는 것은 자각하고 있으리라. 그래도 지금은 그런 시대라는 말에는 납득할 수 있는 부분이 있었다. 그런…… 편리하면서도, 짜증 나는 시대라는 것을…….

"……."

그렇기 때문에 사쿠타는 리오에게 아무 말도 할 수 없었다.

사쿠타는 이 상황에서는 현상이 확대된 이유를 찾는 것에 아무런 의미도 없다는 생각이 들었다. 눈앞에 존재하는 현실. 그것이 전부이기 때문이었다.

"하던 이야기를 계속하자면……."

침묵에 잠긴 사쿠타를 본 리오는 신중하게 마지막 설명을 시작했다.

"인식과 관측이 열쇠가 되고 있다면, 인간의 의식이 작용하지 않는 수면이 기억을 없애는 계기가 되고 있다는 가설에 나는 납득할 수 있어."

깨어 있을 때는 그 사람을 생각할 수 있다. 볼 수 있다. 하지만, 자고 있을 때는 상대를 의식할 수 없었다. 상대를 의식하는 힘이 약해진다고나 할까. 그 결과, 의식이 끊어질 때 공기화 현상에 삼켜지고 마는 것이다.

"……."

어젯밤 일을 떠올린 사쿠타는 간담이 서늘해졌다. 만약 그때 잠이 들었다면 지금쯤 사쿠타는 마이를 잊었을지도 모르는 것이다…….

졸음을 떨쳐내기 위해 껌을 씹으면서 집에 돌아간 사쿠타는, 태어나서 처음으로 영양 드링크를 마셨다. 주스와는 명백하게 다른 기묘한 단맛이 느껴졌다. 약 특유의 풍미가 느껴지는 음료였다.

맛이 없지는 않았다. 마시기 쉽기는 했다. 하지만 심정적으로 거부감이 들었다.

그다지 기대하지 않았던 약효 쪽은 체감할 수 있는 수준이었다. 눈이 번쩍 떠지면서 의식이 명확해졌다.

"오빠, 뭘 마신 거예요?"

카에데는 부엌에 있는 병을 보면서 고개를 갸웃거렸다. 슬슬 밤 열한 시다. 평소 같으면 잠자고 있을 시간이라 그런지 카에데는 꽤 졸려 보였다. 눈도 슬슬 감기는 것 같았다. 하지만 방에 돌아가지 않는 것은 사쿠타가 어제 집을 비웠던 것을 신경 쓰고 있기 때문이리라.

카에데가 말하길…….

"어제의 부족분을 채울 때까지 오늘은 안 잘 거예요."

그런고로, 한동안은 카에데와 이야기를 나눴다. 주로 요즘 읽은 책에 관한 이야기를 나눴다.

카에데는 처음에만 해도 「오늘은 아침까지 안 잘 거예요」하고 말하며 의욕을 보였지만, 뚜껑을 열고 보니 열두시가 되기도 전에 고양이인 나스노와 함께 소파에서 자고 있었다.

사쿠타는 공주님 안기로 카에데를 들어서 방으로 옮겼다. 그 방은 수많은 책으로 가득 차 있었다. 바닥에는 책장이 가득 차서 꽂지 못한 소설이 이곳저곳에 쌓여 있었다. 발 디딜 곳을 찾으며 침대에 다가간 사쿠타는 카에데를 거기에 눕혔다.

"잘 자."

사쿠타는 카에데에게 이불을 덮어준 후 불을 껐다. 그리고 문을 조용히 닫으며 밖으로 나갔다.

　사쿠타는 대량의 민트맛 껌을 입에 넣으며 자신의 방으로 돌아갔다. 입과 코가 확 뚫리는 것 같았다.

　의식이 맑은 동안에 해야만 하는 일이 있었다.

　책상 앞에 앉은 사쿠타는 공책을 펼쳤다. 딱히 공부를 하려는 것은 아니었다. 내일부터 중간고사이기 때문에 조금은 공부를 해두는 편이 좋겠지만, 지금 중요한 것은 성적이 아니었다.

　지금은 최악의 사태에 대비할 필요가 있었다.

　샤프의 버튼을 두 번 정도 누른 후, 사쿠타는 공책에 뭔가를 적기 시작했다.

　이 3주 동안…… 마이와 만나고 나서 오늘까지 함께 보낸 나날의 기억을…….

　밤새도록, 적었다.

　─5월 6일.

　야생 바니걸과 만났다.

　그녀의 정체는 바로 미네가하라 고등학교의 3학년. 바로 그 엄청난 유명인. 『사쿠라지마 마이』다.

　이것이 모든 일의 계기가 된 만남이다. 이것을 잊을 수 있을 리가 없다.

　잊더라도 반드시 다시 생각해내. 꼭 해내라고. 미래의 나.

4

사흘 일정으로 시작된 중간고사 첫날의 결과는 참담했다.

어젯밤에 공부를 전혀 하지 않았을 뿐만 아니라, 이틀 연속으로 밤을 새웠더니 집중력이 눈곱만큼도 존재하지 않았다. 아무리 문제를 풀려고 해도, 문제를 읽는 사이 머릿속이 정지되면서 새하얗게 되었다. 그저 시험용지를 내려다보고만 있을 뿐이었다. 문제가 그저 눈에만 들어오고 있는 상태였다.

시험 후, 사쿠타는 옆 반에 가서 후타바 리오를 찾아보았다. 리오는 교실에서도 흰색 가운을 걸치고 있었기 때문에 쉽게 찾을 수 있었다.

리오도 사쿠타를 봤는지 집에 돌아갈 준비를 한 후, 복도로 나왔다.

"너, 기억하고 있어?"

사쿠타는 긴장하면서 물었다.

"응? 무슨 소리야?"

리오는 미심쩍은 눈길로 사쿠타를 쳐다보았다.

"아니, 아무것도 아냐."

"그래? 그럼 나는 실험실에 갈게."

"응. 잘 가."

사쿠타가 가볍게 손을 흔들면서 배웅하자, 리오는 흰색 가운의 끝자락을 흔들며 멀어져갔다. 갑자기 뒤돌아서면서 「농담이야」하고 말해주기를 기대했지만, 그런 일은 일어나지 않았다. 리오는 그대로 계단 쪽으로 사라졌다.

"네 가설은 옳았나 보네."

리오는 리오 본인이 마이를 잊음으로써 그것을 증명한 것이다.

이것으로 남은 이는 사쿠타 한 명뿐이었다.

마이를 기억하고 있고, 마이의 목소리가 들리고, 마이를 볼 수 있는 이는, 사쿠타 단 한 명뿐이다.

"우와, 불타오르는 전개인걸."

지금은 이 역경을 억지로라도 투지로 바꿀 수밖에 없었다.

다음 날인 5월 28일. 중간고사 2일차의 결과도 양호하지는 않았다. 하지만 그런 것을 신경 쓰고 있을 때가 아니었다.

졸렸다. 무지막지하게 졸렸다.

눈을 깜빡일 때마다 수마의 유혹에 질 것만 같았다. 이대로 눈을 감고 싶어졌다.

마이와 데이트를 했던 일요일부터 지금까지 한숨도 자지 않았다. 오늘은 수요일이다. 밤샘 4일차에 돌입하고 있는 것이다.

한계는 옛날 옛적에 지났다.

구역질이 계속 났다. 실은 두 번 정도 토했다. 그 후, 목에서 뭔가가 걸리고 있는 듯한 위화감이 느껴졌다.

몸 상태는 최악이었다. 맥박도 이상했다. 불규칙할 뿐만 아니라, 항상 크게 뛰고 있었다. 게다가 혈색도 나빴다. 아침에 같은 열차를 탔던 유마는 「마치 좀비 같아」 하고 말하면서 사쿠타를 걱정했다.

다행인 점은 시험 기간이라 아르바이트를 쉰다는 점이다. 이 상태에서 일하는 것은 솔직히 무리였다.

아무튼 눈꺼풀이 무거웠다. 눈이 떠지지 않았다. 햇빛이 너무 강렬했다. 허벅지를 꼬집어도 정신이 들지 않았다. 샤프 같은 걸로 세게 찔러야 자극으로 받아들이고 있었다.

"많이 피곤해 보여."

집으로 돌아가는 길에 마이가 사쿠타에게 그렇게 말했다.

마이는 사쿠타에게만 보이는데도 매일같이 학교에 나오고 있었다. 「따로 할 일이 없거든」 하고 마이는 말했지만, 마음속은 그 말처럼 편안하지 않을 것이다. 낮에 혼자서 집에 있는 것은 불안한 데다, 마음 한편에 「오늘 학교에 가면 원래대로 되돌아왔을지도 모른다」 같은 기대가 존재하는 걸지도 모른다.

"시험 기간에는 항상 이래요. 그 기간 동안 계속 밤샘을 하거든요."

"평소에 공부를 해두지 않으니까 이런 꼴이 되는 거야."

"선생님 같은 소리 좀 하지 말라고요."

"사쿠타가 정 원한다면……."

"응?"

"공부를 가르쳐줄 수도 있어."

"마이 씨와 한 방에 있으면 엉큼한 생각만 계속할 것 같으니까 사양할게요."

"……."

마이는 사쿠타가 거절할 거라고는 생각도 못 했는지 노골적으로 놀란 표정을 지었다.

"그, 그래? ……아, 알았어."

"그럼 내일 봐요."

마이와는 맨션 앞에서 헤어졌다.

사쿠타는 엘리베이터에 탄 후, 안도의 한숨을 내쉬었다. 아직 마이에게는 자신이 잠을 자고 있지 않다는 이야기를 하지 않았다. 이야기했다간 그런 무모한 짓은 관두라는 말을 들을 게 뻔했다.

괜한 걱정을 끼치고 싶지 않은 데다, 사쿠타가 멋대로 벌이고 있는 짓에 마이가 책임감을 느끼는 것도 바라지 않았다.

귀가 후, 사쿠타는 거실에서 물리 서적을 펼쳤다. 오가키에서 돌아온 날에 리오에게 빌린 것이다. 해결책의 힌트가 이 책 안에 있기를 바라고 있었다.

이 책에는 양자론을 이해하게 쉽게 설명하는 입문서 격의 내용이 실려 있었다. 하지만 그것도 난이도가 높아서 머리에 들어오지 않았다. 중간고사 공부를 제쳐두고 이틀 전부터 계속 읽고 있었지만, 페이지를 넘기는 손이 무거웠다.

연속 밤샘 중인 사쿠타의 눈꺼풀과 물리 책은 상성이 나빴다. 그야말로 강렬한 수면제나 다름없었다. 끊어질 것 같은 의식을 기합으로 이어붙이면서, 사쿠타는 설명문을 읽었다.

마이를 구하고 싶다. 그 일념으로 사쿠타는 행동하고 있었다.

한 시간 정도 지났을 즈음, 사쿠타와 마찬가지로 거실에서 독서를 하고 있던 카에데의 배에서 꼬르륵 소리가 났다. 아무 말 없이 자리에서 일어난 사쿠타는 서녁 식사를 준비한 후, 카에데와 함께 먹기로 했다.

"오빠, 안색이 좋지 않아요. 괜찮으세요?"

테이블 맞은편에 앉은 카에데가 사쿠타에게 말을 건넸다. 그런 동생의 모습이 눈에 들어오는데도 사쿠타는 대답하는 것을 깜빡했다.

"……."

"오빠?"

"아~, 응?"

졸음이 너무 심해서 머릿속이 딱딱하게 굳어버렸다.

"괜찮으세요?"

"지금, 시험 기간이거든."

그걸 변명이라고 할 수 있을지 사쿠타도 자신이 없었다.

"무리는 하지 마세요."

"응. 알았어."

하지만 설령 무리일지라도, 사쿠타는 잠을 잘 수는 없었다.

자면 마이를 잊고 만다.

반드시 그렇게 된다고 정해진 것은 아니지만, 그렇게 될 가능성이 매우 컸다.

그렇기에, 사쿠타는 절대 잠을 잘 수 없었다.

"잘 먹었어."

"잘 먹었습니다."

카에데와 저녁 식사를 끝낸 후, 사쿠타는 산책할 겸 편의점으로 향했다.

식사 후에 앉아 있는 것은 위험했다. 서 있어도 졸음이 몰려올 지경이기 때문이다. 오늘만 해도 에노전의 열차 안에서 손잡이를 잡은 채 잘 뻔했다. 무릎이 풀리면서 앞에 앉아 있던 양복 차림의 아저씨에게 무릎 차기를 날린 덕분에 겨우겨우 정신이 들기는 했지만, 그때는 정말 위험했다.

사쿠타는 편의점에서 영양 드링크를 샀다. 쇠고기 덮밥 곱빼기에 버금가는 가격을 지닌 상품이다. 영양 드링크를 거의 입에 달고 살다시피 했더니 효과가 점점 떨어졌다. 게다가 반동은 커서 복용 후 두세 시간이 지나면 졸음이 맹렬하게 몰려왔다. 그런데도 마시지 않는 것보다는 훨씬 나았다.

사쿠타는 지갑을 바지 뒷주머니에 넣으면서 가게를 나섰다.

바깥바람이 볼을 쓰다듬었다. 그 순간, 사쿠타는 넘어질 뻔하며 걸음을 멈췄다.

정면에 사람이 있었던 것이다.

사쿠타의 몸은 장난치다 들킨 것처럼 초조함을 느끼고 있었다.

식은땀이 줄줄 흘러나왔다.

"뭘 산 거야?"

그렇게 물은 사람은 사복 차림으로 우뚝 서 있는 마이였다.

돌아가지 않는 머리로 변명을 필사적으로 생각했지만, 머릿속에는 아무런 생각도 떠오르지 않았다. 극도의 수면 부족 탓에 머릿속이 바보가 된 것 같았다.

"아~, 으음~."

마이가 다가오더니 사쿠타가 들고 있는 편의점 비닐봉지를 빼앗았다. 그리고는 안에 든 내용물을 확인했다.

"역시, 잠을 안 자는구나."

"……."

마이에게 들키지 않았다는 것은 사쿠타의 착각이었던 것 같았다. 현재 사쿠타의 몸 상태가 나쁘다는 것은 한눈에 알 수 있을 정도였다. 유마뿐만 아니라, 카에데에게도 지적을 당했다. 마이가 눈치채지 못했다면 그것이 오히려 이상할 것이다.

"영원히 숨길 수 있을 거라고 생각했어?"

"그러면 좋겠다고 생각했죠."

"바보. 그런 걸 계속 숨길 수 있을 리가 없잖아."

"그래도 이 방법밖에 생각이 나지 않았다고요."

사쿠타는 삐친 어린애 같은 어조로 말했다.

오랫동안 숨기지 못할 거라는 것은 알고 있었다. 인간이 잠을 자지 않고 살 수 있을 리가 없다. 게다가 그런 짓을 하더라도 아무것도 해결되지 않는다. 헛수고일지도 모른다는 사실을 알면서도, 사쿠타에게는 그 헛수고일지도 모르는 짓을 한다는 선택지밖에 존재하지 않았다.

마이를 괴롭히고 있는 정체불명의 현상을 해결할 수단은 아직 찾지 못했다. 해결할 방법이 있는지도 확실하지 않았다.

그래도, 찾아야만 한다. 해결책을 찾을 때까지 사쿠타는 잘 수 없다.

설령 찾을 수 없다고 해도, 간단히 포기해버리고 잠을 잘 생각은 없었다.

하루라도 더 마이를 기억하고 싶었다. 1분이라도 더 마이의 곁에 있고 싶었다. 1초라도 더, 마이의 고독한 시간을 줄여주고 싶다고, 사쿠타는 생각하고 있었다. 연속으로 밤샘을 한 탓에 돌아가지 않는 머리로는 그런 생각밖에 할 수가 없었다.

"얼굴까지 새파랗게 질렸잖아. 정말 바보라니깐."

"이번에는 나도 그렇게 생각해요."

"자아, 돌아가자."

사쿠타에게 비닐봉지를 돌려준 후, 마이는 자신이 사는 맨션을 향해 걸음을 옮겼다. 사쿠타는 아무 생각 없이 그녀의 뒤를 따라가기로 했다.

286_청춘 돼지는 바니걸 선배의 꿈을 꾸지 않는다 1

오후 여덟 시가 지나 집에 도착했다.

카에데는 목욕 타임인지 욕실에 가보니 밝은 노랫소리가 문 너머에서 들렸다. 동생이 노래하고 있는 것은 가전제품 판매점의 광고 음악이었다. 짤막한 그 노래를 몇 번이나 반복해서 부르고 있었다.

사쿠타는 자신의 방에 들어가려다 문 앞에서 걸음을 멈췄다.

방 한가운데에 접이식 테이블이 펼쳐져 있었으며, 그 앞에 놓인 방석에 마이가 앉아 있었던 것이다.

"이런 시간에 남자 방에 들어가면 무슨 짓을 당해도 좋다고 말하는 거나 마찬가지라고 전에 말하지 않았어요?"

"여덟 시는 세이프야."

"그럼 그건 넘어가기로 하고, 왜 마이 씨가 우리 집까지 따라온 거예요?"

"같이 있어줄게."

"만세, 사랑 고백을 받았어~."

"그런 거 아냐. 무슨 말인지 알잖아? 오늘은 재우지 않겠다는 말이라구."

"맙소사, 엄청 흥분돼."

"사쿠타가 자려고 하면 두들겨 패서라도 깨워줄게."

"우와~, 격렬한 밤이 될 것 같네."

아무래도 마이는 즐거워 보였다. 대체 몇 대나 때릴 생각인 걸까. 이상한 취향에 눈뜨지 않으면 좋겠는데…….

"자아, 앉아."

마이가 바닥에 깔린 융단을 손바닥으로 두드렸다.

사쿠타는 일단 마이의 곁으로 이동했다.

"교과서와 공책은 어디 있어?"

"그런 걸로 뭘 할 건데요?"

"내일까지 중간고사 공부를 하자. 내가 가르쳐줄게."

"아~, 괜찮아요."

지금은 공부 같은 걸 해도 머리에 들어갈 리가 없다. 졸음만 밀려올 게 뻔했다.

"그런데, 마이 씨는 공부 잘해요?"

"1학년 초기에는 일하느라 학교에 못 가서 좀 그랬지만, 2학년 때부터는 성적표에 8보다 낮은 숫자가 실린 적이 없어."

미네가하라 고등학교는 성적을 10단계로 평가한다. 1이 최저 평가이며, 10이 최고 평가다. 즉, 8보다 낮은 숫자가 없다는 것은 매우 우수하다는 뜻이다.

"의외로 공부 벌레였네요."

"한가한 시간에 공부를 한 것뿐이야."

"보통 한가하면 논다고요."

"잔말 말고 공부해. 내가 사쿠타의 전부인 건 아니잖아."

"지금은 그렇게 생각하고 있는데요."

그렇지 않다면 잠을 자지 않는다고 하는 무모한 작전을 결행하지 않았을 것이다.

"설령 내 문제가 해결되더라도, 이대로 있다간 사쿠타에게 남는 것은 참담한 결과를 맞이한 답안용지뿐이야."

"옳은 소리 들으면 졸리니까 그만해요."

"잔말 말고, 공부해."

"의욕이 없어요."

"내가 가정 교사가 되어줘도?"

"마이 씨가 바니걸 복장을 입어준다면, 의욕이 생길지도 몰라요."

"사쿠타는 아무한테나 이러는 거야?"

"이런 소리는 마이 씨한테만 해요."

"하나도 기쁘지 않아."

하품이 나왔다. 눈가에 맺힌 눈물이 눈을 자극해댔다.

"그리고 내가 바니걸 복장을 입으면, 사쿠타의 머릿속은 엉큼한 생각으로 가득 차서 공부가 머리에 들어오지 않을 거잖아."

"아, 거기까지는 생각이 미치지 않았어요."

머리가 거의 돌아가지 않았다. 그냥 머릿속에 떠오르는 생각을 그대로 입에 담고 있었다.

"으음, 그럼…… 시험에서 만점을 받으면 상을 줄게."

마이가 매력적인 제안을 하자, 사쿠타는 몸을 앞으로 살짝 내밀었다.

"그럼, 뭐든 해주겠다는 거예요?"

"좋아, 뭐든 해줄게."

어차피 무리일 거라고 생각한 듯한 마이는 주저 없이 오케이를 했다.

"내일은 수학Ⅱ와 현대 국어네."

사쿠타는 우선 시험 시간표를 확인했다. 방금 마이가 한 말을 듣고 조금이지만 정신이 맑아졌다.

"수학Ⅱ라면 만점을 받을 수 있을지도 몰라요."

"뭐? 사쿠타는 머리가 좋은 편이야?"

마이는 당황한 목소리로 말했다.

"보통이에요. 이과 과목은 조금 잘하는 편이지만요."

그렇기 때문에 이번에는 현대 국어를 버리고 수학Ⅱ로 승부를 해야만 한다. 원래 해답 표현이 다소 애매한 현대 국어에서는 미묘한 감점이 발생하기 쉽기 때문에 만점을 받기 어렵다. 하지만 수학Ⅱ는 해답이 명확하게 존재하며, 그것을 도출하기 위한 식만 정확하게 쓰면 감점을 당하지 않고 만점을 받을 수 있다.

사쿠타는 바로 수학Ⅱ 교과서를 펼쳤다.

하지만 마이가 그 교과서를 빼앗았다.

"왜 공부를 하라고 한 마이 씨가 내 공부를 방해하는 거예요?"

"뭐든 해주겠다고 했지만, 진짜로 뭐든 다 해주는 건 아니라구."

마이는 입술을 삐죽 내밀면서 몸을 배배 꼬았다.

"그렇게 말도 안 되는 짓을 부탁할 생각은 없다고요."

"정말이지?"

"『함께 목욕』 정도로 참아줄게요."

"그건 못 들어줘."

"에이~."

"다, 당연하잖아!"

"수영복 착용 허용인데도요?"

"그런 상태에서도 욕실에서 수영복 착용 같은 마니악한 아이디어는 용케도 내놓네."

마이의 경멸 어린 시선이 사쿠타를 마구 찔러댔다. 이것도 꽤나 자극적이었다.

"그럼 바니걸 차림으로 무릎베개를 해줘요."

"많이 양보했다는 듯한 표정으로 무슨 소리를 하는 거야?"

이번에는 꽤 진심으로 한 말이었지만, 마이는 들어주지 않았다.

"일전에 하지 못했던 가마쿠라 데이트를 한다는 건 어때요?"

사쿠타가 느닷없이 평범한 제안을 했기 때문일까, 마이는 약간 놀란 것 같았다.

"그건 괜찮지만…… 괜찮겠어?"

"마이 씨가 더 과격한 걸 원한다면야……"

"그런 소리는 한 적 없거든?"

마이는 사쿠타의 볼에 손가락을 대더니, 그대로 있는 힘껏 꼬집었다.

"아~. 정신이 번쩍 들어~."

"……정말, 연하 주제에 건방지다니깐."

그 후 두 시간 동안, 사쿠타는 마이에게 가르침을 받으며 공부를 했다.

단, 자신이 있던 수학Ⅱ가 아니라, 현대 국어를 철저하게 공부하게 됐다…….

"『사쿠타의 미래를 ○○해줄 사람은 없다』의 빈 칸과, 『사쿠타의 노후에는 아무런 ○○도 없다』의 빈 칸에 들어갈 초성이 ㅂㅈ인 말을 한자로 적어주십시오."

"선생님, 문제에서 악의가 느껴져요."

"쓸데없는 소리 하지 말고 빨리 적어."

마이는 사쿠타의 눈앞에 펼쳐져 있는 공책을 손가락으로 두드렸다.

일단 『보증(保證)』과 『보장(保障)』을 적었다.

"『사쿠타의 미래를 ○○해줄 사람은 없다』의 빈칸에 들어갈 말은 어느 쪽이야?"

"그건……."

어느 쪽인지 생각이 나지 않은 사쿠타는 일단 『보장』 쪽을 손가락으로 가리키면서 마이의 표정을 살폈다. 시선과 표정의 변화를 통해, 어느 쪽이 정답인지 알아낼 생각이었다.

하지만 마이는 사쿠타의 꼼수를 꿰뚫어 보고 있었다.

시선이 마주치자, 마이는 상냥하기 그지없는 미소를 지었다. 눈도 분명하게 웃고 있었기에 더욱 무시무시했다.

"『약아빠진 꼼수를 쓰려고 하는 사쿠타의 안전은 ○○할 수 없다』의 빈칸에 들어갈 말이라도 괜찮아."

"죄송하지만, 힌트 좀 주세요."

"『증(證)』은 책임을 지겠다는 의미로도 쓰이고, 『장(障)』은 지킨다 같은 의미야."

"그럼 『마이 씨의 행복한 미래는 내가 ○○하겠습니다』는 『보증』이고, 『두 사람의 장래는 충실하게 ○○되어 있다』는 『보장』인 거네요?"

"멋대로 문제를 바꾸지 마."

마이는 동그랗게 만 교과서로 사쿠타의 머리를 가볍게 때렸다.

"이럴 때는 하나도 귀엽지 않다니깐."

아무래도 방금 그건 정답이었던 것 같았다. 같은 문제가 시험에서 나온다면 아마 맞출 수 있을 것이다. 지금 마이가 싯고 있는 부루퉁한 얼굴과 함께 기억했다.

그 후에도 마이는 비슷한 문제를 몇 개나 냈고, 사쿠타는 게임을 하는 듯한 감각으로 한자 공부에 임할 수 있었다.

하지만 결국 집중력이 떨어지고 말았다.

동일 초성을 지닌 한자 문제가 일단락된 후⋯⋯.

"차 끓여 올게요."

⋯⋯하고 말하면서 사쿠타는 자리에서 일어났다.

"인스턴트커피인데, 괜찮아요?"

"응."

마이는 한자 문제집을 넘기고 있었다. 다음에 사쿠타에게 낼 문제를 찾고 있는 것 같았다.

사쿠타는 방에 마이를 홀로 남겨둔 후, 부엌에 가서 급탕기로 물을 끓였다.

물이 끓는 사이에 카에데의 방에 가봤다. 불이 꺼져 있는 것을 보니 이미 자는 것 같았다.

사쿠타는 인스턴트커피가 든 머그잔 두 개를 들고 방으로 돌아갔다.

그중 하나를 마이 앞에 놓자 그녀가 말했다.

"설탕과 우유는?"

잠 깨는 게 목적인 사쿠타는 블랙으로 마실 생각이었기에 그걸 준비하는 걸 깜빡했다.

"금방 가지고 올게요."

또다시 방에서 나간 사쿠타는 막대 설탕과 우유, 스푼을 준비했다.

그것들을 가지고 돌아와 보니, 마이는 여전히 한자 문제집을 보고 있었다.

"마이 씨, 여기요."

"고마워."

마이가 설탕과 우유를 머그잔에 넣었다. 그리고 스푼으로 커피를 천천히 저었다.

사쿠타는 마이의 여성스러운 행동거지를 눈으로 즐기면서 커피를 한 모금 마셨다. 검고 씁쓸한 액체가 위 안으로 들어갔다. 그 열기가 사쿠타의 마음을 차분하게 만들었다.

"동생은?"

"이미 잠든 것 같아요."

한 시간 정도 전에 사쿠타의 방에 왔던 카에데는 오빠가 공부하고 있다는 사실을 알고 「힘내세요」 하고 말하면서 나갔던 것이다.

"마이 씨는 외동딸이에요?"

사쿠타는 왠지 그렇지 않을까 하고 생각하고 있었다.

"여동생이 있어."

마이는 양손으로 머그잔을 감싸 쥐더니 그것을 입가로 가져갔다.

"어, 그래요?"

"내 아버지는 어머니와 이혼했는데…… 그 아버지와 재혼한 사람 사이에서 태어난 애니까, 정확하게는 이복동생이야."

"귀엽나요?"

"나만큼은 아냐."

마이는 당연한 소리를 하듯 바로 대답했다.

"우와~, 어른스럽지 못하네요~."

그런 이야기를 하던 사쿠타는 머릿속이 점점 멍해지기 시작했다.

약간 어질어질했다. 눈꺼풀도 엄청 무거웠다.

"사쿠타는 자신이 더 귀엽다는 자각을 가지고 있으면서, 다른 누군가를『귀여워~』하고 말하는 여자가 좋아?"

"아뇨. 싫어하는 타입이에요."

"그렇지?"

"그래도, 여동생까지……."

의식적으로 멈춘 것은 아니지만, 말을 끝까지 이을 수가 없었다.

점점 감각이 몸에서 멀어져가기 시작했다.

이러면 안 된다고 생각하면서도, 그것을 막을 수가 없었다.

사쿠타는 몸을 지탱하기 위해 테이블 가장자리를 잡았다.

이제 눈을 반도 뜰 수가 없었다.

"다행이야. 효과가 있는 것 같네."

고개를 들어보니, 복잡한 표정을 짓고 있는 마이가 좁아진 시야에 들어왔다. 마이는 상냥한 눈길로 사쿠타를 바라보고 있었다. 하지만 그 안에는 명백한 불안이 존재했으며, 눈가에는 걱정이 눈물이 되어 맺혀 있었다.

"마이 씨…… 무슨 짓을……."

가늘고 예쁜 마이의 손가락이 무언가를 쥐고 있었다.

그것은 조그마한 약병이었다. 그 약병에는 수면유도제라 적힌 라벨이 붙어 있었다.

"왜……."

목소리에 힘이 들어가지 않았다.

"사쿠타는 최선을 다했어."

"나는 아직……."

몸을 일으키고 싶었지만, 몸에서 힘이 계속 빠져나가고 있었다.

"나를 위해 힘내줬어."

"……그렇지, 않아."

"그러니까, 이제 됐어. 됐다구."

마이가 손을 뻗어 사쿠타의 볼을 살며시 쓰다듬었다. 기분 좋으면서 따듯한 감촉이 느껴졌다. 간지러움과 함께 두근거림이 느껴졌다. 하지만, 그 감촉도 점점 몸에서 멀어져가고 있었다.

"하나도…… 안, 됐다고……."

제대로 말을 하고 있는지도 알 수 없었다.

"나는 원래 혼자였으니까 괜찮아. 사쿠타가 나를 잊어도 아무렇지 않아."

마이의 모습이 희미해지기 시작했다. 그런데도, 마이의 손은 여전히 볼에 닿아 있었다. 손가락 끝부분이 귀 아래쪽을 매만지고 있었다.

"그래도, 오늘까지 고마웠어."

고맙다는 말을 들을 만한 일은 아직 하나도 하지 않았다.

"그리고, 미안해."

사과 받을 만한 일 또한 아직 하나도 하지 않았다.

"이제 푹 쉬어……."

상냥한 목소리에 이끌리듯, 사쿠타는 결국 눈을 감았다. 의식이 순식간에 기분 좋은 잠 속으로 빠져들었다.

"잘 자, 사쿠타."

깊이깊이 빠져들어갔다…….

걱정하지 마.

지금은 아직 괴롭고 슬플지도 모르지만……

아침이 되면 내 기억과 함께 그 마음도 송두리째 사라질 거야.

아무 걱정도 하지 말고, 푹 쉬어.

3주 동안, 정말 즐거웠어.

잘 있어, 사쿠타.

제5장

너만이 없는 세계

1

몸이 흔들렸다.

누군가가 인정사정없이 몸을 흔들어대고 있었다.

"……빠."

먼 곳에서 목소리가 들려왔다.

"……예요."

점점 가까워졌다.

"……오빠."

귀에 익은 목소리였다.

"오빠, 아침이에요."

어두컴컴하던 세계에 새하얀 빛이 쏟아졌다.

"……응?"

의식이 깨어나자, 사쿠타는 천천히 눈을 떴다.

잠이 덜 깬 탓에 흐릿한 시야에, 침대 위에 올라와 자신의 얼굴을 들여다보고 있는 카에데의 얼굴이 들어왔다. 어중간하게 열린 커튼 사이로 쏟아져 들어오는 빛이 눈부셨다.

"오늘까지 시험이죠? 이러다간 지각할 거예요."

카에데는 그렇게 말하면서 사쿠타의 몸을 흔들어댔다.

"아아, 응. 그래. 중간…… 하암~."

사쿠타는 하품을 하면서 상반신을 일으켰다.

몸이 나른했다. 감기 기운이 슬슬 밀려오고 있는 것처럼 몸이 뜨거웠다. 하지만 몸 상태가 나쁘다기보다 매우 피곤한 것뿐……이라는 표현이 적당한 상태인 듯한 느낌이 들었다.

더 자고 싶은 마음을 억누른 사쿠타는 온몸에서 느껴지는 피곤함에 저항하면서 침대에서 나왔다. 중간고사 날에 결석이나 지각하는 것은 좋지 않았다. 재시험을 치게 된다면 여러모로 귀찮기 때문이다.

시계는 7시 45분을 가리키고 있었다. 사쿠타는 학교까지 가는 데 걸리는 시간을 계산해봤다. 우선 후지사와 역까지 걸어서 10분이 걸린다. 그리고 열차를 타고 약 15분 동안 이동해야 한다. 시치리가하마 역에서 내리고 교실까지 가는 데 5분 정도 걸린다. 즉, 총 30분가량 걸린다.

여덟 시에는 집을 나서야 하니, 남은 시간은 얼마 되지 않았다.

"덕분에 살았어, 카에데. 깨워줘서 고마워."

"오빠를 깨우는 건 카에데의 보람이니까요."

카에데는 귀엽게 미소 짓고 있었지만, 사쿠타는 동생을 칭찬하고 싶은 마음이 들지 않았다.

"카에데는 다른 보람을 찾아보는 편이 좋을 것 같은데 말이야."

"오빠의 등을 씻겨주는 것 말인가요?"

"나와는 상관없는 것 중에서 말이야."

"싫어요."

카에데는 진지한 얼굴로 거부했다.

"오빠로서 동생의 장래가 걱정돼."

사쿠타는 그런 말을 하면서 옷을 갈아입기 위해 옷장을 열었다.

사쿠타는 교복 와이셔츠를 옷걸이에서 뺐다. 하지만 그 와중에 손이 미끄러져서 와이셔츠가 밑에 있는 종이봉투를 덮듯이 떨어졌다.

"이게 뭐였더라?"

사쿠타는 와이셔츠를 주우면서 종이봉투 안을 살펴봤다.

카에데도 옆에서 얼굴을 내밀며 쳐다보았다.

두 사람의 시선이 종이봉투 안에 있는 물건을 동시에 포착했다.

"……."

"……."

짧은 침묵이 방을 가득 채웠다.

"오빠, 이, 이게 뭐죠?"

종이봉투 안을 손가락으로 가리킨 카에데는 동요한 탓에 떨리는 목소리로 말했다.

그건 사쿠타가 하고 싶은 질문이었다.

엉덩이 쪽에 흰색 털 뭉치 같은 것이 달린 검은색 레오타드. 검은색 스타킹과 하이힐. 그리고 나비넥타이. 흰색 커프스. 그리고 그것들을 하나로 아우르는 듯한 토끼 귀 머리띠가 종이봉투 안에서 나온 것이다.

그것은 바로 바니걸 의상이었다.

"카에데에게 입힐 생각이었던 걸려나."

가능성은 그것뿐이었다.

"예?"

깜짝 놀라며 딱딱하게 굳은 카에데의 머리에 일단 머리띠만 장착해봤다.

"음, 나쁘지 않네."

"아, 안 입을 거예요! 이런 섹시 노선의 옷은 카에데에게 아직 일러요!"

위험을 감지한 카에데는 서둘러 방에서 도망쳤다.

사쿠타는 아침부터 여동생 꽁무니를 쫓아다니는 취미 같은 것은 없었기에, 의상을 종이봉투에 다시 집어넣었다. 그리고 원래 놓여 있던 옷장 안쪽에 넣어뒀다.

"나, 스트레스가 쌓였던 걸까?"

사쿠타는 와이셔츠 소매에 팔을 넣고 단추를 채웠다. 그리고 교복 바지를 입은 후, 넥타이를 대충 맸다. 넥타이가 약간 삐뚤어져 있었다.

"……."

평소 같으면 개의치 않고 집을 나섰을 것이다. 하지만 오늘은 넥타이를 바로 매고 싶다는 느낌이 들었다. 사쿠타는 넥타이를 푼 후 다시 맸다. 똑바로 말이다.

블레이저를 걸치기 전, 가방에 교과서를 집어넣었다. 책상 위에 놓인 공책에 눈이 간 사쿠타는 그것을 쥐었다.

"이게 뭐지?"

사쿠타는 공책을 펼쳤다. 거기에는 문장이 적혀 있었다.

현대 국어 공책인가 했는데, 자세히 보니 그렇지 않았다.

앞머리에 주의 문구가 적혀 있으며, 안에는 일기 같은 내용이 적혀 있었다.

—여기에 적힌 내용은 솔직히 말해 믿기지 않을 거라고 생각하지만, 전부 사실이니 꼭 끝까지 읽어. 꼭이야!

—5월 6일.

야생 바니걸과 만났다.

그녀의 정체는 바로 미네가하라 고등학교의 3학년. 바로 그 엄청난 유명인,『   』다.

이것이 모든 일의 계기가 된 만남이다. 이것을 잊을 수 있을 리가 없다.

잊더라도 반드시 다시 생각해내. 꼭 해내라고. 미래의 나.

솔직히 말해 어떤 반응을 보여야 할지 난감했다.

"내 흑역사 같은 걸까."

감정이 풍부한 사춘기 때는 이런저런 마음의 미혹(迷惑) 탓에 이상한 망상에 빠질 수도 있으리라. 왜 이런 것을 적은 것인지는 기억이 나지 않지만, 필적은 자신의 것이 분명했다. 사쿠타의 글자라는 것에는 의심할 여지가 없는 것이다. 그렇다면, 이 글은 쓴 사람은 사쿠타일 것이다.

하지만 보면 볼수록 애처롭다는 생각이 들었다.

그 공책에는 공상 속의 애인으로 보이는 인물에 대한 이야기가 적혀 있었다. 양으로 치면 공책 한 권 분량이나 되었다. 전철역 플랫폼에서 이야기를 나눴던 일. 에노전 안에서 나눈 대화. 데이트도 했고, 함께 오가키라는 마을에도 갔다고 적혀 있었다.

며칠 전, 사쿠타는 오가키에 가기는 했다. 하지만 그건 어느 날 갑자기 「이곳이 아닌 다른 어딘가에 가고 싶어졌기 때문」에 열차로 뛰어들었기 때문이며, 유감스럽게도 솔로 여행이었다.

"……."

하지만 신경 쓰이는 점은 곳곳에 있는 빈칸이었다. 누군가의 이름을 적으면 될 듯한 빈칸이 곳곳에 존재했다. 일곱 자, 여덟 자 정도 되는 이름인 것 같았다.

"애인이 생기면, 그녀의 이름을 적으려고 비워둔 건가?"

그렇게 생각하니 더 애처로웠다. 이건 무슨 일이 있어도 남이 보면 안 되는 공책이다. 빨리 처분하는 편이 좋을 것 같았다.

솔직히 말해, 인생의 오점이라고 해도 되는 레벨의 물건이었다.

때때로 자기 자신에게 말하는 듯한 문장이 적혀 있었기에, 더욱 애처로워 보였다. 너무 부끄러워서 온몸이 간지러울 지경이었다.

시계에서 여덟 시 알람이 흘러나오자, 사쿠타는 자신이 서두르고 있었다는 사실을 떠올렸다.

공책을 쓰레기통에 넣은 사쿠타는 블레이저를 걸치고 가방을 들었다.

"다녀오겠습니다."

사쿠타는 카에데에게 집을 나서는 것을 알린 후, 학교로 향했다.

2

사쿠타는 역까지 도보로 약 10분 정도 걸리는 거리를 조금 서둘러 걷고 있었다.

주택가를 지난 사쿠타는 다리를 하나 건넌 후, 대로로 나갔다. 신호 때문에 몇 번 멈춰 서면서도 역 근처에 있는 번화가에 들어섰다. 성인 오락실과 가전제품 판매점 건물 앞을 지나자, 역의 간판이 눈에 들어왔다.

아침의 후지사와 역은 평소와 다름없는 분위기였다. 이 시간대는 출근 및 등교 중인 회사원과 학생들이 여러 흐름을 만들고 있었다. 역에서 나와 회사로 향하는 사람. 환승 열차 플랫폼으로 향하는 사람. 사쿠타는 연락 통로를 지나 에노전의 후지사와 역을 향하고 있는 이들 중 한 명이었다.

사쿠타가 개찰구를 빠져나가자, 평소 자주 이용하는 출발 시간의 열차가 아직 플랫폼에 있었다. 사쿠타는 숨을 고르면서 가장 앞 차량에 탔다.

안쪽의 문 옆에 서자, 한 인물이 사쿠타에게 다가와서 말을 걸었다.

"여어."

가볍게 손을 들면서 인사를 건넨 이는 쿠니미 유마였다.

"응."

열차가 달리기 시작하자, 손잡이를 양손으로 잡은 유마가 사쿠타의 얼굴을 뚫어져라 관찰했다.

"오늘은 안색이 괜찮네."

"응?"

"어제까지만 해도 얼굴이 좀비 같았잖아. 사쿠타는 시험 전에 벼락치기를 하는 타입이었어?"

"아니, 그냥 포기하고 자버리는 타입이야."

"그렇지?"

어제도 꽤 일찍 잤다. 밤 아홉 시, 열 시까지의 기억밖에 없었다. 시험 기간인데도 평소보다 일찍 잤다.

별생각 없이 열차 안을 둘러보니, 미네가하라 고등학교의 교복을 입은 이들이 몇 명이나 있었다. 중간고사 점수를 1점이라도 올리기 위해 교과서를 펼쳐서 보고 있는 학생이 잔뜩 있었다.

유마도 가방에서 수학 교과서를 꺼내더니 공식을 복습하고 있었다.

유마의 공부를 방해하다 보니, 열차는 코시고에 역을 지났다. 그리고 창밖에는 바다가 펼쳐졌다.

그 순간, 누군가가 자신을 쳐다보고 있는 듯한 느낌이 들었다.

"⋯⋯."

신경이 쓰인 사쿠타는 뒤를 돌아보았다.

"왜 그래?"

사쿠타의 행동을 불가사의하게 생각한 듯한 유마가 의아한 표정을 지었다.

"아, 누군가의 시선이 느껴진 것 같았거든."

그런 말을 하는 사이, 옆쪽 문 앞에 서 있는 여학생과 시선이 마주쳤다. 아직 새것 같은 느낌이 드는 미네가하라 고등학교의 교복을 입은 그 소녀는 바로 코가 토모에였다.

"으음, 저 애? 1학년 맞지?"

토모에가 노골적으로 시선을 피했기에, 유마도 사쿠타가 누구를 쳐다보고 있는지 눈치챈 것 같았다.

"쿠니미도 아는 애야?"

"옆에 있는 친구와 함께 농구부 연습을 자주 보러 오거든."

토모에의 옆에는 눈에 익은 1학년이 있었다.

"저 두 사람, 꽤 귀엽다고 부원들 사이에서는 평판이 좋아."

"오호라. 즉, 방금 너를 쳐다보고 있었던 거구나."

사쿠타는 착각을 한 자신이 무지막지하게 한심했다.

"아니, 그럴 리는 없다고 생각해."

유마는 교과서를 다시 쳐다보면서 말했다.

"왜?"

"저 애들이 보러 오는 건 3학년 선배인 것 같거든."

"흐음."

"그것보다, 같은 반 애들의 이름도 제대로 외우지 못하는 사쿠타가 1학년을 안다는 게 더 신기한걸. 무슨 일이 있었던 거야?"

"뭐, 그래."

"오오, 의미심장하네. 가르쳐줘."

공부를 포기한 유마가 히죽거리면서 자신의 어깨로 사쿠타의 어깨를 툭툭 쳤다.

"그저 서로의 엉덩이를 걷어찬 것 외에는 아무 일도 없었어."

일전의 일요일에 미아가 된 여자애를 도우려다 이상한 오해가 발생했고, 결국 이상한 상황으로 발전하고 말았다.

"서로의 엉덩이를 걷어찬 것만으로도 충분히 기묘한 관계인 것 같은데 말이야……."

"뭐, 살다 보니 그런 일도 있더라고."

"내 인생에서는 평생 그런 일이 일어나지 않을 것 같은 데…… 사쿠타는 대체 어디를 향해 가고 있는 거야?"

"이곳이 아닌 다른 어딘가, 려나?"

"그건 또 무슨 소리야?"

사쿠타는 더는 할 말이 없다는 듯 창밖을 바라보았다.

뭔가가 마음에 걸렸다.

코가 토모에와의 만남은 기억하고 있었다. 하지만 사쿠타는 그 일이 벌어지게 된 경위가 생각이 나지 않았다.

시치리가하마 역에 열차가 도착하자, 미네가하라 고등학교의 교복을 입은 학생들이 플랫폼에 내렸다.

사쿠타도 그중 한 명이었다.

그는 바다 냄새를 맡으며 유마와 함께 교문으로 이어지는 짧은 길을 걸었다.

주위에서는 「오늘 시험, 완전 큰일 났어」라든가, 「공부를 전혀 안 했어」라든가, 「어~, 나도 그래~」라든가, 「저런 소리 하는 녀석은 하나같이 점수를 잘 받는다니깐」 같은 친구들 간의 대화가 들렸다.

전교생이 시험이라는 공통적인 문제와 마주하고 있기는 하지만, 그 점을 제외하면 평소와 다름없는 등교 풍경이었다.

일상적인 광경.

매일같이 되풀이되는 비슷한 대화.

딱히 즐거운 일은 없지만, 그렇다고 짜증이 날 정도로 귀찮은 일도 없었다.

다들 그렇게 나름대로 살아가고 있었다.

그런『평범』이 사쿠타의 눈앞에 있었다.

1학년 2인조가 사쿠타와 유마 옆을 스쳐 지나갔다. 코가 토모에와 그녀의 친구로 보이는 여자애였다. 시험이 끝난 후, 뒤풀이 삼아 노래방에 가자는 이야기를 하고 있는 것 같았다.

"사쿠타는 시험 후에 뭘 할지 정해뒀어?"

"아르바이트. 쿠니미는?"

"부활동. 곧 대회가 있거든."

"그래. 그거 다행이네."

"응? 뭐가?"

"데이트라고 말했으면 짜증 났을 거라고."

"그건 주말의 즐거움이지."

"쿠니미는 정말 짜증 나는 녀석이라니깐."

"그걸 대놓고 이야기하는 사쿠타도 만만치 않아."

"마음속으로만 그렇게 생각하는 녀석보다는 낫잖아?"

잡담을 나누는 사이, 사쿠타와 유마는 학교 건물 입구에 도착했다.

신발장에서 실내화를 꺼내 갈아 신은 두 사람은 2학년 교실이 있는 2층으로 올라갔다.

　반이 다른 유마와 복도에서 헤어진 사쿠타는 혼자서 2학년 1반 교실에 들어갔다.

　그리고 창가 가장 앞자리에 앉았다.

　오늘 시험은 1교시가 수학Ⅱ이고, 2교시가 현대 국어였다.

　초조한 마음으로 최후의 발악을 하고 있는 반 친구가 있는가 하면, 열심히 공책을 다시 체크하면서 시험에 대비하고 있는 반 친구도 있었다. 그중에는 이미 포기했는지 자고 있는 녀석도 있었다. 대각선 뒤편 자리에 앉은 카미사토 사키는 아침부터 빼빼로를 먹고 있었다. 시험에 대비해 뇌에 당분을 공급하고 있는 것일까.

　사쿠타는 왠지 간질간질한 코를 신경 쓰면서 일단 교과서를 꺼냈다.

　"감기라도 걸렸나?"

　사쿠타는 휴대용 티슈를 꺼내 코를 푼 후, 고차 방정식의 예문을 보았다.

　왠지 좋은 점수를 받아야만 할 것 같은 느낌이 들었다.

　예문을 전부 훑어본 순간, 손 언저리가 어두워졌다.

　누군가가 정면에 선 탓이었다.

　고개를 들지 않고도 그 상대의 이름을 알 수 있었다. 교복 치마보다도 긴 흰색 가운의 끝자락이, 교과서를 들여다보고 있던 사쿠타의 눈에 들어온 것이다.

"별일도 다 있네. 후타바가 나를 만나러 오다니 말이야."

"받아."

리오가 약간 귀찮은 듯 내민 것은 편지 봉투였다.

"러브한 레터야?"

"아냐."

"그렇겠지."

리오가 좋아하는 사람이 누구인지 사쿠타는 알고 있었다.

일단 그것을 받은 사쿠타는 안에 든 내용물을 보았다. 당연히 안에는 편지가 들어 있었다. 사쿠타는 읽어도 되느냐는 의미가 담긴 눈짓을 리오에게 보냈다.

"……."

리오가 아무 말 없이 고개를 끄덕인 후, 사쿠타는 편지를 펼쳐서 읽기 시작했다.

─이건 관측 이론의 황당무계하면서도 공상과학적인 확대 해석이지만, 모든 물질은 누군가에게 관측됨으로써 이 세계에 물질로서의 형태가 확정된다고 가정할게. 그럴 경우, 『   』의 소멸이, 전교생의 무지각적인 무시에 기인한다면, 그것을 상회하는 존재 이유를 아즈사가와가 만들어내서 『   』를 구하는 것도 가능할지도 몰라. 즉, 보고 싶지 않은 것에 뚜껑을 덮음으로써, 『   』를 형태가 확정되기 전의 확률

이자 파도 형태…… 즉, 존재가 정의되기 전의 공기 같은 모습으로 되돌리는 거지. 처음부터 존재하지 않았던 것으로 여기는 전교생의 무의식을, 아즈사가와의 사랑이 상회하면 된다는 이야기야.

곳곳에 기묘한 공백이 있는 수상한 편지였다. 내용은 전혀 이해가 되지 않았다. 하지만 리오가 사쿠타에게 보낸 편지인 것은 틀림없어 보였다.

"……."

사쿠타는 시선을 통해 리오에게 설명을 요구했다.

"나도 몰라. 수학Ⅱ 교과서에 꽂혀 있는 걸 어제 발견했어."

"그게 무슨 소리야?"

그리고 리오는 방금 준 것과 똑같은 봉투를 사쿠타의 책상에 올려놓았다.

"이것도 같이 꽂혀 있었어."

사쿠타는 영문을 모른 채 또 한 통의 편지를 읽어보았다.

그 편지에는 짧은 문장이 적혀 있었다.

─아무 생각도 하지 말고, 이 편지를 아즈사가와에게 건네줘.

리오가 리오 자신에게 전하려는 듯한 문장이었다.

사쿠타는 비슷한 것을 오늘 아침에 자신의 방에서 봤다는 사실을 떠올렸다. 바로 그 망상 노트다.

뭔가가 마음에 걸렸다. 하지만 그것이 무엇인지 떠올릴 수 없었다. 떨떠름한 기분만이 몸 전체로 퍼져나가고 있었다.

"아무튼 전했어."

리오는 그렇게 말한 후, 교실에서 나가려 했다.

"아, 어이."

리오를 부르는 목소리와 벨이 동시에 울렸기에, 사쿠타는 일단 그녀를 잡는 것을 포기할 수밖에 없었다.

담임 선생님이 교실에 들어오자 조례가 시작되었다.

"오늘로 중간고사는 끝나지만, 시험이 끝났다고 너무 풀어지지는 마라."

사쿠타는 담임 선생님의 성급한 충고를 들으면서 리오에게 받은 편지를 한 번 더 읽어봤다.

―이건 관측 이론의 황당무계하면서도 공상과학적인 확대 해석이지만, 모든 물질은 누군가에게 관측됨으로써 이 세계에 물질로서의 형태가 확정된다고 가정할게. 그럴 경우, 『   』의 소멸이, 전교생의 무지각적인 무시에 기인한다면, 그것을 상회하는 존재 이유를 아즈사가와가 만들어내서 『   』를 구하는 것도 가능할지도 몰라. 즉, 보고 싶지 않은 것에 뚜껑을 덮음으로써,『   』를 형태가 확정되기 전의 확률이자 파도 형태…… 즉, 존재가 정의되기 전의 공기 같은 모습으로 되돌리는 거지. 처음부터 존재하지 않았던 것으로 여기는 전교생의 무의식을, 아즈사가와의 사랑

이 상회하면 된다는 이야기야.

"……사랑이라."

하지만 역시 의미를 알 수가 없었다.

3

1교시 수학Ⅱ 시험의 결과는 꽤 괜찮았다.

해답란은 전부 채웠고, 중간 과정도 전부 적었다. 왠지 그래야만 할 것 같은 느낌이 들었기 때문이다.

평소에는 귀찮아서 하지 않던 검산도 해봤으니 높은 점수를 기대할 수 있을 것이다.

2교시는 현대 국어 시험이었다.

벨이 울리자, 반 친구들은 일제히 문제와 해답용지를 펼쳤다. 그 뒤를 이어 샤프를 긁적이는 소리가 교실에 울려 퍼졌다.

사쿠타는 반과 출석 번호, 그리고 이름을 기입했다. 그리고 문제를 쳐다보았다. 우선 장문이 나왔다. 출제 문제를 먼저 확인한 후, 본문을 읽었다.

20분 정도 걸려 첫 번째 성을 공략했다.

다음도 마찬가지로 장문 문제였다. 이것은 교과서에 나오지 않은 문제였다.

시간이 걸릴 것 같았기에, 사쿠타는 가장 마지막에 있는 한

자 문제부터 해치우기로 했다.

그것은 성가신 초성 문제였다.

1. 그의 ○○인이 되다.

2. 국가의 안전을 ○○한다.

빈칸에 들어갈 초성이 ㅂㅈ인 단어를 한자로 써라.

사쿠타는 주저 없이 1의 해답란에 『保證』이라고 쓰고, 2의 해답란에는 『保障』이라고 썼다.

"……."

답을 쓴 후, 사쿠타가 쥔 샤프는 망설임을 느낀 것처럼 움직임을 멈췄다.

시험 문제와는 다른 의문이 머릿속에 생겨난 것이다.

방금 문제를 간단히 풀 수 있었던 것은 어제 공부를 했기 때문이다.

하지만 그때의 상황이 잘 생각나지 않았다.

개운하지 않은 위화감이 머리에서 몸을 향해 전해지고 있었다. 그 위화감은 점점 불쾌감으로 변해갔다. 떠올리려고 해도 떠올릴 수가 없었다. 그런 기분 나쁜 느낌이 든 것이다. 뭔가가 생각날듯하면서도 결국 생각나지 않았다.

생각하면 할수록 마음이 격렬하게 흔들렸다. 자신의 마음속에 무언가를 호소하고 있는 감정이 존재한다는 사실을 눈치챘다.

"……이게 뭐지?"

이 감정은, 대체 뭘까⋯⋯.

가슴속에는 기쁨이 존재했다.

슬픔도 찾아냈다.

즐거움도 있었다.

그리고 강렬한 안타까움이 솟구쳐 오르고 있었다.

이런 여러 감정들이 사쿠타의 마음을 뒤흔들며 사라져갔다. 그리고 다시 돌아왔다. 밀려왔다가 밀려나가는 파도처럼 사쿠타를 뒤흔들어댔다.

바로 그때, 뭔가가 답안지에 떨어졌다.

콧물이라도 흘렸나 했지만, 그렇지 않았다.

그것은 사쿠타의 눈에서 흘러나온 것이었다.

눈물.

허둥지둥 고개를 들었다. 시험 중에 갑자기 울음을 터뜨리다니, 정상이 아니었다.

코를 훌쩍이면서 울음을 참으려고 한 순간, 누군가의 목소리가 뇌리를 스쳤다.

―『사쿠타의 미래를 ○○해줄 사람은 없다』의 빈칸에 들어갈 말은 어느 쪽이야?

아는 목소리였다.

―『약아빠진 꼼수를 쓰려고 하는 사쿠타의 안전은 ○○할 수 없다』의 빈칸에 들어갈 말이라도 괜찮아.

머릿속이 서서히 맑아지기 시작했다.

―『증(證)』은 책임을 지겠다는 의미로도 쓰이고, 『장(障)』은 지킨다 같은 의미야.

그 가르침 덕분에 해답란을 채울 수 있었다.

사쿠타의 손가락에서 샤프가 굴러떨어졌다.

지금은 시험이나 치고 있을 때가 아니라는 생각이 들었다.

그 생각에 몸이 반응한 사쿠타는 본인 스스로도 자각하지 못한 채 벌떡 일어섰다.

"우왓."

뒷자리에 있는 반 친구가 몸을 뒤로 빼면서 놀랐다. 옆에 있는 여자애는 「꺄아」 하고 비명을 질렀다.

반 친구 전원이 손을 멈추더니 사쿠타를 쳐다보았다.

교실 뒤편에 있던 시험 감독 선생님도 당혹스러운 표정을 지으면서 사쿠타를 쳐다보았다.

"어이, 아즈사가와. 왜 그러지?"

"큰 볼일이 보고 싶어서요."

사쿠타가 그렇게 말하자, 교실 전체가 어처구니없는 웃음으로 가득 찼다.

"어이. 다들, 시험에 집중해."

시험 감독 선생님의 주의가 다른 쪽으로 쏠린 사이, 사쿠타는 당당한 걸음걸이로 복도에 나갔다.

화장실 앞을 지나친 사쿠타는 계단을 내려갔다.

건물 입구까지 가는 것이 귀찮은 사쿠타는 1층 복도 창문을 통해 밖으로 나갔다.

중요한 일을 떠올렸다.

소중한 이와의 기억이 되살아났다.

그녀를 위해, 해야만 하는 일이 있다.

"아아~, 정말 최악이야……."

자연스럽게 본심이 흘러나왔다.

사쿠타는 눈앞에 펼쳐져 있는 미네가하라 고등학교의 운동장의 중심을 향해 한 걸음 한 걸음 내디뎠다.

"……나도 참, 바보 같은 짓을 생각해냈다니깐."

계기는 리오가 준 편지의 가장 끝에 적혀 있었던 문장이다.

—전교생의 무의식을, 아즈사가와의 사랑이 상회하면 된다는 이야기야.

지금부터 하려는 짓이 정답인지 아닌지는 해보지 않으면 알수 없다.

솔직히 말해 승산이 적은 싸움일 것이다. 그것도 그럴 것이, 이제부터 사쿠타가 상대해야 하는 것은 『공기』인 것이다.

밀어낼 수도, 당길 수도, 그리고 두들겨 팰 수도 없는 바로 그 『공기』. 학교를 가득 채운 『공기』다. 그런 것과 싸우는 건 사양하고 싶다고 지금도 생각하고 있었다.

그 『공기』를 만드는 이들은 자신이 이 일과 관계되어 있다는 자각을 눈곱만큼도 가지고 있지 않았다.

당사자 의식이 없는 학생들에게 제아무리 열변을 토해본들 그들의 마음을 흔들 수는 없을 것이다.

아마 필사적인 사쿠타의 모습을 보며 비웃기만 할 것이다.

흥분하고 있는 사쿠타를 조롱하기만 할 것이다.

「공기 좀 읽어」 하고, 자기가 생각해낸 것도 아닌 전형적인 감상을 입에 담기만 할 것이다.

지금은 그런 세상이며, 사쿠타도 그런 세상의 일부라는 것은 자각하고 있었다.

남들만 따라 하면서 사는 것은 편해서 좋다. 옳고 그름을 직접 판단하는 것은 칼로리를 소모하며, 자신의 의견을 지니고 있다간 부정당했을 때 상처 입고 말 것이다. 그렇기에 『남들』과 함께할 때는 안심할 수 있고, 안전하다. 보고 싶지 않은 것은 보지 않아도 된다. 생각하고 싶지 않은 것은 생각하지 않아도 된다. 전부 남 일로 치부하면 되는 것이다.

세상은 그렇게나 무정했다.

자각도 없이 사람을 고립시키고, 고립된 인간에게서 등을 돌릴 만큼 무정했다. 공기를 지키고, 자신을 지키기 위해, 보고도 못 본 척 또한 태연하게 한다. 그 탓에 누군가가 상처 입어도 모른 척해버리는 것이다.

그것을 암묵의 룰로 삼아, 아무런 고통도 느끼지 않으면서 타인에게 상처를 입힐 수 있을 만큼 세상은 무정했다.

하지만 『다들 그러니까 나도 그러자』 같은 마음으로 누군가를 괴롭혀도 될 리가 없다. 『다들 그러니까, 그건 분명 옳을 거야』라고 단정할 수도 없다. 그 이전에, 『다들』은 대체 누구를 말하는 것일까?

그날 쇼난다이의 도서관에서 그녀와 만나지 않았다면, 사쿠타도 정체불명의 『다들』 중 일부로 남았을 것이다. 사쿠타도 그녀를 괴롭히는 원인 중 일부였다.

그것을 눈치챈 이상, 결판을 내야만 한다.

설령, 적이 학교 그 자체일지라도.

전교생이 상대일지라도.

가장 싸우고 싶지 않은 상대인 『공기』일지라도, 사쿠타는 고개를 돌릴 수 없었다.

지금은 유지하는 것보다도 소중한 것을 찾았기 때문이다.

그녀와 보낸 시간은 즐거웠다.

항상 사쿠타를 연하 취급하며 놀렸던 그녀. 하지만 엉큼한 농담을 하려다 자폭해서 얼굴을 새빨갛게 붉혔던 그녀. 그 실패를 숨기기 위해 고집을 부려댔던 그녀.

사쿠타가 말을 듣지 않으면, 그녀는 어린애처럼 삐치기도 했다.

제멋대로에, 여왕님에, 기분파에, 그러면서도 순진한 구석이 있던 한 살 많은 선배. 발을 밟힌 적도 있고, 볼을 꼬집힌 적도 있고, 뺨을 맞은 적도 있다.

그런 그녀에게 휘둘리는 나날은 최고였다. 때때로 반격을 해서, 그녀가 삐친 얼굴로 「건방져」 하고 말해줄 때면, 기쁘고 즐겁고, 아무튼 끝내줬다.

사쿠타가 이런 기분을 느끼게 만드는 이는 그녀밖에 없었다.

이 세상에 딱 한 명밖에 없는 특별한 존재.

그 기쁨을 알고 말았으니, 그녀 없이 살아봤자 재미가 없을 것이다.

그렇기 때문에, 어떤 수단을 써서라도 그 즐거웠던 시간을 되찾고 말겠다.

그러기 위해 필요한 행동이 바로 이것이었다.

마키노하라 쇼코 때처럼 아무 말 없이 작별하는 것만큼은 사절이다.

그런 일은 두 번 다시 겪고 싶지 않았다.

"이제 바보 같이 공기 따위나 읽고 있지는 않을 거라고."

운동장 한가운데에 선 사쿠타는 천천히 건물 쪽을 향해 돌아섰다.

3층 건물과 당당히 대치했다.

전교생의 숫자는 약 천 명.

크기도, 숫자도, 상대가 압도적으로 우위였다. 게다가 무슨 짓을 해본들, 그저 무시당하고 말 것이다.

작전 같은 것은 없었다.

하지만, 각오는 다졌다.

귀찮은 건 이제 생각하지 않기로 했다.

그저 마음 가는 대로 행동하면 된다.

느낀 대로 행동하면 된다.

끝도 없이 늘어놨던 이유나 변명 같은 건 개나 줘버리라고 생각했다.

사쿠타는 두 발에 힘을 줬다.

그리고 숨을 크게 들이마시면서 아랫배에 힘을 줬다.

그리고 목청껏…….

"너희들, 잘 들어~!"

……전쟁의 시작을 선포했다.

"2학년 1반!"

시험 중이라 정적이 흐르던 학교 안에서 사쿠타의 목소리가 울려 퍼졌다.

"출석 번호 1번!"

벌써부터 목이 찢어질 것처럼 아팠다. 하지만, 관둘 수는 없었다.

가장 먼저 반응을 보인 것은 교무실의 창문이었다. 세 명 정도의 교사가 줄지어 창밖으로 얼굴을 내밀었다. 교실로 돌아가라고 손짓을 하고 있었지만, 사쿠타는 무시했다.

"아즈사가와 사쿠타는!"

시험 중인 학교 안이 술렁거리기 시작했다.

"3학년 1반!"

누군가가 「운동장이야」 하고 말한 것 같은 느낌이 들었다.

그 직후, 교실 창문이 차례차례 열리더니, 수많은 학생들의 시선이 사쿠타를 향했다.

"사쿠라지마 마이 선배를!"

이름을 입에 담자, 온몸에 소름이 돋았다. 온몸의 모공에서 감정이 뿜어져 나왔다. 흩어져 있던 퍼즐이 순식간에 맞춰지는 듯 기분 좋은 느낌이 들었다. 바로 이 순간, 사쿠타는 마이를 향한 자신의 마음을 확인했다.

사쿠타는 크게 숨을 내쉬었다. 모든 숨을 토한 후, 단숨에 들이마셨다. 건물 쪽을 보니 교실의 창문이란 창문을 통해, 학생들이 운동장에 있는 사쿠타를 주목하고 있었다.

약 천 명의 시선을 한 몸에 받으며, 사쿠타는 자신의 마음을 폭발시켰다.

"사쿠라지마 마이 선배를, 좋아해!"

학교를 향해 자신의 온 마음을 퍼부었다.

"마이 씨, 좋아해~!"

목이 찢어져라…… 이 마을에 사는 사람들 모두에게, 더 먼 곳에 있는 사람들에게도 들리기를 염원하며, 사쿠타는 소중한 마음을 고백했다.

무시를 할 수 없도록.

보고도 못 본 척할 수 없도록.

자신의 모든 마음을 토해냈다.

숨이 막힌 사쿠타는 콜록콜록 하고 한심하게 기침을 해댔다.

가장 먼저 찾아온 것은 당혹스러운 기척을 띤 긴 침묵이었다.

그 다음에는 의문 섞인 목소리로 속삭이면서, 공기가 술렁거리고 있었다.

전교생의 시선은 운동장 중앙에 서 있는 사쿠타를 향하고 있었다. 한곳으로 집중된 시선은 거대한 망치가 되어 사쿠타의 온몸을 짓누르고 있었다. 하지만 그 안에 담긴 위력은 강력한 일격이 아니라, 반죽임 정도로 어중간했다. 마치 피가 말라 서서히 죽어가는 것 같은 느낌이 들었다.

지금 바로 도망치고 싶었다. 교문 밖으로 뛰쳐나가고 싶었다.

혼신의 고백도 헛수고로 끝나고 말았다.

"아~, 젠장! 역시, 이렇게 됐네. 이래서야 괜히 창피만 당한 거잖아. 빌어먹을, 이게 뭐야."

사쿠타는 계속해서 투덜댔다.

"이래서 공기와 싸우고 싶지 않았던 거라고."

사쿠타는 전교생의 시선을 받으면서 머리를 긁적였다.

"정말, 최악의 전개네……."

그냥 관두고 돌아갈까 하는 생각이 머릿속을 스친 사쿠타는 교문을 힐끔 쳐다봤다.

"……."

하지만 사쿠타는 교문을 향해 한 걸음도 내딛지 않았다.

"이렇게까지 했으니까 마이 씨에게 상을 달라고 해야겠어."

사쿠타는 될 대로 되라는 심정으로 학교 건물을 향해 고개를 돌리더니, 또 큰 목소리로 외쳤다.

"손잡고, 시치리가하마의 모래사장을 함께 걷고 싶어!"

사쿠타는 아무 생각도 하고 있지 않았다.

"바니걸 차림도 또 보고 싶어!"

감정에 모든 것을 맡긴 채, 솔직한 마음을 외치고 있을 뿐이었다.

"꼭 끌어안고 싶고! 키스도 하고 싶다고!"

자신이 무슨 소리를 하고 있는지, 알 수가 없었다.

"그러니까! 마이 씨, 사랑해애애앳~!"

사쿠타의 고함 소리가 하늘을 향해 퍼져나갔다. 전교생과 전 교직원의 주목을 받고 있는 탓에 기분은 최악이지만, 이 순간만큼은 상쾌한 느낌을 받았다.

이윽고, 주위에는 정적이 감돌았다.

마치 미리 짠 것처럼 정적이 흘렀다. 마른침을 삼킨다는 말은 이럴 때 쓰는 거라고, 사쿠타는 생각했다.

이유는 알 수 없다.

교실 창문을 통해, 모르는 학생이 사쿠타를 손가락질하고 있었다.

그 의미도 알 수 없었다. 바보 취급을 당하는 거라고 처음에는 생각했다.

그런 게 아닐지도 모른다고 의심한 것은, 그 손가락이 사쿠타의 뒤편을 가리키고 있다는 사실을 눈치챘을 때……

운동장의 모래를 밟는 소리가 들린 순간, 등 뒤에서 기척이 느껴졌다.

사쿠타가 숨을 삼킨 순간, 그 목소리가 고막을 자극했다.

"그렇게 큰 목소리로 말 안 해도 들려."

귀에 전해진 것은 반갑다는 생각마저 드는 목소리였다. 언제부터인가 영원토록 듣고 싶다고 생각하게 된 그녀의 목소리였다.

사쿠타는 허둥지둥 고개를 돌렸다.

바닷바람이 발치를 스치고 지나갔다.

교복 치맛자락이 흔들렸다.

몇 번이나 봤던 검은색 타이츠가 눈에 들어왔다. 어깨 넓이만큼 벌린 다리. 한 손은 허리에, 다른 한 손은 바람 때문에 흐트러진 머리카락을 고치고 있었다. 어른스러운 눈매. 하지만 약간 화난 듯한 표정에서는 왠지 앳된 느낌이 감돌았다.

사쿠타의 발치에서 감정의 파도가 솟구쳐 올라왔다.

10미터 정도 떨어진 곳에 마이가 서 있었던 것이다.

"이웃들에게 민폐잖아."

"기왕이면 전 세계 사람들에게 알려주고 싶어서요."

"일본어니까 알아듣지 못할걸?"

"아, 그것도 그러네요."

"바보라니깐……."

마이는 뭔가를 참듯 고개를 숙였다.

"똑똑한 척하는 녀석보다는 낫지 않아요?"

"정말, 바보야……."

가녀린 어깨가 떨리고 있었다.

"이런 짓을 하면, 또 이상한 소문이 돌 거야."

"마이 씨와 얽힌 소문이라면 대환영이에요."

"그게 아니라…… 바보…… 바보……."

"……."

"바보 사쿠타!"

힘차게 고개를 든 마이의 눈동자에서 커다란 눈물방울이 흘러내렸다.

슬로 모션으로, 마이는 첫 걸음을 내디뎠다.

마이는 사쿠타를 향해 뛰어오고 있었다.

사쿠타는 마이를 안아주기 위해 양손을 펼쳤다.

앞으로 세 걸음. 두 걸음, 한 걸음…… 그 직후, 운동장에서 「찰싹」 하는 메마른 소리가 울려 퍼졌다. 그 소리는 높은 하늘을 향해 기분 좋게 퍼져나갔다.

당황한 사쿠타는 한순간 어안이 벙벙해졌다.

그 뒤를 이어 볼이 화끈거리면서 아파 왔다.

그제야 사쿠타는 마이에게 따귀를 맞았다는 사실을 깨달았다.

"어? 왜?"

솔직한 의문을 입에 담았다.

"거짓말쟁이!"

눈가에 눈물방울이 맺힌 마이는 금방이라도 불안이 폭발할 것 같은 표정으로 사쿠타를 노려보고 있었다.

"절대로 잊지 않을 거라고 했었잖아!"

사쿠타는 그제야 마이가 왜 이러는지 이해했다. 확실히 사쿠타에게는 비난당할 이유가 있었다. 마이의 말대로, 거짓말쟁이다.

"미안해요."

사쿠타는 떨고 있는 마이의 몸을 살며시 안아줬다.

약간 주저하면서 팔에 힘을 주자, 마이는 사쿠타의 어깨에 자신의 얼굴을 묻었다.

"용서 못 해……."

마이의 목소리는 가라앉아 있었다.

"미안해요."

"절대 용서 못 해……."

마이는 코를 훌쩍이면서 사쿠타의 어깨에 얼굴을 비볐다.

"그럼 용서해줄 때까지 안 떨어질 거예요."

"그럼 평생 용서 안 할 거야."

아직도 마이의 목소리는 눈물에 젖어 있었다.

"에이~."

"뭐야. 싫어?"

마이는 조금 울음이 가라앉았는지, 감정을 삼켰다.

"미인 선배한테 그런 말을 듣고 싫어할 남자가…… 아, 아

얏! 발! 내 발!"

"나한테 이런 소리를 하게 해놓고 일반론을 들먹이다니, 배짱 한번 좋네."

"저기, 발."

"밟혀서 기쁘지?"

"미, 미안해요. 반성하고 있으니까 용서해줘요."

발꿈치로 인정사정없이 밟고 있기에 진짜로 아팠다.

"또 할 말은?"

"울 정도로 무섭다면, 수면제 같은 걸 먹이지 말라고요."

"이 눈물은 사쿠타를 난처하게 만들기 위한 거짓 눈물이야."

"그럼, 밤샘을 연속으로 해대던 나를 생각해 그런 짓을 해줘서 정말 고마워요."

"해야 할 일을 했을 뿐이야. 하지만, 지금 내가 듣고 싶은 건 그런 감사의 말이 아냐."

마이의 발꿈치가 또 사쿠타의 발등에 놓였다.

"그게 뭔지, 실은 알고 있잖아?"

마이의 발에 서서히 체중이 실리기 시작했다.

체념한 사쿠타는 마이가 원하는 말을 입에 담았다.

"좋아해요."

"정말?"

"거짓말이에요. 사랑해요."

"……."

짧은 침묵 후, 마이는 사쿠타에게서 떨어졌다. 눈물은 이미 멎었다. 희미하게 흔적만 남아 있었다.

"저기, 사쿠타."

"예?"

"방금 그 말, 한 달 후에 한 번 더 말해줘."

"왜요?"

의도를 파악하지 못한 사쿠타는 솔직하게 물었다.

"지금 대답을 하면, 감정과 분위기에 휩쓸린 느낌이 들 것 같아."

"나는 감정과 분위기에 휩쓸려 키스도 확 해버리고 싶은데요."

"지금 가슴이 뛰는 것도 이런 상황이라서 그런 걸지도 몰라."

마이는 부끄러워하듯 고개를 돌리면서 말했다. 새빨개진 얼굴이 끝내주게 귀여웠다.

"마이 씨는 의외로 차분하네요."

흔들다리 효과는 사양인 것 같았다.

"사쿠타도 잘 생각해보라는 거야."

"뭘 말이에요?"

사쿠타는 마이를 향한 이 감정에 대해 더는 생각해볼 필요가 없다고 느끼고 있었다.

"나, 연상이야."

"대환영이에요."

"나는 연하 남자애가 상대라서 주저돼."

"내가 믿음직스럽지 못한 거예요?"

"그렇……지는 않아."

마이는 입을 오므린 채 작은 목소리로 말했다.

"연하와 사귀면, 꼭 내가 꼬신 것 같잖아."

"그건 사실이니까 어쩔 수 없다고요."

"꼬신 적 없어."

"항상 유혹당했던 것 같은데요."

언뜻 생각해봐도 끝내주는 스킨십이 몇 번이나 있었다. 볼을 꼬집히고, 발을 밟힌 것도 포함하면 상당한 횟수였다.

"이, 일단 알았지?"

"모르겠는데요."

"어리광부리지 마."

"그럼 한 달 기다리지 말고 매일같이 말해도 돼요?"

마이는 살짝 놀란 표정을 지으면서도 싫지만은 않다는 듯한 표정을 지었다.

"그건 상관없지만, 할 거면 한 달 동안 계속해. 안 그러면 마음이 바뀐 걸로 알 거야."

그렇게 말하면서 사쿠타의 코를 손가락으로 누른 마이는 장난꾸러기 같은 미소를 지었다. 사쿠타는 마이의 미소를 독

차지하고 싶다는 생각이 들었지만, 지금만큼은 어쩔 수 없었기에 다른 이들에게도 보여주기로 했다.

그런 두 사람을 미네가하라 고등학교의 전교생과 전 교직원들이 아연실색한 채, 망연자실한 눈길로 쳐다보고 있었다. 어떤 반응을 보여야 할지 모르겠다는 듯 주위의 반응을 살피면서 남들이 판단을 내리기를 기다리고 있는 듯한 공기가 느껴졌다.

"다들, 정말 공기 읽는 걸 좋아하네."

마이는 학교 건물을 쳐다보면서 비아냥거리듯 웃었다. 그후, 숨을 크게 들이마시더니…….

"사쿠타가 동급생을 병원으로 보냈다는 소문! 그거, 헛소문이야!"

……하고 느닷없이 큰 목소리로 외쳤다.

다음 순간, 정적이 흘렀다.

사쿠타를 향해 돌아선 마이는 잘난 척하는 표정을 짓고 있었다.

"남들에게 이 말을 해주고 싶었지?"

그러고 보니 전에 열차 안에서 그런 말을 했었다.

잠시 후, 전교생의 경악이 운동장까지 밀려왔다. 술렁거림이 학교를 가득 채웠다. 흥미 어린 눈길이 사쿠타와 마이에게 집중되었다.

"……생각했던 것과는 반응이 다르네."

그것도 그럴 것이다. 그들은 마이가 방금 말한 사실 때문에 놀란 것이 아니기 때문이다.

"마이 씨가 나를 이름으로 불렀기 때문에 다들 놀란 걸 거예요."

다들 지금 이 순간만큼은 공기를 읽는 것을 포기하고, 눈앞에 있는 스캔들에 집중하고 있는 것이다. 욕구에 충실해진 것이다. 이것이야말로 사춘기였다.

"마이 씨 탓에 엄청 주목받고 있네요."

"뭐야. 겨우 천 명의 시선을 신경 쓰는 거야? 사쿠타는 자의식 과잉이네."

역시 국민적 지명도를 자랑하는 연예인은 레벨이 달랐다.

"뭐, 마이 씨에게 있어서는, 자릿수가 서너 개 정도 모자랄지도 모르지만요."

이윽고 이 소동을 수습하기 위해 사쿠타의 담임 선생님과 교감 선생님, 그리고 운동복을 입은 체육 선생님이 운동장으로 나왔다.

"교무실에서 설교를 들을 걸 생각하니 우울하네……."

"괜찮아."

"뭐가요?"

"나도 같이 혼나줄게."

"뭐, 그럼 나쁘지는 않겠네요."

적어도 그 동안 마이와 함께 있을 수 있는 것이다.

사쿠타는 옆에 마이가 있다는 사실을 실감하면서 학교 건물을 향해 걸음을 옮겼다.

마이와 함께…….

이렇게, 이 세상은 사쿠라지마 마이를 되찾았다.

종장

그리고, 날이 밝아오고

사춘기 증후군에 휘말렸던 5월과 달리, 사쿠타는 6월을 평온하게 보내고 있었다.

　약속했던 것처럼 매일같이 마이에게 고백을 하는 평온한 일상이었다.

　물론 운동장 한복판에서 사랑 고백을 한 영향은 존재했지만 말이다······.

　지금까지 짊어지고 있었던 『병원행』이라는 타이틀 대신, 전교생이 『불쌍한 녀석』과 『저게 그 소문자자한 사쿠타』라는 이름표를 사쿠타에게 붙였다. 복도를 걷고 있을 때도 낮은 웃음소리가 들릴 지경이었다. 학교에서 보내는 시간이 점점 불편해지고 있었다.

　하지만 사쿠타는 마이를 되찾았으니 됐다고 생각하고 있었다. 솔직히 말하자면, 그렇게 생각하지 않고서는 버틸 수가 없었다.

　"역시 사쿠타의 심장은 강철로 되어 있는 게 분명해!"

　유마가 폭소를 터뜨리며 말하자, 같이 있던 리오 역시 진지한 표정으로 말했다.

　"나였다면 부끄러워서 확 죽어버렸을 거야. 역시 아즈사가와는 대단해. 청춘 돼지네."

　"그거, 무슨 뜻이야?"

"『병원행』 소문이 학교에 퍼졌을 때, 『공기와 싸우는 건 바보짓이야』 하고 말했던 건 어디 사는 누구였더라?"

"아~. 사쿠타, 그런 말 했었지. 나도 들었어."

확실히 그런 말을 했던 기억은 있었다. 그 생각은 아직도 변함없다.

"자신을 위해서는 나서지 않으면서, 미인 선배를 위해서라면 그 어떤 쪽팔림도 감수하는 녀석은 영락없는 청춘 돼지야."

저렇게 딱 잘라 말하니 반박을 할 수가 없었다.

"……."

리오의 말대로 자신을 둘러싼 공기는 바꾸려고 하지 않으면서, 마이를 위해서는 무심코 최선을 다했다. 운동장 한복판에서 사랑을 외쳤던 것이다.

"사쿠타를 평생 놀려먹을 게 생겼네."

"나는 호호 할아버지가 된 후에도 이 일로 놀림을 받게 되는 거냐."

뭐, 그런 인생도 나쁘지는 않다……고 사쿠타는 생각하기로 했다.

"어이, 후타바."

"왜?"

"결국 후타바의 가설이 옳았던 거지?"

"글쎄. 사춘기의 불안정한 정신과 강렬한 마음이 자아낸 환각……. 그런 것이 사춘기 증후군이라면 과학적인 검증 같은 건 불가능해."

그 일이 있은 후, 물리 실험실을 찾은 사쿠타에게 리오는 멋대가리 없는 소리를 했다.

"뭐, 그건 그렇겠지."

그래도 사쿠타는 리오의 생각이 어느 정도 들어맞았다고 생각했다.

공기처럼 지내던 마이가 있고, 마이를 공기처럼 대하던 전교생이 있다. 무의식적으로 그렇게 해왔다면, 그것은 진짜 공기와 별반 차이가 없다. 공기『같은 것』이 아니라 실질적으로 그러하다면, 그것은 현실이나 다름없는 것이다.

사쿠타는 그런 상황은 다른 학교에서도 일어날 수 있다고 생각했다. 인간이 잔뜩 모여 있는 곳에서는 반드시 공기가 생겨나니까 말이다…….

마이의 경우, 학교 안에 만연한 암묵의 룰이 사춘기 증후군으로서 바깥 세계에까지 영향을 미친 것뿐이다. 그저 그뿐인 것이다.

리오의 말처럼 검증 같은 것은 불가능하리라.

"뭐, 그래도 우리의 세계는 고백 같은 걸로 변해버릴 만큼 단순한 걸지도 몰라. 아즈사가와가 증명한 것처럼 말이야."

사쿠타가 물리 실험실을 나서려고 한 순간, 리오가 실험 준비를 하면서 지나가는 투로 그렇게 말했다.

이런저런 이야기를 듣기는 했지만, 왠지 그 말이 가장 진리에 가까운 것처럼 들렸다.

"그럴지도 모르겠네."

적어도 사쿠타를 둘러싼 일상이라는 세계는 고백에 의해 그 색채가 변하고 만 것이다.

마이 또한 되찾은 일상 속에서 착실하게 앞으로 나아가고 있었다.

그녀는 우선 연예계 복귀를 선언했다.

그 기자 회견은 『사쿠라지마 마이』답게 대대적이었다. 복귀에 앞서 어머니를 만나 이야기를 나눈 것 같았다. 하지만 어머니를 만나고 돌아오는 길에 사쿠타가 아르바이트하는 패밀리 레스토랑에 와서 사쿠타에게 화풀이를 해댄 것을 보면 깨끗하게 화해를 한 것 같지는 않았다.

그래도 얼굴을 마주하고 다툴 수 있다면 충분히 건전한 모녀 관계라는 생각이 들었다. 그리고 마이의 어머니가 자신의 딸을 다시 기억해냈다는 사실을 알고, 사쿠타는 안심했다.

그렇게, 하루하루가 지나갔다.

그 일로부터 약 한 달 후인 6월 27일. 금요일.

여동생인 카에데가 깨워준 덕분에 일어난 사쿠타는 텔레비전에서 나오는 아침 뉴스를 들으며 학교에 갈 준비를 했다.

"일본 대표 팀이 해냈습니다!"

아무래도 어젯밤, 일본 축구 대표 팀이 멋지게 승리를 거둔 것 같았다.

"안녕하십니까. 6월 27일. 금요일인 오늘은 축구 이야기로 시작해볼까 합니다!"

어느 나라와 붙은 것인지는 모르지만, 뉴스 캐스터는 흥분한 목소리로 축구 대표 팀이 쾌거를 달성했다는 사실을 알리고 있었다.

텔레비전 화면에는 전반 종료 직전의 프리킥 장면이 나오고 이었다. 골키퍼의 반대 방향으로 날아간 공은 멋지게 상대 팀의 골에 꽂혔다.

사쿠타는 그것을 본 후 카에데에게 알리면서 평소처럼 집을 나섰다.

"그럼 갔다 올게."

후지사와 역까지는 걸어서 갔다. 그리고 열차를 타고 약 15분 간 이동한 후, 시치리가하마 역에서 하차한 사쿠타는 같은 교복을 입은 학생들로 이뤄진 인파에 섞여 교문을 통과했다.

재미있는 일은 하나도 일어나지 않았다. 하지만 이상한 일도 일어나지 않았다. 그런 평범한 나날에 지금은 감사하고 싶은 기분이었다.

그날 점심시간, 사쿠타는 3층에 있는 빈 교실에서 마이와 점심을 먹고 있었다. 다른 학생은 한 명도 없었다. 교실에는 사쿠타와 마이뿐이었다.

바다가 보이는 창가 책상을 사이에 두고 앉은 두 사람은 도시락을 펼쳤다.

기쁘게도 오늘 점심은 마이가 직접 만든 도시락이다.

이것은 어제 나눴던 대화의 결과였다.

"마이 씨는 요리 좀 해요?"

"당연하지. 자취 생활을 꽤 오래 했거든."

"흐음, 진짜예요?"

"뭐야, 못 믿는 거야?"

"그야 점심때는 항상 빵만 먹잖아요."

"그럼 내일은 도시락을 싸 올게."

……이런 일이 있었던 것이다.

도시락 통 안은 갖가지 색깔로 꾸며져 있었다. 닭 간장 튀김, 달걀말이, 감자샐러드와 미니 토마토도 들어 있으며, 톳과 콩을 넣어서 만든 조림도 있었다.

사쿠타는 마이의 시선을 느끼며 하나씩 맛봤다. 맛있었다. 조금 싱거운 편이기는 하지만 건강에 좋을 듯한 간이었으며, 정말 맛있었다.

"자아, 어제 범했던 무례를 사과하며 성심성의를 다해 용서를 빌라구."

마이는 의기양양한 미소를 지었다. 사쿠타의 반응을 보고 승리를 확신한 것 같았다.

"죄송해요. 내가 잘못했어요. 건방졌어요. 용서해주세요."

사쿠타는 순순히 고개를 숙였다. 그쯤은 아무것도 아니었다. 마이가 직접 만든 요리를 맛볼 수 있다는 것만으로도 사쿠타에게 있어서는 완전 승리나 다름없었기 때문이었다.

"알았으면 됐어."

마이는 자신의 실력을 신보여서 그린지 만족하고 있는 것 같았다. 그야말로 윈윈 관계였다.

"저기, 마이 씨."

사쿠타는 고개를 들더니 마이를 지그시 쳐다보았다.

"왜?"

"좋아해요. 나와 사귀어주세요."

"……."

마이는 고개를 휙 돌리더니, 자신의 도시락에 든 달걀말이를 젓가락으로 집어서 입에 넣었다.

"……."

마이는 달걀말이를 우물우물 씹고 있었다.

"……."

입안의 음식을 삼킬 때까지 기다렸는데도, 그녀는 대답하지 않았다.

"어? 무시하는 거예요?"

"왠지, 가슴이 뛰지 않아."

마이는 재미없다는 듯이 한숨을 내쉬었다.

"한 달 동안 매일같이 그 말을 들었더니 아무런 느낌도 들지 않아."

"시킨 사람이 그런 소리를 하는 건 좀 너무하지 않아요?"

"한 달 후에 한 번 더 말하라고 했는데, 사쿠타가 매일같이 말하고 싶다고 했었잖아."

"그렇기는 하지만요."

"아, 맞다. 7월부터 방송되는 드라마에 출연하기로 결정됐어."

"우와~. 화제까지 바꾸는 거예요?"

이렇게까지 함부로 다뤄지는 사랑 고백이 이 세상에 존재했을까……

마이는 사쿠타의 말에 개의치 않으면서 노란색 표지로 된 대본을 가방에서 꺼냈다. 표지에는 6화라는 글자가 적혀 있었다.

"심야 드라마인데, 중반의 한 화에만 등장하는 역할이야."

그것은 주연만 항상 해오던 마이에게 있어서 눈에 차지 않는 배역일지도 모른다. 하지만 마이의 표정만 봐도 배역이 결정됐다는 사실을 솔직하게 기뻐하고 있다는 것을 알 수 있었던 데다, 그녀가 이렇게 즐겁게 이야기하는 모습을 사쿠타는 처음 보았다.

하지만 그것과 고백이 무시당한 지금의 기분과는 전혀 상관이 없었다.

"아아~, 내 인생은 대체 뭘까."

사쿠타는 바다를 멍하니 쳐다보았다. 장마 기간인데도 불구하고 오늘은 하늘이 맑았다. 모래사장을 걸으면 기분이 좋을 것 같았다.

"어머? 내가 복귀하는 게 기쁘지 않은 거야?"

"엄청 기뻐요~."

"키스신도 있단 말이야."

"……방금 뭐라고 했어요?"

방금 흘려들어선 안 되는 단어가 들린 것 같은 느낌이 들었다.

"키스신이 있어."

"출연을 거절해주세요."

"괜찮잖아. 어차피 처음도 아닌걸."

"……."

기분 탓일까. 또 흘려들어선 안 되는 말을 마이가 한 것 같은 느낌이 들었다.

"잠깐만요, 마이 씨."

"왜 그래?"

"전에 처녀라고 했었죠?"

"그런 건 신경 안 쓴다면서?"

"그래도 키스는 안 돼요."

"네 기준은 잘 이해가 안 되지만, 상대가 사쿠타라도 안 되는 거야?"

"……."

이번에는 무슨 말을 들은 것인지 한순간 이해하지 못했다.

"예?"

뒤늦게 경악이 목소리가 되어 입에서 나왔다.

"내 첫 키스, 사쿠타에게 줬잖아. 기억 못 하는 거야? 정말 너무해."

"예? 아니…… 예?"

사쿠타는 생각해봤지만 기억이 나지 않았다. 기억이 나지는 않았지만, 마이가 거짓말을 하는 것 같지는 않았다. 유일하게 짐작 가는 구석은 사쿠타가 마이를 잊었던 공백의 시간이었다.

"아, 설마……."

"키스를 하면 사쿠타가 나를 떠올려줄 거라고 생각했는데, 동화처럼은 안 되더라구."

마이가 실망스러운 표정을 짓자, 정말 괴로웠다.

"반드시 생각해낼 테니까, 시간 및 장소를 가르쳐주세요."

"싫어."

"힌트라도 주세요."

"절대 안 가르쳐줄 거야."

"제발 부탁이에요."

사쿠타는 양손을 맞대면서 마이를 향해 고개를 숙였다.

"그럼 한 번 더 할래?"

마이가 기대도 안 한 제안을 했다. 마이는 사쿠타를 올려다보며 유혹하고 있었다. 지금까지 몇 번이나 이런 놀림을 당했기에 이번에도 함정일지 모른다고 생각했지만, 그렇다고 해도 이 유혹을 거절하는 것은 무리였다.

"예."

"그럼 눈 감아."

"예? 지금요?"

사쿠타는 마이가 첫 키스의 시추에이션을 재현하려는 건 줄 알았지만, 아무래도 그렇지 않은 것 같았다.

"싫어?"

"아뇨. 잘 먹겠습니다."

사쿠타는 눈을 감고 그 순간을 기다렸다. 심장이 미친 듯이 뛰면서 긴장이 되었다.

"그럼 한다?"

마이는 약간 부끄러워하고 있는 듯한 목소리로 말했다. 볼에 마이의 숨결이 닿더니, 바로 옆에서 그녀의 체온이 느껴졌다. 책상 맞은편에 있던 마이가 몸을 내밀고 있다는 사실을 피부를 통해 느낄 수 있었다.

약 1초 후, 입술이 부드러운 감촉에 감싸였다. 마이의 입술은 의외로 차가웠다. 그리고, 달걀 맛이 났다. 방금 먹었던 달걀말이와 같은 맛…… 아니, 이것은 달걀말이의 감촉이다.

눈을 떠보니, 젓가락으로 잡은 달걀말이를 사쿠타의 입술에 댄 마이가 필사적으로 웃음을 참고 있었다.

"진짜로 할 거라고 생각했구나."

마이는 장난꾸러기 같은 미소를 지었다.

마이의 말에 대답하지 않은 사쿠타는 달걀말이를 입에 넣었다. 마이의 젓가락 째로 말이다.

"마이 씨와 간접 키스를 해서 정말 기뻐요."

그리고 교과서 읽는 듯한 말투로 그렇게 말했다. 마이가 의식하기 쉽도록 말이다…….

"……"

아니나 다를까, 마이의 시선이 젓가락 끝을 향하고 있었다. 아직 도시락 통 안에는 내용물이 반 이상 남아 있었기에, 그것을 어떻게 할지 고민하고 있는 것 같았다.

"뭐, 마이 씨는 어른이니까 연하 남자애와의 간접 키스 정도는 아무렇지도 않겠지만요."

사쿠타는 일찌감치 마이의 퇴로를 봉쇄했다.

"무, 물론이지."

약간 주저하기는 했지만, 마이는 자기가 한 말이 있는 탓에 결국 사쿠타가 입을 댔던 젓가락으로 식사를 했다. 그리고 마이는 아무 말 없이 도시락을 다 먹었다. 그 동안 얼굴이 희미하게 달아올라 있었기에, 사쿠타는 눈 호강을 할 수 있었다.

"혹시나 해서 말해두겠는데, 나는 아냐."

마이는 보자기에 도시락을 싸면서 말했다.

"응?"

"키스신이 있는 건 주연 여자애야."

사쿠타는 안도와 함께 불만을 얼굴에 드러냈다.

"마이 씨는 성격이 너무 악랄해요."

"하지만 사쿠타는 그런 나를 사랑하는 거잖아?"

"그래도 이대로는 사랑이 식어버릴 거라고요."

"어, 어째서야?!"

당황했는지 마이의 목소리 톤이 평소보다 높아졌다.

"그야, 마이 씨는 나랑 사귈 생각은 전혀 없는 것 같은 데 다…… 가슴이 뛰지 않는다는 말을 들으니 절망적인 기분이 들어요."

"……안 사귈 거라고는 말한 적 없어."

마이는 삐친 것처럼 입술을 삐죽 내밀더니, 드라마 대본을 펼쳤다.

"그럼 오케이예요?"

"그건, 그러니까……."

마이는 새빨개진 얼굴을 대본으로 가렸다.

"오케이예요?"

사쿠타가 한 번 더 묻자, 대본 밖으로 눈만 살짝 내밀었다.

"……."

마이는 부끄러운지 사쿠타를 힐끔 쳐다보았다. 그리고 기어 들어가는 목소리로······.

"······응, 좋아."

······하고 마이는 고개를 *끄덕*이면서 말했다.

사쿠타는 그 후에 있었던 일이 잘 생각나지 않았다. 마이와의 교제가 시작된 덕분에 기분이 한껏 좋아져서 완전히 들떠버렸기 때문이었다.

다음 날 아침에도 그 행복한 기분은 가실 기색을 보이지 않았다.

콧노래를 부르면서 학교에 갈 준비를 하던 사쿠타가 텔레비전을 켰다. 그리고 별생각 없이 뉴스를 쳐다보자······.

"일본 대표 팀이 해냈습니다!"

메인 캐스터가 흥분한 목소리로 한 말이 들려왔다.

"······."

사쿠타는 영문을 모르겠다는 듯이 화면을 주시했다. 왠지 방금 그 말이 귀에 익은 듯한 느낌이 들었기 때문이다.

"안녕하십니까. 6월 27일. 금요일인 오늘은 축구 이야기로 시작해볼까 합니다!"

방금, 남성 캐스터는 뭐라고 말했던가.

6월 27일.

분명 그렇게 말했다.

텔레비전 화면에는 축구 시합의 요약 영상이 나오고 있었다. 그것도 사쿠타는 눈에 익었다. 전반 종료 직전, 일본 대표 선수가 찬 프리킥이 상대 팀 골대에 들어갔다.

　허둥지둥 방으로 돌아간 사쿠타는 자명종 시계로 쓰는 디지털시계를 쳐다보았다. 그 시계에는 날짜도 표시되어 있었다.

　"……말도 안 돼."

　평소 애용하는 자명종 시계에도 6월 27일이라고 표시되어 있었다.

　―이 날, 아즈사가와 사쿠타가 잠에서 깨어나 보니, 어제 아침이 되어 있었다.

■작가 후기

   행복의 절정을 맛본 순간 일어난 기묘한 사태.
이것은 새로운 사춘기 증후군일까.
아니면, 사쿠타가 꿈을 꾼 것일까. 꿈을 꿨던 것일까.
아니면……
―과연, 사쿠타의 운명은 어떻게 될 것인가.

   다음 권, 시리즈 제2권 『청춘 돼지는 ○×△□의 꿈을 꾸지 않는다』를, 기대해주시면 감사하겠습니다.
   ○×△□ 부분은 현재 미정입니다. 어쩌면 그냥 『2』를 붙이고 말지도 모릅니다.
   여름이 끝나기 전에 여러분에게 전해드리고 싶습니다만, 과연 발매일은 언제가 되려나요.

   아무튼, 카모시다 하지메입니다.
   처음 뵙는 분께는, 만나서 반갑습니다.
   오래간만에 뵙는 분께는, 잘 지내셨습니까.
   지난달에도 뵈었던 분께는 이번에도 잘 부탁드립니다.

의외로 잘 안 가게 되는 곳이 근처에 있는 관광지입니다.

이번 이야기의 무대로 고른 곳은 그런 느낌이 딱 들어맞는 지역입니다. 인생의 대부분을 카나가와 현에서 보냈기 때문에 언제든 갈 수 있다고 생각하지만, 가볼 계기가 없었던 곳이죠.

전격문고 편집부가 제 집에서 더 멀 정도니까요.

이렇게 바다가 보이는 장소를 무대로 삼은 이 이야기의 스타트 지점이 바로 이 책입니다. 앞으로도 계속 읽어주신다면 정말 감사하겠습니다.

일러스트를 맡아주신 미조구치 케이지 씨, 담당 편집자이신 아라키 씨와는 전작『사쿠라장의 애완 그녀』때부터 손발을 맞춰왔습니다. 이번 작품에서도 잘 부탁드립니다.

그럼 2권에서 또 여러분을 뵐 수 있을 거라 믿고 있겠습니다.

카모시다 하지메

안녕하십니까. 근로청년 번역가 이승원입니다.

『청춘 돼지는 바니걸 선배의 꿈을 꾸지 않는다』를 구매해주셔서 진심으로 감사드립니다.

『청춘 돼지』 시리즈는 『사쿠라장의 애완그녀』를 쓰신 카모시다 하지메 작가님의 신작입니다.

여동생 카에데와 둘이서 살고 있는 소년, 아즈사가와 사쿠타. 동생이 읽을 책을 빌리러 근처 도서관에 간 그는 그곳에서 야생 바니걸을 만납니다. 그 바니걸의 정체는 사쿠라지마 마이. 아역 탤런트로 데뷔해 엄청난 인기를 누렸지만, 몇 년 전에 연예계 활동을 중지한 유명인이죠.

촬영 중도 아닌데 바니걸 차림으로 도서관에 나타난 마이를 본 사쿠타는 경악합니다만, 그는 곧 다른 이유로 경악하고 맙니다. 주위에 있는 다른 사람들 눈에는 마이가 보이지 않았던 겁니다.

그렇게 야생 바니걸, 아니 사쿠라지마 마이와 만나게 된 사쿠타가 그녀에게 일어난 사춘기 증후군을 해결하기 위해 동분서주하는 이야기입니다.

요즘 제가 맡은 작품이 잉여신(?)을 데리고 이세계에 넘어 갔더니 폭렬마법 광신도 아녀자 및 미녀 마조히스트 성기사 와 얽혀 고생만 해대고 있는 주인공의 인생 역경 스토리라든 가, 눈에 보이는 정령 아녀자들을 마구마구 공략해대는 하렘 주인공의 중2병 폭주기라 그런지, 이렇게 청춘의 달콤쌉싸름 함이 느껴지는 작품을 번역하면서 정말 즐거웠습니다.

　　……예? 미소녀 동인 게임을 만들기 위해 동료들과 함께 불 철주야로 노력하고 있는 청춘물도 번역하고 있지 않냐고요? 그건 검은색 스타킹 선배와 츤데레 소꿉친구, 그리고 스텔스 (?) 동급생이 정히로인의 자리를 두고 벌이는 혈투극이라고 생각합니다, AHAHA.

　　그럼 이만 줄이겠습니다.

　　이 작품을 저에게 맡겨주신 L노벨 편집부 여러분. 재미있 는 작품을 맡겨주셔서 감사합니다. 그리고 앞으로도 잘 부탁 드립니다!

　　요즘 마감 때문에 술자리 안 나갔더니 아예 술 사 들고 집 으로 쳐들어온 악우들이여. 너희가 그런다고 내가 일 안 할 거 같냐?! 음주가무를 넘어선 음주번역을 보여주…… 노코멘 트하겠습니다. AHAHA.

　　그럼 시간 루프의 장점과 단점이 훤히 드러나는(^^;;;) 다음 권의 역자 후기 코너에서 다시 뵙겠습니다!

2015년 11월 초

역자 이승원 올림

청춘 돼지는 바니걸 선배의 꿈을 꾸지 않는다 1

1판 1쇄 발행 2015년 12월 10일
1판 16쇄 발행 2023년 10월 20일

지은이_ Hajime Kamoshida
일러스트_ Keji Mizoguchi
옮긴이_ 이승원

발행인_ 최원영
편집장_ 김승신
편집진행_ 권세라 · 최혁수 · 김경민 · 최정민
편집디자인_ 양우연
관리 · 영업_ 김민원

펴낸곳_ (주)디앤씨미디어
등록_ 2002년 4월 25일 제20-260호
주소_ 서울시 구로구 디지털로 26길 111 JnK디지털타워 503호
전화_ 02-333-2513(대표)
팩시밀리_ 02-333-2514
이메일_ lnovellove@naver.com
ㄴ노벨 공식 카페_ http://cafe.naver.com/lnovel11

SEISHUN BUTA YARO WA BUNNY GIRL SENPAI NO YUME WO MINAI 1

ⓒ HAJIME KAMOSHIDA 2014
Edited by ASCII MEDIA WORKS
First published in 2014 by KADOKAWA CORPORATION, Tokyo.
Korean translation rights arranged with KADOKAWA CORPORATION, Tokyo,
through KCC.

ISBN 979-11-86906-07-1 04830
ISBN 979-11-86906-06-4 (세트)

값 7,000원

*잘못된 책은 구매처에 문의하십시오.

딘의 문장 ~마법사 레지스의 전생담~ 1권

아카마키 타루토 지음 | toi8 일러스트 | 이경인 옮김

몰락귀족으로 다시 태어난 딘 가(家)의 아들, 레지스.
막대한 마력을 가진 그는 미스테리어스한 메이드 워킨스의 지도를 받아
여러가지 마법을 다룰 수 있게 된다.
그러나 그런 레지스에게는 한 가지 비밀이 있었다.
일본에서 니트로 살아가다 격렬하게 후회했던 전생의 기억이다.
"이번에야말로, 다시 시작하는 거야."
레지스는 새롭게 결의하고 매일을 보내지만,
중병에 걸린 어머니와 영지의 절박한 경영상태 등
많은 고난이 앞을 가로막는다.
또한 악덕귀족이 워킨스를 아내로 맞이하고 싶다고 요청하는데……

전생의 원통함을 풀고 몰락한 딘 가와 소중한 사람들을 구하기 위한
레지스의 분투 인생이 막을 올린다!

라이트노벨의 새로운 빛! L노벨의 신간은 매월 10일에 발매됩니다. www.lnovel.co.kr